河出文庫

ほんとうの中国の話をしよう

余華
飯塚容 訳

河出書房新社

まえがき

古代ギリシアの盲目の詩人ホメロスは「神が不幸を織りなすのは、後世の人々に吟唱の題材を与えるためだ」と言っている。数百年後、中国の先哲孟子(もうし)は「憂患に生じて、安楽に死す」と言った。ホメロスは神が身を局外に置く態度を借りて、叙述者の立場から、世事の測りがたさや人間の不幸を吟唱したのだ。一方、孟子は人生経験を例に挙げ、往々にして憂慮が人を生かすこと、安逸や享楽は逆に人を滅ぼすことを説明している。ホメロスと孟子は異なる時空、異なる視点から出発し、同様の積極的で楽観的な態度によって、今日の我々の不幸と憂患について共通の認識に行き着いた。

私はこの本が上述した二種類の性質を兼ね備え、超然とした叙述と真実の人生が同じところに帰着することを願う。また、この十の言葉がホメロスや孟子の積極的で楽観的な態度を受け継ぐことを願っている。

私はアラン・バー教授に感謝しなければならない。二〇〇九年三月のアメリカ滞在中、私はアラン・バー教授の要請を受けて、ポモナ・カレッジで現代中国についての講演を行った。教授は私の古くからの友人で、講演のタイトルを「ある作家の中国」と決めてくれた。講演原稿を準備する過程で、この本が生まれたのだ。二人でロサンゼルスの高速道路を走っているとき、私はこの本の構想をアラン・バーに話した。アラン・バーは即座に、この本を英語に翻訳したいと申し出た。私が帰国後、この作品を十の言葉によって書くことに決めると、アラン・バーは"*China in Ten Words*"という書名を提案してくれた。私はこの簡潔な書名が気に入った。

はるか昔、イタリアの詩人ダンテは、「矢は目標を射た。弦を離れて」という素朴な詩句を書いた。ダンテは因果関係を軽々と顚倒(てんとう)させることによって、我々に速度を感じさせたのだ。中国社会の三十数年の急速な変化が我々に提示して見せたのは、まさに因果関係の顚倒した発展の過程だった。我々は毎日、発展がもたらした多くの結果の中で生活している。しかし、こうした結果が生まれた原因をめったに追究しない。したがって、三十数年の間に雑草がはびこるように蔓延した社会矛盾や社会問題は、経済の急速な発展がもたらした楽観的ムードに覆い隠されてしまった。私がいまやろうとしている仕事は、その道を逆行すること、今日の一見輝かしい結果から出発して、人を不安に陥れるかもしれない原因を追い求めることだ。私は根本に立ち返る旅の途中で、ホメロスが言う不幸と孟子が言う憂患に直面するだろう。

だから、もし私が現代中国を余すところなく叙述しようとしても、それは無理だ。叙述を続ければ、アラビアの『千一夜物語』よりも長くなってしまう。これも、私が十の言葉を選んだ理由の一つだった。十の言葉は、私に十の視点を与えてくれる。十通りの方向から現代中国を見つめることが可能になる。

私の仕事は、簡潔にして要点を押さえていなければならない。我々が熟知している日常生活から話を始めよう。日常生活は平凡で煩瑣に見えるが、そこには森羅万象が含まれている。とても豊かで、度量が大きく、感動を与えてくれる。政治、歴史、経済、社会、文化、記憶、感情、欲望、私事などは、いずれも我々の日常生活の中で、自分の声を発している。日常生活は広大な森のようだ。中国の諺にあるように、森が大きくなれば、そこに棲む鳥の種類も増える。

私はバスの運転手のような気持ちで、この本を書いた。出発点が終点でもあるのだから。物語を満載した私のバスは、中国人の日常生活から出発し、途中で政治、歴史、経済、社会、文化、記憶、感情、欲望、私事という駅を経由し、さらに地名のわからない場所を通過する。ある物語の途中で下車し、また別の物語の途中で乗車する。乗ったり降りたり、長い旅を続けたあと、私のバスはまた中国人の日常生活に戻るのだ。

私は、語り尽くせない現代中国がこの十の言葉に凝縮されることを期待する。時空を超えた叙述が、理性による分析と感性による経験と身近な物語を渾然一体とさせることを期待する。そして、私の努力が現代中国の巨大な変化や複雑な社会の中で、明快で嘘のない叙述の道を切り開くことを期待する。

ホメロスの非凡さと孟子の切実さが、目標に向かう私の歩みに影響を与えたとすれば、これほどうれしいことはない。

目次

ほんとうの中国の話をしよう

人民

この言葉を書くたびに、書き間違った、「人民」という字には見えないと思ってしまう。目を閉じて少し休憩してから、また目を開けると、ようやくそれらしく見えてくる。もう一度目を閉じて、また目を開けたとき、ついに書き間違っていなかったことを確信するのだ。この言葉はこんな風に、親しみが湧くときと湧かないときがある。

今日の中国語の中で、「人民」ほど奇妙な言葉はほかにないだろう。どこにでもあるのに、無視されている。今日の中国では、役人だけが相変わらず「人民」をやたらと口にする。人民は、めったにこの言葉を使わない。忘れていると言ってもいい。役人たちのおかげで、この言葉は依然として存在感を示している。

過去において、この言葉は光り輝いていた。我々の国は「中華人民共和国」だ。毛主席は「人民に奉仕する」と言った。当時、最も重要な新聞と言えば、『人民日報』だった。我々人民は毎日のように、「一九四九年以降、人民は主人になった」と言った。

私の幼年時代、「人民」は「毛主席」と同じく、輝かしい言葉だった。字を学び始めたとき、最初に覚えたのがこの二つの言葉だ。そのあと、自分の名前と両親の名前が書けるようになった。幼かった私は、「人民とは毛主席のこと、毛主席とは人民のこと」と考えた。

当時は文化大革命の最中で、私が至るところで得意げに自分の発明を披露すると、多くの人が疑わしそうな表情を見せた。私の発明には議論の余地があると思ったようだが、誰も明確に反対しなかった。その当時は、みんなが小心翼々としていた。ひと言でも間違ったことを言えば、反革命分子にされ、一家離散の憂き目にあう可能性がある。両親も私の発明を聞いたとき、同じような表情を見せた。おずおずと私を見ながら、遠回しにこう言った。その言い方は間違いではないようだが、口にしないほうが無難だな。

それは私の幼年時代における最も重要な発明だったから、口にしないわけにいかない。私は相変わらず言い続けた。ある日、私は突然、自分の発明に拠りどころを得た。当時、「毛主席は我々の心の中には必ず毛主席がいる」という言い方が流行していた。私はこれを利用して言った。「人民の心の中には必ず毛主席がいる。毛主席の心の中には？ 当然、我々人民がいる」だから「人民とは毛主席のこと、毛主席とは人民のこと」なんだ。

疑わしそうな表情は、私の住んでいた町で、しだいに減っていった。うなずいて同意を示す人、同じことを言う人も出始めた。最初は私の遊び仲間が、続いて大人たちも同じことを言った。

多くの人が「人民とは毛主席のこと、毛主席とは人民のこと」と言い出したので、私は危機感を抱いた。革命の時代に、専売特許は存在しない。私の発明者としての身分は、急速に失われていった。私は至るところで表明した。

「この言葉は、おれが最初に言い出したんだぞ」

しかし、誰も相手にしてくれない。のちには遊び仲間も、私の発明であることを認めなくなった。私が道理を主張しても、哀れっぽく懇願しても、彼らは首を振って言った。

「みんながそう言ってるぜ」

私は傷ついた。後悔しても始まらない。この発明は公にするべきではなかった。永遠に心の中に秘めて他人には告げず、自分だけの楽しみにすればよかった。

昨今、西洋の人々は中国の巨大な変化に驚いている。川劇（四川省の地方劇）の変臉（顔を早変わりさせる技）のように、中国はわずか三十年で、政治至上の国から金銭第一の国に変身してしまった。

歴史の転換点には、必ず象徴的な事件が起こる。一九八九年の天安門事件がそうだった。北京の大学生は校門を出て天安門広場に集結し、民主と自由を要求すると同時に、幹部の職権乱用に反対した。政府が学生との対話を拒否する強硬な態度に出たため、学生はハンストを開始する。市民たちも街に出て、ハンスト中の学生に声援を送った。当時の市民は必ずしも「民主と自由」に興味を持っていたわけではない。彼らの多くをこの運動に引きつけたのは「役人ブローカーに反対する」というスローガンだった。当時、鄧小平が主導する改革開放は十一年目に入り、改革による物価の上昇はあったが、経済は安定成長を続け、生活水準は日増しに向上していた。農民は改革開放の受益者だった。一九九〇年代のような工場の大規模な破産と閉鎖はまだ始まっていないので、多くの工場労働者も被害を受けていない。当時の社会矛盾は決して突出したものではなく、今日のように、至るところで怒りの炎が燃えている状況ではなかった。当時の社会はただ、高官の子弟たちが国家の資源を利用して私腹を肥やすことに対する不満がくすぶっているだけだった。このような不満が、役人ブローカーに反対するというスローガンに集結したのだ。いまから考えると、当時見られた少数の「役人ブローカー」の腐敗は、今日の大規模で多様な腐敗に比べれば物の数ではない。一九九〇年代以降、中国の腐敗進行の速度は、経済発展と同様に驚異的だ。

あの中国を席捲した激しい大衆運動は、六月四日早朝の銃声とともに終息した。その年の十月、私が北京大学を再訪したとき、そこにはまったく別の光景が見られた。日が暮れると、未名湖のほとりに何組ものカップルが姿を現し、学生宿舎からはマージャンの音と英単語を暗唱する声が聞こえてきた。たったひと夏で、すべてが変わり、春に何か事件が起こったとはまるで思えなかった。これだけ大きな落差は、一つの事実を物語っている。天安門事件は、中国人の政治的情熱が一気に爆発したこと、あるいは文革以来たまっていた政治的情熱が一時的にカタルシスを得たことを象徴するものだった。それからは金銭的情熱が政治的情熱に取って代わり、誰もがみな金儲けに走ったので、当然ながら一九九〇年代には経済的繁栄が訪れた。

その後、新しい言葉が猛烈な勢いで登場してきた。たとえば、「網民」（ネットユーザー）、「下崗工人」（一時帰休中の労働者）、「農民工」（農村からの出稼ぎ労働者）、「股民」（投機目的で株を売買する個人投資家）、「基民」（株式ファンドを購入する投資家）、「粉絲」（映画俳優や歌手の熱狂的なファン）などで、使い古された「人民」という言葉をまさに解体し分割している。文革の時期、「人民」の定義はとても簡単だった。すなわち、「工農兵学商」にほかならない。「商」は商売人ではなく、商業に従事している大衆、たとえば商店の販売員のことだ。思うに、一九八九年の天安門事件は「人民」という言葉の内容を換骨奪胎する分水嶺だった。あるいは、「人民」という言葉の資産再編を行ったと言ってもいい。古い内容を破棄して、新しい内容に置き替えたのである。

文革開始から今日までの四十数年間、「人民」という言葉は中国の現実の中で、中身のない単語だった。いま流行している経済用語で言えば、「人民」はダミー会社にすぎない。その時代によって違った内容で、このダミーを使って株式上場を果たすのだ。

一九八九年春の北京は、アナーキストの天国だった。警察が急に姿を消し、大学生と市民が自発的に警察の任務を果たした。あのような北京が再現することは、おそらくないだろう。共通した目標と共通した願望が、警察のいない都市の秩序を整然と維持していた。街に出れば、友好的な空気が流れていることを感じる。地下鉄もバスも切符を買わずに乗れた。人々はお互いに微笑み合い、よそよそしさが微塵もなかった。よく見かけるような街角での口論もない。いつもは勘定高い商売人も、デモ隊に無料で食べ物と水を提供していた。退職した老人がわずかな銀行預金から現金を引き出し、広場でハンストをしている学生にカンパした。コソ泥たちまでもが窃盗協会の名義で、「ハンスト中の学生を支援するため、一切の窃盗行為を停止する」という声明を出した。当時の北京は、「四海（しかい）の内はみな兄弟」とも言うべき都市になっていた。

中国の都市で暮らしていると、強く感じることがある。とにかく、人が多いのだ。しかし私は、天安門広場の百万人デモを見て、ようやく中国は世界でいちばん人口の多い国だということを実感できた。天安門広場が毎日、黒山の人であふれている光景は壮観だった。地方からやってきた大学生が広場の片隅あるいは街頭に立ち、来る日も来る日も演説を続けていた。喉がかれ、声が出なくなっても、頑強に演説をやめようとしない。取り囲んでいる人々は、苦難の人生を歩んできた老人も、赤ん坊を抱いた母親も、若い学生の童顔に見入り、稚気に富んだ演説に耳を傾けている。誰もが尊敬の表情を浮かべ、しきりにうなずき、熱烈な拍手を送っていた。

ほかにも、滑稽（こっけい）に感じられた場面がある。ある日の午後、私は建国門の中国社会科学院の薄暗い会議室にいた。首都知識界連合会の集会に参加したのだった。趙紫陽（ちょうしよう）のシンクタンクのメンバーの一人である厳家其（げんかき）を待っているとき、数名の人たちがある新聞の副編集長を批判していた。その新聞は最近、首都知識界連合会の声明を載せたばかりだった。その人たちの不満は、声明文の彼らの署名がうしろのほうに回され、知名度の低い人の名前が先にあることだった。彼らは問い詰めた。どうして、知名度の低い連中を前に置いたんだ？　気の毒な副編集長は、自分の責任ではないことを何度も説明し、さらに遺憾の意も示した。しかし、その人たちはなおも食い下がった。厳家其の登場によって、ようやくこの茶番劇は終わった。

厳家其を見たのは初めてで、その後も見る機会がない。私はその日の午後の情景をはっきり覚えている。当時、つねに趙紫陽と会うことができたこの著名な学者は、気が晴れない様子で薄暗い会議室に入ってきた。みんなが静まるのを待って、厳家其は低い声で、悪いニュースを伝えた。

「趙紫陽が入院した」

当時の政治的環境の中で、政治家が病気を理由に入院したと言えば、権力を失ったこと、あるいは身を隠したことを意味する。厳家其が趙紫陽入院のニュースをもたらすと、会議室にいたインテリたちはすぐに何が起こったのかを理解した。こっそり抜け出そうとする者もいる。その後、インテリたちは秋風に吹かれて散る木の葉のように立ち去った。

天安門事件後、趙紫陽は姿を消した。二〇〇五年の逝去に至って、新華社はようやくこの重要な政治家のことを短いニュースで伝えた。「趙紫陽同志は、長期にわたって呼吸器と心臓、血管に疾患を抱え、何度も入院治療を受けてきたが、先ごろ病状が悪化し、応急処置もむなしく、一月十七日に北京で逝去した。享年八十五歳」

中国では、退職した部長（大臣）クラスの政治家が逝去した場合でも、政府による報道はこのニュース記事よりずっと詳しい。このニュース記事は、党と国家の指導者だった人の経歴を何も紹介していないし、告別式の日取りにも触れていない。しかし、北京南駅で暮らしている一群の陳情者たちは、趙紫陽の告別式の日取りを知っていた。中国でいちばん弱いはずの「人民」がどういうルートで情報を得たのか、私は知らない。彼らは自発的に組織を作り、趙紫陽に別れを告げに行った。警察は当然、彼らを門前払いした。告別式の参加許可証を持っていなかったからだ。彼らは外で横断幕を掲げ、趙紫陽を偲び、哀悼の意を表した。

これら社会のどん底で生活している陳情者は、中国社会の腐敗の犠牲者だ。彼らはさまざまな抑圧と屈辱を経験している。当初は希望を託して法律に訴え、裁判官が公正な裁きを与えてくれることを期待したが、中国の司法の腐敗により、彼らはまったく法律に絶望した。北京まで陳情に来たのは、さらに上級の役人なら彼らに正義をもたらしてくれると思ったからだ。これらの人々は、中国の「司法難民」と呼ばれている。

中国には法律を超えた陳情制度があり、さまざまな屈辱に耐えている人に最後の希望を与え、腐敗と司法の不公正の受難者にまだ清廉な官吏がいるという幻想を抱かせてきた。これは長い歴史と伝統を持つ中国の人治主義の影響で、清廉な官吏に対する人々の期待は法律に対する信頼を超えている。陳情者は家産をなげうって東奔西走し、いつの日か清廉な官吏が現れて正義を実行してくれるだろうと夢想しているのだ。二〇〇四年の時点で、中国政府が公表した陳情の件数はすでに一千件に達している。これらの陳情者の生活は、常人には想像しがたい。彼らは飢えをこらえて街頭で野宿し、乞食のように警察に追い払われる。少数の生活の豊かなインテリは、彼らを精神異常者と見なしている。

こういう弱い「人民」が、二〇〇五年一月に趙紫陽の告別式に駆けつけたのだ。彼らは趙紫陽を「中国でいちばん不運な人」、自分たちより不運な人だと思っていた。彼らは屈辱を嘗め尽くしたが、まだ陳情の機会がある。哀れな趙紫陽には陳情の余地さえないのだ。

五月の末に私は浙江（せっこう）へ帰り、家の用事を済ませてから、六月三日の午後、汽車に乗って北京へ向かった。私は二等寝台の最上段で横になり、車輪がレールの上を行くガタゴトという音を聞いていた。車内に電灯がともったので、夜になったことがわかった。そのころ、私はこの長い学生運動がマラソンに似ていると思っていた。いつ終わりが来るのかわからない。しかし早朝、目を覚ました私は、汽車が北京に近づいたとき、車内放送のニュースを聞いた。アナウンサーの興奮した声で、軍隊が天安門広場に進入したことを知った。

六月四日の銃声のあと、北京の大学生も地方から来た大学生も、撤退を始めた。私は、その朝、北京駅を出たときの人の波をはっきり覚えている。人々がこぞって北京を離れたとき、間が悪いことに私は北京に戻ったのだ。旅行カバンを背負って駅前広場に呆然と立ち尽くし、殺到してくる人波とすれ違いながら、私はいずれ自分もここを離れるのだろうと思った。

私は六月七日に北京を離れた。上海で列車が燃やされて、北京・上海線が不通になっていたので、回り道をして武漢に出たあと、船で浙江の実家に帰るつもりだった。数人の仲間と一緒に三輪人力車を一台雇い、それに乗って長安街沿いに北京駅へ向かった。数日前まで沸き立っていた北京が、数日後にはすっかり寂(さび)れていた。ほとんど通行人がいない。焼けただれた自動車が、まだ黒煙を上げている。建国門の立体交差橋を通過するとき、橋の上に一台の戦車が見えた。威風堂々とした砲身が、風にも耐えない我々のほうを向いていた。北京駅に着くと、混み合っている切符売り場の窓口に並び、何とか立ち席券を入手した。すでに座席券は売り切れていた。ホームに入るとき、兵士の厳格な検査を受ける。指名手配されている人たちの誰にも似ていないのがわかると、ようやく中に入ることを許された。

あれほど混雑した汽車に乗ったことはなかった。車内にいるのはすべて、北京を脱出した大学生だ。まさに立錐(りっすい)の余地もない。厄介なことに、汽車が北京を出て一時間後、便所へ行きたくなった。私は人を掻(か)き分(わ)けて懸命に便所のほうへ進んだが、半分まで来たところで気づいた。便所まで行ってもムダだ。誰かが便所のドアを叩きながら叫んでいるが、便所の中も人でいっぱいで、中の人は「ドアは開かないぞ」と叫んでいた。私は尿意を三時間、我慢するしかなかった。石家荘（せっかそう）に着くとすぐ下車して、ホームを出てまず便所へ行った。それから公衆電話を見つけて、石家荘の文学雑誌の編集長に援助を求める電話をかけた。その編集長は私の話を聞いてから、こう言った。

「いまは大混乱だから、どこへも行くな。ここに落ち着いて、小説を書いてくれ」

私は石家荘に一か月あまり滞在し、気もそぞろで小説を書いた。当初、テレビでは毎日、指名手配の大学生が捕まったというニュースを放映していた。しかも、同じ映像を何度でもくり返す。これほど頻繁なテレビの再放送は、その後、オリンピック期間中に中国選手が金メダルを取ったときに見られただけだった。私は異郷の見知らぬ旅館に泊まり、部屋のテレビで、逮捕された大学生の呆然とした表情を見ながら、またアナウンサーの興奮した声を聞きながら、恐怖とは何かを思い知った。

ある日突然、テレビの画面がすっかり変わった。指名手配された学生の逮捕を伝える映像も、得意げな解説も登場しない。逮捕は続いていたが、テレビ放送はいつもの映像、わが祖国の津々浦々の繁栄ぶりに戻った。アナウンサーは前日まで激昂した様子で、逮捕された学生の罪状を並べ立てていたが、この日からは喜色満面で、祖国の隆盛を称える口調に変わった。つまり、この日から天安門事件は中国のメディアから姿を消した。趙紫陽が姿を消したのと同じである。それ以降、事件に関する報道はひと言も目にしたことがない。まるでその事件は起こらなかったかのように、完全に隠蔽（いんぺい）された。一九八九年春のデモを経験した人たちも、記憶が薄れていったようだ。その後の生活にのしかかった重圧のせいで、過去を振り返る余裕がなかったのだろう。二十年が過ぎて、気がかりな事実が出現している。いまの中国の若い世代は、ほとんどが一九八九年の天安門事件を知らない。知っているとしても、曖昧にこう言うだけだ。

「たくさんの人がデモをしたと聞いています」

二十年の歳月はあっという間に過ぎ去ったが、歴史の記憶が同じように過ぎ去るとは思わない。一九八九年の天安門事件に関わった人はみな、今日どんな立場にあるにせよ、ある日突然往時を振り返ったとき、自分なりの忘れ得ぬ思いが心に浮かぶはずだ。

私の忘れ得ぬ思いは、「人民」という言葉を理解する助けとなった。

人がある言葉と真に出会うためには、きっかけが必要な場合がある。つまり、各人が一生に出会う多くの言葉のうち、いくつかは初めて目にしたときにすぐ理解できるが、いくつかは一生身近にあっても理解できないということだ。

「人民」はそういう難題の一つである。知ったのも書いたのもいちばん早い言葉で、その後の人生においても忘れがたく、何度も目の前に現れ、耳元に響いてきた。しかし、本当の意味で心に届くことはなかった。二十九歳の年、深夜に経験した出来事によって、私はこの偉大な言葉を本当に理解した。この言葉と、虚偽ではなく真実の出会いをした。私が言うのは言語学、社会学、人類学が意味する出会いではなく、人生経験における真実の出会いだ。その後、ようやく自分に対して、「人民」という言葉は空虚なものではないと言えるようになった。なぜなら、私はその言葉の生々しい姿を目にし、その心臓の強烈な鼓動を耳にしたのだから。

私の「人民」に対する理解は、天安門広場の百万人デモによって得られたわけではない。五月下旬の深夜に経験した小さな出来事に由来している。当時の北京はすでに戒厳令が敷かれ、学生と市民は自発的に北京の交通の要衝、およびあらゆる立体交差橋と地下鉄の出口を警護していた。完全武装した軍隊が天安門広場に進入するのを阻止するためである。

そのころ、私は北京の東部に位置する十里堡(シーリーブー)の魯迅(ろじん)文学院に住んでいた。ほとんど毎日昼になると、車体のあちこちから音を発するくせにベルは鳴らない、オンボロ自転車に乗って天安門広場へ出かけた。広場で深夜まで、あるいは夜明けまで過ごし、また自転車で学校に戻った。

一九八九年五月下旬の北京は、日中暑くても、深夜になると冷え込んだ。ある日、日中暑いさなかに半袖シャツ一枚で出かけた私は、深夜になって寒さを感じながら、自転車で広場から学校に戻る途中だった。冷たい風が正面から吹きつけ、体じゅうの各部位とオンボロ自転車の各部位が一緒に震え出した。街灯の消えた道を自転車で走る私のために、月光が行く手を照らしてくれる。前へ進むほどに、寒さは募った。ようやく呼家(フーチア)楼(ロウ)にさしかかったとき、急に熱波が暗闇の中から押し寄せてくるのを感じた。進むにつれて、熱波はより強烈になる。続いて、遠くから歌声が聞こえてきた。さらには、遠くに灯火がまたたいているのが見えた。その後、熱波の襲来と同時に、驚くべき光景が出現した。灯火まばゆい呼家楼（フーチアロウ）の立体交差橋の上と下に、一万人あまりの人々が集まって、守りを固めていたのだ。彼らは激情に駆られ、夜空の下で高らかに国歌を歌っていた。

「我らの血と肉で新しい長城を築こう！　中華民族は危難のとき、追い詰められて最後の雄叫びを上げる！　起（た）て！　起て！　起ち上がれ！　我らは心を一つにして……」

彼らは寸鉄も身に帯びていなかったが、自信に満ちていた。自分たちの血と肉で軍隊（たい）や戦車を阻止できると思っていた。集まって情熱を沸騰させ、まるで各人が燃え盛る松明（まつ）に姿を変えたかのようだった。

それは私の人生の中で、重要なときだった。それまではずっと、光は人の声よりも遠くまで伝わる、人の声は体の熱より遠くまで伝わると思っていた。しかし、二十九歳のこの深夜、私は自分の誤りに気づいた。人民が団結したとき、彼らの声は光よりも遠くまで伝わる。体の熱は声よりも遠くまで伝わる。私はついに、「人民」という言葉を本当に理解した。

領袖

私がここで語る「領袖（りょうしゅう）」は、次のような特権を持っている。天安門の楼上に立って国慶節の盛大なパレードを観閲するとき、彼だけが行進する大衆に手を振ることができる。その他の指導者は手を振る権利がなく、彼の隣で拍手するだけだ。疑問の余地はない。この「領袖」とは、すなわち毛沢東（もうたくとう）である。

文化大革命期、毛沢東は軍服を着て天安門の楼上に立つと、暑いせいなのか、うれしいせいなのか、いつも軍帽を取って、行進する群集にそれを打ち振った。毛沢東の手を振る仕草が最も魅力的だったのは、彼が長江を泳いだあと、浴衣に身を包んで船の舳先（へさき）に立ち、両岸の群集の歓呼に応えたときだろう。

この領袖は、政治家としての時を見る目と詩人としての強い意志を兼ね備えていた。彼の計略は、しばしば即興的に生まれた。

文革が始まると、壁新聞が出現した。これら街頭の塀に貼り出された壁新聞は、中国伝統建築の窓と同じくらいの大きさで、字数の少ないものは上下に二枚、字数が多いものは横に五、六枚並んでいた。これは有史以来、最も規模が大きい書道展だったろう。醜い文字が、全中国の都市の大通りから裏通りまでを覆い尽くしていた。たまには、美しい文字もある。人々は街頭に立ち、興味津々で読みふけった。壁新聞の内容は、似たり寄ったりの革命的言辞だったが、日ごろ偉そうにしている役人たちに対する名指しの批判が始まると、群集は大いに興奮した。

壁新聞の出現は、弱い群集が強い役人たちに挑戦する最初の行為だった。こういう行為が共産党中央および北京の一部の高官によって抑圧されると、毛沢東はこれを自分の絶対的な権威を使って是正しようとはせず、弱い群集と同じやり方で「司令部を砲撃せよ」という壁新聞を書いた。彼は自分の壁新聞で、中国共産党には二つの司令部が存在すると指摘した。一つはプロレタリアの司令部、もう一つはブルジョアの司令部である。当時の群集の熱狂ぶりは想像に難くない。偉大な領袖の毛主席でさえ壁新聞を書く。これは何を意味するのか？　毛主席も一般大衆と同じ目にあっているのだ。言うまでもなく、プロレタリア文化大革命は間もなく燃え盛る炎のように、中国を呑み込んでしまった。

中国の歴史を概観すると、貴族出身であろうと、草の根出身であろうと、皇帝になった者はみな、いかにも皇帝らしい顔つきをして、皇帝らしい言葉を使ってきた。毛沢東だけは例外で、領袖となったあとも、ときどき領袖らしからぬやり方をする。側近の共産党指導者たちは、いつも不意打ちを食らった。毛沢東は群集を煽動する方法をよく知っていた。文革初期、彼は頻繁に天安門の楼上に姿を現し、熱狂する革命的学生や革命的大衆に接見し、これによって文化大革命の潮流はますます強まった。

長江を泳いだことで、この領袖の独特の風格はさらに顕著になる。一九六六年七月十六日、毛沢東は突然、武漢の革命的大衆の長江遊泳活動に姿を見せた。両岸の群集が歓声を上げる中、拡声器から流れる『東方紅』の歌を背景に、七十三歳の毛沢東が風波をものともせず、五千人の大衆と一緒に長江を泳いだ。毛沢東と一緒に長江を泳いだ大衆は感激のあまり、河の水に揺られながら、大声で「毛主席万歳」と叫んだ。汚れた水がスローガンを叫ぶ口の中に入り、さらに胃袋まで達したが、彼らはみな岸に上がったあと、河の水は「とてもとても甘かった」と語った。毛沢東は長江を泳いだあと、汽船に這い上がり、浴衣を着て、両岸を埋めた黒山のような群集に向かって、颯爽と手を振った。手を振った時間はわずかで、毛沢東はすぐに船室に入って着替えた。しかし、のちに作られたニュース映画は毛沢東が手を振る場面に編集を加え、長時間にわたって人民の歓呼に応えたことにした。宣伝画に描かれた毛沢東に至っては、その後十数年、疲れも知らずに手を振り続けた。

翌日の『人民日報』は次のように伝えた。「我らが敬愛する領袖、毛主席がこれほど健康であることは、全中国人民にとって最高の幸せである！　全世界の革命的人民にとって最高の幸せである！」自分が長江を泳いだことについて、毛沢東は『水調歌頭』という詩の中で、こう述べている。「風が吹き浪が荒れても、静かな庭を気ままに歩くか命を熱狂的な境地にまで推し進めたのだ。

毛沢東が長江を泳ぐ光景は記録映画に撮られ、中国および中国以外の地でくり返し上映された。また、宣伝画が制作され、中国の町や村のあらゆる壁や塀に貼られた。浴衣を着た宣伝画の毛沢東は、労働者、農民、解放軍、学生、商店の従業員に取り囲まれている。毛沢東は微笑みながら手を振り、「工農兵学商」は幸せそうに、前進しようという姿勢を見せていた。考えてみてほしい。浴衣を着て人民に手を振る政治家がいるだろうか？　こういう非凡な風格は、毛沢東だけに許される。

実を言うと、抗日戦期の彼にはすでに、このような風格があった。当時、彼はまだ中国の領袖ではなく、延安の窯洞（ヤオトン）（洞穴式の住居）で苦難の日々を過ごしていた。強い意志を持った毛沢東は、アメリカの記者の取材を受けたとき、手をズボンの中に突っ込んでシラミを捕まえながら、中国は抗日戦争に必ず勝利すると語った。

文化大革命の開始後、毛沢東が手を振って現れるとき、うしろに付き従う共産党の指導者たちはもう拍手をしなかった。彼らも右手を軽く振り動かした。右手に『毛主席語録』を持っていたからだ。当時は「赤い宝の本」と呼ばれた。赤い宝の本のおかげで、彼らも手を振る機会を得た。当然、彼らの手は毛沢東ほど高く上がらない。振り幅も、毛沢東ほど大きくはなかった。

文革期、毛沢東が現れない場合でも、ほかの指導者たちは右手に持った赤い宝の本を振りかざして、革命大衆に応えた。現在の女性アイドルが化粧をせずに公衆の前に現れることがないのと同様、当時の共産党指導者は赤い宝の本を持たなければ決して登場しなかった。赤い宝の本は、彼らの政治的化粧道具だった。

今日の中国共産党は集団指導体制で、九人の政治局常務委員が揃って記者会見に臨むとき、彼らは同時に記者たちに手を振る。手を上げる高さも、振り幅も同じだ。これを見ると私は、天安門楼上の毛沢東を思い出す。側近が拍手する中で、彼一人だけ手を振る情景はとても印象的だった。昔と今を思い比べると、今日の中国には国家の領袖がおらず、指導者がいるだけだと痛感する。

本物の領袖、毛沢東が世を去って何年かしてから、中国ではコピー版の領袖が雨後のタケノコのように登場してきた。一九九〇年代以降、美人コンテストの流行とともに、領袖を選ぶコンテストも頻繁になった。ファッションの領袖、風采の領袖、魅力の領袖、美女の領袖を選出するコンテストが華やかさを競っている。美人コンテストは工夫を凝らしても、結局のところ「美」に限定されてしまう。たとえば、参加者の年齢が六十歳以上の「シルバー美女コンテスト」、美女たちが酒を飲みまくる「酔いどれ美女コンテスト」、美容整形手術後の「人工美女コンテスト」などだ。

領袖のコンテストは限定も境界もないので、各領域の領袖が次々に誕生する。青年の領袖、少年の領袖、未来の領袖など。また、技術革新の領袖、不動産の領袖、ITの領袖、メディアの領袖、ビジネス界の領袖、企業の領袖など。今日の中国には領袖が多すぎて、目もくらむほどだ。領袖が増えると、領袖が集まるサミットも増える。ビジネス界の領袖によるサミット、企業の領袖によるサミット、メディアの領袖によるサミットなど。これらのコピー版の領袖によるサミットのもともらしさは、G8サミットに引けを取らない。これと同時に、領袖の選出は地理的、物質的領域にまで及んでいる。たとえば、風景の領袖、エレベーターの領袖など。これが毛沢東亡きあとの今日の中国だ。エレベーターでさえ、自分たちの領袖を持っている。明日の朝にはまた、どこでどんな新しい領袖が生まれているかわからない。

この三十年来、中国で最も速く、最も大きく価値が下がった言葉を選ぶとすれば、それは疑いなく「領袖」だろう。

文革時代、「領袖」は神聖で偉大な言葉で、「毛主席」の代名詞、もしくは毛沢東の私有財産だった。誰も自分を「領袖」と呼ぼうとはしない。夢の中でも、そんな勇気はなかった。「領袖」という言葉は、毛沢東以外の中国人にとってタブーだった。当時の中国では、「祖国の神聖は冒すべからず」という言葉が流行していた。その後、「神聖は冒すべからず」が我々の口癖になった。「領袖」は、まさに神聖を冒すことのできない言葉である。ほかには、「毛」という姓も、その神聖を冒すことができなくなった。

私の妻の話によると、彼女がかつて暮らしていた町には、「毛」という労働組合の主席がいたそうだ。町の大衆は彼を毛主席と呼び、もちろん彼も呼ばれれば返事をした。

その結果、文化大革命が始まると彼は打倒された。罪状は世界に二人の毛主席を出現させたことだった。この毛という労働組合主席は、その後ずっと不幸に見舞われた。彼は無念でならず、涙ながらに申し開きをした。他人が呼んだのであって、自称したわけではないと。しかし、彼を打倒した大衆は言った。

「他人が呼ぶのはかまわない。返事をしたのが問題なんだ。返事をしたからには、反革命分子ということになる」

子供のころ、私は自分の姓が「余」で、「毛」でないことを残念に思った。いつも心の中で、両親の家族に「毛」という人がいないことを恨んでいた。当時の私は知らなかった。平民にとって、「毛」は神聖で偉大な姓であるばかりか、危険な姓でもあるのだ。

当時流行した比喩がある。すなわち、共産党を人民の母親にたとえたのだった。私はひそかに考えた。母親がいるのなら、父親もいるはずだ。我々中国人民の父親は誰なのだろう？　当然、それは毛沢東である。私の幼年時代の論理は、中国共産党を毛沢東夫人にしてしまった。では、毛沢東の正夫人の江青（こうせい）はどうする？　当時、私は文革期特有の「小さな紅衛兵」だったから、男女平等と一夫一婦制しか知らない。過去の中国で男が数人の妻を持っていたことも、今日の中国で男が愛人を持てることも知らなかった。幼い私は頭が痛くなるまで、いろいろ考えたが、うまい方策が思い浮かばなかった。

子供のころ、私の心の中には毛沢東以外に、四人の外国の領袖がいた。小学一年のときの教室には、前方の黒板の上に毛沢東の肖像画が掲げられ、後方の壁にマルクス、エンゲルス、レーニン、スターリンの肖像画が並んでいた。マルクス、エンゲルス、レーニン、スターリンは、私が最初に目にした外国人だ。我々は、マルクスとエンゲルスの長い髪に興味を持った。我々の町の女の人の髪よりも長い。当時の中国女性はみな、耳が出るくらいのショートカットだった。レーニンとスターリンは、我々から見ても正常な男の髪型と言える。幼年時代、我々は髪の長さで男女を区別していた。だから、マルクスとエンゲルスの髪型に興味を持ったのだ。特にマルクスは、もじゃもじゃの髪がほとんど耳を覆い隠している。我々の町の女の人の耳もマルクスのように、髪の毛の間に見え隠れしていた。さいわいマルクスはさらに、髭が茫々としていたから、性別を考える必要はない。それでも、我々のクラスの同級生はマルクスの顔じゅうの髭を無視して、公然と宣言した。

「マルクスは女だ」

この同級生はそれで、あやうく「小さな反革命分子」にされるところだった。当時は文化大革命が始まっており、我々の小学校の二年生の女子生徒は、毛沢東の肖像画を折りたたみ、毛沢東の顔に十字架の影をつけてしまったため打倒された。我々はみな、彼女を「小さな反革命分子」と呼んだ。彼女は全校の批判集会で号泣し、はっきりしない声で自分の反革命の罪状を告白した。

批判集会のあと、我々一年生は教師に呼ばれて集合した。教師は我々に、まだ隠れている他の反革命分子を摘発しろと言う。二人の名前が挙がった。一人目は聞かない名前だった。教師がしばらく尋ねて、ようやくそれが三歳の男児であることがわかった。摘発した生徒の隣家の子供である。その男の子はある日の夕方、「太陽が落ちた」という反動的な言葉を口にしたのだ。当時は、毛沢東を太陽にたとえることが流行していた。だから、我々は軽々しく「太陽」を口にできない。夕方でも、「空が暗くなった」としか言えなかった。男の子が「太陽が落ちた」と言ったのは、「毛沢東が落ちた」と言ったのと同じ意味になる。

二人目に摘発されたのが、我々のクラスの「マルクスは女だ」と言った同級生だった。彼は驚きのあまり、顔が真っ青になった。この反動的な言葉を口にしたのかどうか、教師が問い詰めたとき、彼は大泣きして涙と鼻水を一緒に流した。そして咳き込みながら、しどろもどろにこう答えた。

「どうやら、言ったみたいです」

教師は彼を救おうとして尋ねた。「どうやら、言ったみたいなのか、言ってないみたいなのか？」

この同級生は恐ろしいやら泣きたいやらで、支離滅裂な答え方をした。どうやら、言ったみたいだと答えたかと思うと、また言ってないみたいだと答える。最後まで彼は、「どうやら」から抜け出せなかった。「どうやら」が彼を救い、この件はうやむやになった。

私は子供のころ、「毛主席」というのがこの領袖の姓名なのだと思っていた。あの時代の人々は、おじいさんやお父さんを呼ぶときよりも親しみを込めて、「毛主席」という言葉を口にした。その名を直接呼べば失礼に当たる。さいわい、当時の人々はよく「毛沢東思想万歳」と唱え、「東の空が赤い、太陽が昇り、中国に毛沢東が現れた」と歌ったから、私は「毛主席」が官職を加えた呼び方で、毛沢東が本名であることを知った。二〇〇九年の端午の節句に、こんな冗談がショートメールで流行した。「新華社、北京、五月二十八日電によると、中国科学院は毛沢東のクローン作製に成功した。生理的指標の各項目は、いずれも最盛期の水準に達している。このニュースが報じられると、全世界から大きな反響があった。オバマはすぐに声明を発表した。アメリカは三日のうちに台湾との関係法規を破棄し、アジアに置いていた軍事力を完全撤退させるという。日本の首相は命令を下して、靖国神社を破壊し、尖閣諸島を中国の領土として認め、中国侵略の損害賠償として十三兆ドルを支払うことになった。EUは対中国の武器輸出禁止を解除した。メドベージェフは、大興安嶺以北三百万平方キロの領土を中国に帰属させると宣言した。モンゴルは国連に対して声明を発表し、モンゴルと中国は歴史的に一つの国家だったと述べた。馬英九は大陸の提案をすべて受け入れることを表明し、国家歴史資料館の研究員となるための申請手続きをした。キム・ジョンイルは六か国協議の代表に正式通知を送り、毛主席の指示に従うと告げた。国内情勢も急速に変化した。二十四時間以内に、県レベル以上の幹部たちが汚職金九百八十兆元を返納した。私営企業は自発的に国有制度への移行を申し出た。二千五百万人の風俗嬢が一夜のうちに更生した。全国の株式市場の株価が全面高となった。住宅価格が六十パーセント値下がりした。十三億の中国人民が再び高らかに歌い出した――東の空が赤い、太陽が昇り、中国にまた毛沢東が現れた……」

本来の「中国に毛沢東が現れた」という歌詞を「中国にまた毛沢東が現れた」に変えてある。民間のユーモアが、この三十数年前に没した領袖を再び現世によみがえらせると、全世界が怖気づき、とりわけ中国の腐敗した官僚たちは肝をつぶした。一方、今日の中国を悩ませている歴史問題、外交問題、国内問題はすべて、すらすらと解決してしまった。この狂想曲のようなユーモアは何を意味しているのだろう？　多くの中国人の現実に対する不満を示すのか？　一部の新民族主義者の熱狂を暗示するのか？　あるいは単なるユーモア、我々の今日の生活環境に対する自嘲的なユーモアにすぎないのか？　私は、どれもあるし、さらに多くのことを意味していると思う。

中国は毛沢東逝去後の三十数年のうちに驚異的な経済発展の奇跡を実現したが、支払った代価もまた驚異的だった。二〇一〇年七月初め、私がワールドカップサッカー終了前の南アフリカから帰国したとき、ヨハネスブルク国際空港の免税店には「ブブゼラ」が山積みされていた。値段は一本百元程度である。帰国してから知ったのだが、この中国製品の輸出単価は二・六元だという。悲しむべき価格の中には、環境汚染などの問題も含まれている。中国浙江省のある企業が一千万本の「ブブゼラ」を生産したのだが、わずか十数万元しか利潤がない。私の尊敬するある老人は、かってこう言った。中国は百元のコストをかけて十元の利益を生み出すという方式でGDPを増やしている。環境の破壊、道徳の喪失、貧富の差の拡大、腐敗現象の多発は、今日の中国社会の矛盾をますます激化させている。数百人から千人、ひいては一万人にのぼる群集が政府機関を襲撃し、自動車を壊し、家屋を燃やす。このような集団的事件が頻発しているのだ。

多くの人が毛沢東時代を懐かしく思うようになった。大多数はただ懐かしんでいるだけで、本気であの時代に戻りたいと考えているわけではないだろう。これらの人たちにとって、毛沢東時代は生活が貧しく、人間性が抑圧されていたけれども、普遍的かつ残酷な生存競争はなかった。あったのは空虚な階級闘争だけだが、当時の中国には実のところ、階級は存在していない。だから、そのような闘争は単なるスローガンでしかなかった。あの時代の人々は衣食を切り詰め、平等に暮らしていた。注意を怠らなければ、誰もが平安に一生を過ごすことができた。

今日の中国はまったく変わってしまった。激烈な競争と巨大な圧力が、多くの中国人の生活を戦争状態に陥れている。このような社会環境の中では、弱肉強食、詐取強奪、ペテンが当然のように流行する。分に安んじる者はしばしば淘汰され、大胆果敢な者がしばしば成功を収めるのだ。価値観の変化と財産の再分配は社会分化を促し、社会分化は社会衝突をもたらす。今日の中国にはすでに、本当の意味での階級と階級闘争が生まれている。

鄧小平は毛沢東亡きあと、その個人的威光によって中国の改革開放を推し進めた。しかし、この老人が人生の最後の数年に思ったのは、発展後に生じた問題は発展前よりも多いということだった。

毛沢東が逝去後もしばしば「復活」するのは、中国の発展以降に生じたあまりにも多くの社会問題のせいかもしれない。最近、中国のインターネット上で、「もし毛沢東がいまよみがえったら」という小規模の世論調査が行われた。八十五パーセントの人がそれをよいことだと考え、十パーセントの人がよくないことだと考えている。国内外に影響を与えることはないとする人は、五パーセントしかいなかった。

この世論調査に参加したのがどのような人たちなのかはわからないが、中国のネット事情から考えれば、若者が多いのだろう。いまの中国の若い世代は毛沢東のことをほとんど知らないにもかかわらず、「毛沢東復活」支持派に続々と加わっている。これは「毛沢東復活」がすでに広い意味での民意を形成したことを示すのではないか？　こうした民意の実態は複雑である。階層、地位、観念、境遇の異なる人たちが、類似した不満を抱いて結集し、半分真面目に半分ふざけて、死者の霊をよみがえらせる儀式を行っているのだ。

ネット上の「もし毛沢東がいまよみがえったら」という討論の中で、ある人がこんな冗談を言った。毛沢東は水晶の棺桶から起き上がり、太陽が昇ると同時に毛主席記念堂の玄関を出て石段に立ち、懐かしくもあり隔世の感もある天安門広場を眺めていた。すると、数人の観光客がすぐに気づき、駆け寄ってきてこう叫んだ。

「古月(クーユエ)さん、サインしてください」

古月は映画でよく毛沢東を演じる、中国の有名な俳優である。

私は小学校に上がったばかりのころ、中国は世界でいちばん偉大な国だと誇らしく思っていた。私の論拠は二つある。一つ目は、中国には偉大な領袖、毛主席がいること。外国の四人の領袖、マルクス、エンゲルス、レーニン、スターリンはみな世を去ったから、外国にはもう偉大な領袖がいない。二つ目は、中国の人口がいちばん多いこと。毛主席は、人が多ければ力も大きいと言った。

しかし、毛主席の「三つの世界論」が新聞やラジオで毎日伝えられるようになると、私はひそかに悲しんだ。アメリカ帝国主義とソ連修正主義が第一世界で、日本とヨーロッパが第二世界、わが偉大なる中国はアジア、アフリカ、ラテンアメリカの小国とともに第三世界に分類されてしまった。

幼くて無知だった私に、毛沢東の胸の内が理解できるはずはない。中国革命に勝利したあと、毛沢東はそこに安住しなかった。中国人民の領袖となるだけでは満足せず、世界じゅうの搾取と抑圧を受けている人たちの領袖になろうとした。彼は胸いっぱいの気概を込めて言った。「搾取のあるところ、矛盾のあるところ、抑圧のあるところには、必ず反抗がある」彼は世界革命を考え始めた。全世界のプロレタリアを解放しようとした。しかも、それを行動に移し、革命の輸出を始めた。長い歳月が過ぎた今日、毛沢東の中国における功罪と是非はさておき、ますます明らかになった事実がある。毛沢東思想は彼の死によって消滅することなく、世界に対する影響がむしろ日増しに強まっているのだ。私は気づいた。世界じゅうの多くの場所の多くの人にとって、毛沢東が中国で何をしたかはもう重要ではない。重要なのは彼の思想が時を経てますます新しくなり、そのうえ一粒の種のように、世界各地に根を張り、花を咲かせ、実を結んでいるということだ。

二〇〇九年五月一日、オーストリアの人民はウィーンで盛大なデモを行ったとき、マルクス、エンゲルス、レーニン、スターリン、毛沢東の巨大な肖像画を高々と掲げた。類似した光景は、ヨーロッパの他の都市でも絶えず見られる。これは次のような現実を暗示しているのではないか？「毛沢東復活」は中国固有の社会現象に止まらず、グローバルな社会現象なのである。もしそうなら、それは何を意味するのだろう？　いちばん簡単な答えは、人体が病気になったら炎症を起こすように、世界が病気になったら革命が必要だということだと思う。

二〇〇八年十一月、私は文化人の代表団の一員として、ネパールを訪問した。当時、ネパール共産党（毛沢東主義派）は議会選挙で勝利を収め、その指導者プラチャンダが新政府の首相になっていた。しかし、私がこの文章を書いている時点で、プラチャンダはすでにネパールの首相の職を辞している。目の前に浮かぶのは、プラチャンダが首相官邸の応接間にすわっている情景だ。彼は体を斜めにして、きっぱりした口調で我々に告げた。今後、一万九千名のネパール解放軍兵士の生活と任務の問題を正しく解決しなければならない。

ネパール解放軍と政府軍を合併すべきか否かという難題ゆえに、この屈強な指導者は首相の座を去ったのかもしれない。

ネパール滞在中、我々はネパール解放軍のキャンプを訪れた。国連の平和維持軍のキャンプを通過して、解放軍のキャンプに入った。解放軍のキャンプは施設が粗末で、武器弾薬も欠乏していたが、武器はなくても前途のある軍隊なので、依然として規律正しかった。キャンプに入ってすぐ、我々は生気みなぎる情景を目の当たりにした。

我々が兵舎に入ると、幼年時代の小学校の教室が再現された。壁にマルクス、エンゲルス、レーニン、スターリン、毛沢東の肖像画が掛かっている。当然、ほかにプラチャンダの肖像画もあった。文革期にマルクスたち四人が中国の習俗に従って毛沢東の肖像と同居したように、毛沢東を加えた五人がネパールの習俗に従い、プラチャンダの肖像と一緒に微笑んでいるのだ。五人から六人に変わった肖像が、革命に終わりはないと我々に告げているようだった。

夜になって、我々は解放軍の将校と懇親会を開いた。酒が入ってから我々は全員起立し、文革時代に毛沢東の詩を歌に改編した『長征』を大声で合唱した。我々は中国語で、彼らはネパール語で歌う。心境は必ずしも同じではなかったが、それぞれの言語で歌われた歌が一つに聞こえた。

文革時には、毛沢東の詩だけでなく、毛沢東の語録も曲がついて歌になった。大人も子供も歌う。教養のある人も、字を知らない人も歌う。人民大衆も、地主、富農、反革命分子、悪質分子、右派分子もみな歌った。ここからすると、毛沢東は有史以来、中国で最も影響力があった作詞者だと言える。

毛沢東の詩と語録は、我々の生活の至るところに存在した。都市から農村まで、レンガの壁にも土壁にも、屋内にも屋外にも、毛沢東の詩と語録があふれていた。さらに、赤い太陽のように光り輝く毛沢東の頭部像もある。食事用の茶碗には「革命は客を招いてごちそうすることではない」という毛沢東語録の一節が印刷されていたし、水を飲むコップには「いましがた長沙(ちょうさ)の水を飲みしも、また武昌(ぶしょう)の魚を食う」という毛沢東の詩が書いてあった。毛沢東の詩や語録によって、我々は日常生活の中で折に触れて感慨を催した。眠りにつくときには、枕に「階級闘争を決して忘れるな」という文字が、シーツに「大風大浪の中を勇ましく前進しよう」という文字が記されていた。

便所の壁にも毛沢東の頭部像が描かれ、痰壺(たんつぼ)にも毛沢東語録が書かれていた。今日から見れば、毛沢東が登場すべき場所ではないように思えるが、当時は誰も指摘しなかった。当時の人々はみな、こう言った。

「毛主席は我々の身近にいる」

私は毛沢東がいつも身近にいると信じていた。私がよいことをすれば喜び、悪いことをすれば失望する。幼年時代の最高の幸福は夜、毛沢東を夢に見ることだった。私は合わせて三回、彼の夢を見た。一度は近くまで歩いてきて、やさしく私の頭をなで、言葉をかけてくれた。

それで私は大いに感激し、喜び勇んで友だちに毛主席を夢に見たこと、毛主席が頭をなで言葉をかけてくれたことを話した。だが残念なことに、誰も私の話を信じてくれず、ホラを吹いているんだろうと言った。

「毛主席を夢に見るはずがあるか？　おまえの夢の中に現れて、言葉をかけるなんてあり得ない」

いま思い返してみると、友だちの言うことは正しい。「毛主席は我々の身近にいる」というのは、文化大革命中の幻想だった。至るところにあふれる毛沢東の光り輝く頭部像と毛主席の赤い文字の語録が、この幻想を作り出していた。現実の毛沢東は我々にとって、はるかに遠く不明確で、ある種の象徴の中にしか存在しなかった。私と毛沢東の間の実際の距離は、幼年時代の友だちが言ったように、夢で出会うことも不可能なほど離れていた。

文革時代、私の町のある人が北京へ行った。その人は帰ってきたあと、毛沢東と握手をしたと公言し、熱い涙を流しながら町の大衆に体験を語った。毛主席は彼の手を握り、彼の名前を尋ね、その時間は四秒ほどだったという。そのあと、別の人が毛主席の手を奪い取った。彼は残念そうに言った。

「もう少しで五秒だったのに」

この人は当然、我々の町の英雄になった。彼の右手は、毛沢東の右手と接触したという理由で、まる一年洗われていない。見たところ左手よりも大きく、熊の手のように黒くて汚れていた。彼の知り合いはみな、その熊の手と握手してから、うれしそうに語り合った。

「毛主席と握手した手と握手したぞ」

私は大人になってから、中国の各地から来た友人たちと文革の思い出を語るとき、いつもこの話をする。そして、友人たちが暮らしていた町にも、同じような人がいたことを知った。しかも、場所によっては一人に止まらない。私はかつての町の英雄がホラを吹いていたのではないかと疑い始めた。毛沢東の手は、そんなに簡単に握れるだろうか？　彼は天安門広場の黒山の群集に混じって、毛沢東の観閲を受けたのだろう。天安門の楼上で手を振る毛沢東を遠くから見ただけではないか？　彼は毛沢東の手をおぼろげに見て、毛沢東との握手を虚構した。我々の町の人たちがみな固く信じて疑わなかったので、彼自身も真実と思い込んだ。

当時、天安門の楼上には必ず、太陽のように光り輝く毛沢東の頭部像が描かれた。しかも、頭部像は明らかに天安門より大きい。私はほとんど毎日、このように威風堂々とした頭部像を町のあちこちの壁で見た。我々はほとんど毎日、こんな歌を歌った。「北京の天安門が大好き、天安門に太陽が昇る、偉大な領袖・毛主席、私たちを前進させてくれる」

私は写真を一枚持っていた。十五歳くらいの私が広場の中央に立っている。背景は天安門で、毛沢東の大きな肖像画もかすかに見えた。この写真は北京の天安門広場で撮ったものではない。千里も離れた我々の町の写真館で撮ったのだ。私が立っていた場所は十五平米ほどで、天安門広場は壁に描かれた背景だった。しかし、写真の中の私は本当に天安門広場に立っているように見える。唯一の落ち度は、広場に私以外の人影がまったくないことだ。

この写真には、私の幼年時代の夢のすべてが凝縮されている。あるいは、多くの北京以外の町に住む子供たちの夢と言ってもいい。あの時代の中国では、あらゆる町の写真館に天安門広場の背景があり、人々の「絵に描いた餅」の夢を満足させていた。北京以外の町に暮らす人にとって、天安門は毛沢東の家のようなものだ。私は偽りの毛沢東の家の門前で写真を撮った。惜しいことに、この写真はその後紛失してしまった。

私の天安門に対するあこがれは、毛沢東に対するあこがれの延長だった。文革時代、毎年国慶節になると、毛沢東および天安門に関する記録映画が作られた。その記録映画が我々の町で上映されるのは、たいてい冬になってからだ。私は厚手の綿入れを着て、夜の寒風の中、映画館へ向かった。そして暖房のない映画館にすわり、スクリーンに映し出された秋の天安門広場を見た。毛沢東は天安門の楼上に立ち、国慶節のパレードに手を振っていた。

いちばん印象深いのは、宵闇(よいやみ)に包まれたあとだ。毛沢東たちは天安門の楼上にすわり、テーブルにはよだれが出そうな果物や菓子が並んでいる。広場の上空は祝賀の花火に照らされて明るい。これは少年時代の私にとって、最も心が浮き立つ情景だった。当時の我々にできたのは、正月や祭日に爆竹を数発鳴らす程度のことだ。これほど多くの花火が長時間にわたって夜空を染めるのを見て、スクリーン上のことであっても、私は度肝を抜かれてしまった。

その後、国慶節の記録映画の中に、毛沢東のそばにいるシアヌークの姿が映った。地位を追われたカンボジアの国王である。ほかに、亡命政府の首相ペン・ヌートもいた。シアヌークはニコニコ顔で、ペン・ヌートは頭を時計の振り子のように揺らして、しきりにうなずいていた。そのころ、私はすでに妄想たくましい思春期に入っていて、シアヌークとペン・ヌートの若くて美しい夫人たちに引きつけられた。彼女たちは以降、国慶節の記録映画に必ず登場し、私は映画の主題をそこに見た思いがした。昼間のパレードと夜の花火はもはや重要ではなく、シアヌークとペン・ヌートが世界じゅうでいちばん羨ましい男になった。特にペン・ヌートは、あんな老人で、頭も持ち上がらないのに、夫人はとびきりの美人なのだ。

毛沢東に関する最も長々しい記憶は、私の家の天井から始まった。私の父は毎年一度、天井に貼った古新聞を交換した。塵や埃が落ちるのを防ぐためでもあり、天井を美しく見せるためでもある。当時、我々が住んでいた家は、屋根の瓦が丸見えだった。そこで、父は天井に古新聞を貼り、瓦との間を隔てたのだ。私は幼年時代を古新聞の下で過ごした。ベッドに横たわると、古新聞の見出しがすべて読める。遠く離れているため、本文は判読できなかった。毎年、国慶節の日の新聞の一面には、毛沢東が天安門の楼上に立っている大きな写真が載る。毛沢東が最初に私の家の天井に現れたとき、彼のそばに立っているのは劉少奇だった。間もなく劉少奇は消えて、林彪が毛沢東のそばに立った。さらに間もなく林彪も消え、王洪文という文革造反派が毛沢東のそばに現れた。毛沢東の側近は絶えず変わった。天井の古新聞が交換されるにつれて、毛沢東はしだいに年老いた。やがて、国慶節の新聞の一面には毛沢東の写真が載らなくなり、当時全国的に流布していた肖像が使われるようになった。天井の毛沢東の老化も、それで止まった。

一九七六年九月のある日の朝、高校二年生だった私たちはいつものように、授業の前に全員起立し、黒板の上の毛沢東像に向かって斉唱した。

「偉大な領袖、毛主席の長寿を祈ります」

そのあと席につき、国語の教科書の毛沢東に関する部分を朗読した。当時はあらゆる文章で毛沢東を描写するとき、「顔の血色がよく、元気にあふれている」という表現を必ず使った。

この表現は小学一年の教科書から始まって、高校二年までずっと続いて変化がない。ちょうど我々が、毛沢東は「顔の血色がよく、元気にあふれている」と朗誦したとき、学校の拡声器が鳴り出した。九時から重要な放送があるので、全校の教員と生徒はすぐ講堂に集合せよという。

我々は自分の椅子を学校の講堂まで運んだ。千名ほどの教員と生徒が、講堂で腰を下ろしてから三十分ほど待った。九時になると、ラジオから悲しいメロディーが流れ出した。私はすぐに不吉な予感がした。これより前、中国共産党の二人の重要人物、周恩来と朱徳が亡くなっている。この一年、我々はラジオから流れる悲しいメロディーを聞き慣れていた。

ゆっくりとした音楽が終わり、アナウンサーの悲痛な声が響き出した。「中国共産党中央委員会、中国共産党中央軍事委員会、中華人民共和国国務院、全国人民代表大会、全国政治協商会議……」

しばらく待ったあと、この五つの最高権力機構が共同で発表した「訃報（ふほう）」が読み上げられた。アナウンサーの声は引き続き悲痛で、ゆっくりしている。「偉大な領袖、偉大な指導者、偉大な元帥、偉大な舵取り……」またしばらく待って、ようやく毛沢東主席が病気のため不幸にして世を去ったことが伝えられた。アナウンサーの悲痛な声が、まだ「享年八十三歳」と言う前に、学校の講堂は泣き声に包まれた。

我々の領袖が世を去った。私も涙が止まらなくなった。私は千人の泣き声の中で泣いた。天地を揺るがすような泣き声、息も絶え絶えの泣き声、いまにも窒息死しそうな泣き声を聞いているうちに、私の思考は乱れ始めた。もはや悲しみに支配されることはなく、奇妙な泣き声に心を奪われた。数人が泣いているのなら、きっと悲しみを感じただろう。しかし、千人が同時に大きな部屋の中で泣いているのは、むしろ滑稽に思われた。こんなに豊富で多彩な泣き声を聞いたのは初めてだ。たとえ全世界のあらゆる種類の動物が代表を派遣して、我々の学校の講堂に集まり一斉に泣いたとしても、この千人の泣き声ほど珍妙ではないと思う。

この場違いな考えは、あやうく私の生命をおびやかすところだった。私はこらえきれずにこっそり笑ったが、そのあとに込み上げてきた笑いは慌てて呑み込んだ。当時、笑った顔を人に見られたら、私はすぐに反革命分子となり、そこで一巻の終わりとなっただろう。私は必死に笑いをこらえたが、体内を笑いが駆けめぐり、いまにも吹き出しそうになった。もうダメだと思った私は恐ろしくなり、両腕を交差させて前の生徒の椅子の背に乗せ、頭を深々とそこに突っ込んだ。私は千人の泣き声の中、びくびくしながら笑っていた。笑いを止めようとすればするほど、おかしくてたまらなくなった。

私のうしろにすわって涙と鼻水を流していた生徒たちは、かすんだ目で私が前の椅子に突っ伏しているのを見た。また、私が笑いをこらえるために肩を震わせているのも見た。これらの生徒は、私が毛沢東に強い思い入れを抱いていると誤認し、あとでこう言った。

「余華（ユイ・ホア）の泣き方がいちばん激しかったな。いちばん肩を震わせていたのも余華だった」

読書

私は本のない時代に育ったので、自分の読書がどのように始まったのかわからない。そこで、記憶を整理してみて気づいた。四種類の異なるテキストが私の最初の読書体験を形成している。

一つ目は小学校を卒業した年の夏休み、一九七三年だったと思う。文化大革命は七年目を迎え、我々が見慣れた武闘（武力闘争、特に文革中の暴力行為を指す）と野蛮な家宅捜索はすでに過去のこととなっていた。革命の名のもとにくり広げられたこれらの残酷な行為にも疲労の色が表れ、私が暮らす小さな町は抑圧と窒息に包まれたまま小康状態に陥った。人々はますます臆病で慎重になった。ラジオや新聞は相変わらず毎日、階級闘争を呼びかけていたが、階級の敵にはしばらく出会った記憶がない。

そんなとき、町の図書館が対外開放を復活させた。父が私と兄のために図書貸出証を入手してきてくれたので、退屈な夏休みにやるべきことができた。私が小説を読むのを好きになったのは、そのときからだ。当時の中国では、ほとんどの文学作品が「毒草」とされていた。外国のシェイクスピア、トルストイ、バルザックらの作品も毒草、中国の巴金（はきん）、老舎（ろうしゃ）、沈従文（しんじゅうぶん）らの作品も毒草、毛沢東とフルシチョフが反目、敵対したため、ソ連の革命文学も毒草となった。大量の蔵書が毒草として廃棄されたので、再開した図書館にはいくらも本がなかった。書棚に置いてある小説は二十数種だけで、すべて国産のいわゆる社会主義革命文学だった。私はそれらの作品をひと通り読んだ。『艶陽天（うららかな日）』『金光大道（輝ける道）』『牛田洋』『虹南作戦史』『新橋』『鉱山風雲』『飛雪迎春』『閃閃的紅星（きらめく赤い星）』など……。当時、いちばん好きだった本は『閃閃的紅星』と『鉱山風雲』である。理由は簡単で、この二冊の小説の主人公が子供だからだ。

こうした読書体験は、その後の生活に何の痕跡も残さなかった。感情も人物も、ストーリーさえも読み取ることができず、読み取れたのは無味乾燥な様式で階級闘争を語っていることだけだった。それでも私は、全部の小説を真剣に最後まで読んだ。当時の生活がこれらの小説以上に無味乾燥だったから。「飢えているときは食べ物を選ばない」という諺がある。私の当時の読書体験はまさにそれだった。小説でありさえすれば、文章が続く限り、私は読むことをやめなかった。

二〇〇二年の秋、私はベルリンで二人の老漢学者に会い、一九六〇年代初期の中国の大飢饉について語った。この教授夫妻は実体験に基づく話をした。当時、彼らは北京大学に留学していたという。夫は家の急用で先に帰国し、二か月後に妻からの手紙を受け取った。妻は手紙で、こう知らせてきた。大変だ。中国の学生は北京大学の木の葉を食べ尽くしてしまった。

飢えた学生が北京大学の木の葉を食べ尽くしたように、私は木の葉よりも消化しにくい町の図書館の小説を読み尽くした。

図書館の係員は中年の女性で、職務に忠実だった。私と兄が読み終わった本を返しに行くと、本が破損していないか入念に調べる。それからやっと、別の本を貸してくれた。ある日、彼女は返却した本の表紙に墨の跡がついているのを発見し、我々が本を汚損したものと見なした。我々は最初から墨の跡があったと主張したが、彼女は聞き入れない。返却された本は必ず入念に検査しているから、墨の跡に気づかないはずはないと言う。口論が始まった。口論は当時、「文闘」（「武闘」の反対語で、言葉や文章による攻撃を指す）に属していた。私の兄は紅衛兵だったから、「文闘」では物足りない。「武闘」こそが紅衛兵の本領だ。兄は本を投げつけ、手を上げて彼女にびんたをお見舞いした。

その後、我々は町の派出所へ行った。彼女はすわって悲しそうに泣き続け、兄は平気な顔で派出所の中を歩き回っていた。派出所の所長は彼女にやさしい言葉をかけて慰めながら、勝手放題の兄を叱って、大人しくすわるように言った。兄はすわったあと、偉そうに足を組んだ。

この所長は父の友人で、私にケンカの仕方を教えてくれたことがある。彼はひ弱な私をじっと見て、ある方法を伝授した。相手の隙をついて、すばやく睾丸に蹴りを入れるのだ。

私は尋ねた。「相手が女だったら?」

彼は厳しい表情で言った。「男は女とケンカしちゃいかん」

紅衛兵だった兄の「武闘」行為のため、我々は図書貸出証を没収された。別に残念なことはない。私はすでに図書館の小説をすべて読了していた。問題は夏休みがまだ終わらないこと、そして私の読書欲に火がついてしまったことだ。私は本を読みたかったが、読むべき本がなかった。

私の家には当時、両親が仕事で使う十数冊の医学書を除くと、四巻本の『毛沢東選集』と赤い宝の本と呼ばれる『毛主席語録』しかなかった。赤い宝の本は、『毛沢東選集』から抽出された言葉を集めたものである。私は元気なく、それらの本のページをめくった。読書欲という化学反応が起こることを期待したが、いくらページをめくっても、まったく読む気になれない。

私は仕方なく家を出て、おなかをすかせた人が食べ物を探すように、あちこち本を探し歩いた。半ズボンにランニングシャツ、サンダルばきという恰好で、炎天下の小さな町の熱を帯びた道を歩き、知り合いの少年を見かけるたびに声をかけた。

「おい、おまえの家に本はあるか?」

私と同じく半ズボンにランニングシャツ、サンダルばきの少年たちは、それを聞いてみなポカンとした表情を見せた。彼らはこんな質問を受けたことがないのだろう。その後、彼らはうなずいて、本があると言った。私は喜び勇んで彼らの家に駆けつけたが、目にしたのはいずれも四巻本の『毛沢東選集』だった。しかも、すべて開いたことすらない新品だ。そこで私は教訓を得た。相手の少年が本があると答えたとき、私は指を四本立てて質問を重ねる。

「四冊か?」

相手がうなずくと、私は手を下ろし、さらに尋ねた。「新品か?」

相手が再度うなずくと、私はすっかり失望して言った。「やはり『毛沢東選集』か」

その後、私は質問を変え、最初からこう尋ねた。「古本はあるか?」

私が出会った少年は、みな首を振った。一人だけ例外がいて、しばらく目をパチクリさせたあと、うなずきながら古本があったようだと言った。私が四冊かと尋ねると、彼は首を振って一冊だけのようだと言う。私は赤い宝の本ではないかと疑って、表紙は赤いかと尋ねた。彼は少し考えてから言った。表紙は灰色だったようだ。

私にとっては望外の喜びである。彼が三回「ようだ」と答えたことで私は興奮し、汗に濡れた手で彼の汗に濡れた肩を抱いた。家に着くまでお世辞を言い続け、彼を喜ばせた。家に入った彼は、苦労して椅子をタンスの前まで運び、その上に立ってタンスのてっぺんを探ると、埃だらけの本を私に手渡した。私はドキドキしながら受け取ったが、この小型の本はどうも赤い宝の本に似ている。表紙の厚い埃を拭うと、残念なことに赤いビニールの表紙が現れた。果たして、それは赤い宝の本だった。

外で努力しても何ら得るところがなかったので、家に帰って掘り出し物を探すしかない。いま流行している言葉を使うなら、内需を拡大するということだ。私は自宅の医学書をパラパラとめくって、また本棚に戻した。そのときの私はうかつで、医学書に隠されている驚くべき内容に気づかなかった。二年後にようやく、その秘密に気づくことになる。医学書を放棄したあと、選択できる本は真新しい『毛沢東選集』と使い古された赤い宝の本だけだ。当時はどこの家庭も似たような状況で、四巻本の『毛沢東選集』は家の政治的装飾品にすぎず、普段の学習に使われるのは赤い宝の本だった。

私は赤い宝の本を選択せず、『毛沢東選集』の第一巻を手に取り、じっくり読み始めた。そして、読書の新大陸を発見した。『毛沢東選集』の注釈に引き込まれたのだ。それ以降、私は片時も休むことなく『毛沢東選集』を読んだ。

当時は夏になると、誰もが屋外で夕食をとった。まず地面に水を撒き、温度を下げると同時に埃を鎮める。それからテーブルと椅子を運んできた。夕食が始まると、子供たちは茶碗を持って歩き回る。よその家の食卓のおかずを見ながら、自分の茶碗のご飯を食べるのだ。私はいつも早々と夕食を終え、食器を置いてすぐ『毛沢東選集』を手に取り、夕焼けのもとで、むさぼるように読み始めた。

隣人たちはそれを見てしきりに讃嘆し、幼いにもかかわらず熱心に毛沢東思想を学ぶ私を褒めちぎった。私の両親はそれを聞いて、得意そうに顔をほころばせた。彼らは小声で私の将来を語り、文化大革命で勉強の機会を失っていなければ、この子はきっと大学教授になっただろうと言った。

しかし、私は毛沢東思想を学んでいたわけではない。読んでいたのは『毛沢東選集』の注釈だ。歴史的事件や人物に関するこれらの注釈は、町の図書館の小説よりずっと面白かった。注釈の中に感情はないが、ストーリーがあり、人物もいた。

二つ目の読書体験は中学時代で、私は毒草とされた一部の小説を読み始めた。これら焼却の運命を免れた生き残りの文学は、ひそかに我々の間で流通していた。おそらく、本当に文学を熱愛する人たちが慎重に保管し、その後こっそり回し読みされるようになったのだろう。どの本も千人以上の人の手を経て、私のところに回ってきたときにはもうボロボロだった。最初と最後の十数ページが欠けている。私が当時読んだ毒草の小説は、一冊も完全な形を保っていなかった。書名も作者名もわからない。ストーリーの始まりと結末も、わからなかった。

ストーリーの始まりがわからないのはまだ我慢できるが。結末がわからないのは大変つらかった。いつも頭と尻尾（しっぽ）のない小説を読んで、私は熱い鍋の上のアリのようにのたうち回った。人にこの物語の結末を尋ねたが、誰も知らない。彼らが読んだのも、頭と尻尾のない小説だった。数ページ多く読んでいる人もいて、その内容を教えてくれたが、やはり結末はわからなかった。これが当時の読書経験である。絶えず本が破損する中での読書なのだ。本は数人あるいは十数人の手を経るうちに、一ページか二ページ欠ける可能性があった。

私は残念でならず、心の中で前の読者を礼儀知らずと罵ったが、自分が小説を読み終わったあと、はがれたページを貼りつけることはしなかった。

結末のない物語が私を苦しめても、助けてくれる人はいない。私は自分で物語の結末を考えることにした。『国際歌（インターナショナル）』の歌詞にあるように、「もともと救世主などいないし、神や皇帝に頼ることもできない。人類の幸福を作り出すのは、我々自身なのだ」毎晩、明かりを消してベッドに入ってから、私は暗闇の中でまばたきして想像の世界に浸った。あれらの物語の結末を考えると同時に、自分の創作に感動して熱い涙を流した。

私は当初、自分が想像力を鍛えていることに気づかなかった。あの頭と尻尾のない小説には感謝しなければならない。おかげで私は創作の情熱を掻き立てられ、のちに作家となることができたのだから。

私が最初に読んだ外国の小説も、頭と尻尾がなかった。書名も作者もわからない。ストーリーの始まりと結末もわからない。私は初めて性描写に触れ、気持ちが落ち着かなくなると同時に、恐ろしさを感じた。性描写の段落まで来ると、私は緊張して頭を上げ、周囲の様子をうかがう。誰にも見られていないことを確認してから、ようやくドキドキしながら続きを読むのだった。

文革が終結すると、文学が戻ってきた。書店に斬新な文学作品が並び、私は外国の小説をたくさん買ったが、その中に『女の一生』という本があった。フランスの作家モーパッサンの作品である。ある日の晩、私はベッドに横たわり、『女の一生』を読み始めた。三分の一まで読んで、私は驚きの声を上げた。これだ！

私がずっと前に、びくびくしながら初めて読んだ、頭と尻尾のない外国の小説はモーパッサンの『女の一生』だったのだ。

私が読んだ毒草と呼ばれる小説のうち、唯一完全なものはフランスの作家小デュマの『椿姫』だった。それは文革が終わろうとするころで、私は高校二年になっていた。『椿姫』は写本の形で我々のところに回ってきた。その後、正式に出版された『椿姫』を入手して、ようやく最初に読んだのが縮写本だったことを知った。

当時は偉大な領袖・毛主席が世を去ったばかりで、彼が生前に指定した後継者・華国鋒は英明なる領袖と呼ばれていた。華国鋒は朝露のような運命で、その後鄧小平の復活に伴って政治の舞台から消えた。ある日、私は学校の友だちに呼ばれて耳打ちされた。彼はすごい本を借りてきたと言う。あたりに人がいないのを確かめてから、彼は秘密めかして言った。

「恋愛小説だぞ」

恋愛小説と聞いて、私は血をたぎらせた。小走りで『椿姫』の写本を持っている彼の家まで行くと、彼は息を切らせながら、カバンの中から白いアート紙に包まれた写本を取り出した。アート紙を開いた私は、びっくりしてしまった。なんと彼は、英明なる領袖・華国鋒の写真で『椿姫』を包んでいたのだ。私は叫んだ。

「おまえは反革命分子だ」

彼もびっくりした。『椿姫』を包んでいた紙が華国鋒の写真だということに気づいていなかったらしい。彼は別の反革命分子、すなわち彼に『椿姫』を貸した人物がやったことだと言った。その後、我々はすでにしわくちゃになった華国鋒の写真をどう処理するか相談した。彼は河に捨てようと言ったが、私は反対した。やはり、焼却したほうがいい。

我々は跡形もなく華国鋒の写真を処分したのち、写本の『椿姫』をしげしげと眺めた。クラフト紙のノートに美しい字が並んでいる。友だちは、一日しか時間がないという。明日、写本を返さなければならない。我々は頭を突き合わせて、一緒に読んだ。それはとても感動的な読書体験だった。三分の一まで読んだところで、我々は感嘆の声を上げた。世の中にこんな素晴らしい小説があるなんて、思ってもみなかった。この小説を失うのが恐ろしい。永遠に占有していたい。写本の『椿姫』はそれほど大部ではなかったので、我々は読むのをやめ、書き写すことにした。明日、本を返す前に、写し終わらなければならない。

友だちはまだ使っていない父親のノートを探してきた。やはりクラフト紙で、表紙がついている。我々は交代で書き写した。私が先陣を切り、疲れると彼がすぐ交代した。彼が疲れたら、次は私の番だ。彼の両親が帰宅する時間が近づくと、我々は撤退し、より安全な場所に移った。我々は相談し、学校の教室に戻ることにした。当時、高校生の教室は二階、中学生の教室は一階にあった（中国の学校は中高一貫）。教室のドアはすべて施錠してあったが、窓は必ずどこか開いていた。我々は一階の中学生の教室を調べて、開いている窓を見つけ、乗り越えて中に入った。よその教室で、リレー式の筆写を続けたのだ。暗くなると紐を引っぱって、教室の蛍光灯の助けを借りた。

空腹と疲労に耐えられなくなったときは、一人が書き写している間に、もう一人が机を集めて作ったベッドに寝た。交代の頻度は、しだいに高くなった。最初は一人が三十分以上頑張ったが、のちには五分でもう交代した。私は机の上でいびきをかいている友だちを叩き起こした。

「おい、起きろよ。おまえの番だぞ」

私が眠りにつくと、今度は彼が体を叩いた。「おい、起きろよ」

こうして、我々は絶えず相手を起こしつつ、人生最大の筆写の仕事を完成させた。教室の窓を乗り越えて学校から出ると、あくびをしながら早朝の道を歩いた。別れぎわに、友だちは二人で書き写した本を手渡し、気前よく先に読めと言った。まず『椿姫』の原本を持って、東の空が赤く染まるのを見ていた。彼は美しい字の原本を返しに行き、それから家に帰って寝るつもりだと言う。

家に帰ると、私の両親はまだ夢の中だった。昨夜からテーブルの上に置いてあった冷めたご飯とおかずをそそくさと掻き込み、私はベッドに横たわって寝た。間もなく、父の怒鳴り声で私は目を覚ました。昨夜はどこへ行っていたのかと聞かれ、私はムニャムニャと答えにならない返事をしたあと、寝返りを打ってまた寝てしまった。

私は昼まで眠り、その日は学校へ行かず、家で自分が書き写した『椿姫』を読み始めた。我々が書いた字は、最初のうちはまだ整っていたが、あとになるにつれ粗雑になった。自分で書いた雑な字は読めても、友だちの書いた雑な字はまったく判読できない。私は読んでいるうちに腹が立ち、我慢できなくなった。写本を服の中に隠して脇に挟むと、家を出て友だちを探しに行った。

私は学校のバスケットコートで、友だちを見つけた。彼はちょうど、ドリブルシュートを決めたところだった。私が名前を呼ぶと、驚いて振り向いた。私は続けて怒鳴った。

「おい！　ちょっと来いよ！」

私がケンカ腰だったせいだろう。彼も腹を立て、ボールを思いきり地面に投げつけた。そして拳を握り、大汗をかいてやってきて、私に向かって叫んだ。

「何の用だ？」

私は服の胸元から写本を取り出し、彼にチラッと見せてから、憤慨して言った。

「おまえの書いた字は読めないぞ」

彼は事情を理解し、顔じゅうの汗を拭うと、へらへらと笑いながら私と一緒に学校の林の中に入った。林の中で、私は写本を取り出し、読書を再開した。友だちをそばに立たせ、読みながら絶えず、怒りを込めて問いただした。

「これは何ていう字だ?」

私の読書は糞(ふん)づまりのようで、つかえながら『椿姫』を読み終えた。それでも、ストーリーと人物は感動的だった。私は涙を拭い、未練を残しつつ写本を友だちに渡した。今度は彼が読む番だ。

その日の夜、私がすでに眠りについてから、友だちが家の外までやってきた。怒った様子で、私の名前を呼んでいる。彼も同じように、私の雑な字が読めなかったのだ。私は仕方なく起き出して、彼と一緒に街灯の下まで行った。彼は人が寝静まった深夜に、感情移入して読書にふけっていた。私はあくびを連発しながら電柱にもたれて、職務に忠実な学友となった。彼の求めに応じて、そのつど粗雑な字を判読する役目を果たしたのだ。

三つ目は街頭での読書、すなわち壁新聞である。これは文化大革命が我々の町にもたらした独特の光景だった。当時、壁新聞を引きはがすのは反革命行為とされたから、新しい壁新聞は古い壁新聞の上に貼るしかなかった。壁はだんだん厚くなり、我々の町は着ぶくれしたかのようだった。

私は文革初期の壁新聞を読んだことがない。そのころの私は小学校に上がったばかりで、七歳前後だったから、壁新聞の表題が読める程度の漢字しか知らなかった。当時の興味は街頭での激しい武闘で、私は戦々恐々としながら、町の大人たちが殴り合うのを見ていた。彼らは棍棒を振り回し、「命をかけて偉大な領袖・毛主席を守る」というスローガンを叫びつつ、殴り合って頭から血を流した。これは幼い私にとって、いくら考えてもわからないことだった。どちらも毛主席を守ろうとしているのに、どうして生きるか死ぬかの殴り合いが起こるのだろう。

私は度胸がなかったので、いつも遠くで観戦していた。戦う人たちが突進してくると、一目散に逃げ出し、銃弾の届かない距離に身を置いた。二歳年上の兄は人並みはずれた度胸の持ち主で、いつも間近で武闘を見物した。両手を腰にあてがい、余裕たっぷりだった。

我々は当時、毎日街角をうろつき、通りで演じられる武闘の光景を眺めた。映画館で白黒映画を見るのと同じだ。子供たちの間では、街に出て遊ぶことを「映画を見る」と言うのが口癖だった。数年後、映画館にはワイドスクリーンのカラー映画が登場した。我々の口癖も、これに伴って変化した。誰かが「どこへ行くの?」と尋ねると、街へ行こうとしていた子供はこう答える。「ワイドスクリーンの映画を見に行くんだ」

壁新聞を読むことに夢中になったとき、私はもう中学生だった。一九七五年前後で、文革の末期、血生臭い武闘に代わって、沈滞した空気が社会を覆っていた。町の通りに変化はなかったが、中身に違いが見られた。我々が見るのは、「白黒映画」から「ワイドスクリーンの映画」に変わった。街頭の子供たちにとって、「ワイドスクリーンの映画」は初期の「白黒映画」ほど面白くない。文革の初期、この町の通りはハリウッドのアクション映画のように賑やかだった。文革の末期、この通りは現代ヨーロッパの芸術映画のように静かで寂しかった。我々は街頭の子供から街頭の少年に成長した。我々の生活も、アクション映画から芸術映画に変わった。芸術映画の長い固定シーンとスローテンポの長回しは、文革末期の生活のリズムに似ている。

いま目を閉じると、こんな光景が浮かんでくる。三十数年前の自分、放課後の帰宅途中の中学生が継ぎの当たった服を着て、すり減った運動靴をはき、ボロボロのカバンを肩に掛けて、壁新聞だらけの通りを退屈そうに歩いている。

私はこの色あせた光景の中で、壁新聞を読む楽しみを見つけた。芸術映画を鑑賞するのに辛抱強い審美眼が必要なのと同じく、文革末期の生活には細かい観察が必要だった。それでこそ、ありきたりな物事の背後に隠された神秘を発見できる。

一九七五年当時、人々はすでに壁新聞に対して無関心だった。新しい壁新聞が絶えず貼り出されたが、足を止めて読む人はほとんどいない。そのころの壁新聞は本来の意味を失い、壁の一部になっていた。まるで目に入らないかのように、誰もが素通りする。私も、その一人だった。ところがある日、一枚の壁新聞に漫画が描かれているのに気づいた。そして私は、『毛沢東選集』の注釈に続く読書の新大陸を発見した。

それは拙い絵だった。ベッドの上に、一組の男女がすわっている。さまざまな色が塗ってあった。この奇妙な漫画を見て、私はドキッとした。それまで見慣れていた宣伝画の男女、革命的大衆は顔を上げ胸を張っていた。ところが、この絵の男女はベッドの上にいる。見たこともない構図だ。いかがわしいベッドが、革命的意義に満ちた壁新聞に登場した。いかがわしい男女と一緒に描かれているから、ベッドに猥褻（わいせつ）な意味があることは明らかだ。私は妄想をたくましくして、この壁新聞を読み始めた。

壁新聞を真面目に読んだのは初めてだった。頻繁に出てくる毛主席語録とスローガン的な革命用語の合い間に、私は魅力的な一節を読み取った。その一節というのは、我々の町の不倫カップルの物語である。直接的な性描写はなかったが、妄想が波に揺られる小舟のように私の頭の中で渦巻いた。

この不倫カップルの実名は、色つきの漫画の横に書いてあった。私は尾ひれをつけて、この話を学校の親しい友人たちに伝えた。友人たちは目を丸くした。その後、我々は興味津々で、手分けしてこの不倫カップルの住所と勤務先を調べた。

数日後、我々は首尾よく情報をつかんだ。男は町の西側の裏通りに住んでいる。我々が家の前で待っていると、男は仕事から帰ってきた。この姦通の現場を押さえられた男は、陰気な顔で我々を見てから家に入って行った。女は三、四キロ先の町の百貨店で働いている。我々はやはり相談して、日曜日に遠路はるばるその町まで行き、五十平米ほどしかない百貨店を訪ねた。女の販売員が三人いたので、どの人なのかわからない。我々は店の入り口で、どの女がいちばん美人かをひそかに議論し、みんな不細工だという結論に達した。我々が大声で壁新聞に書いてあった名前を呼ぶと、一人が返事をして、怪訝（けげん）そうにこちらを向いた。我々は大笑いして、さっと逃げ出した。

これが当時の陰鬱で退屈な生活の実相である。壁新聞が報じた不倫事件のモデルを見つけたことで、我々は数日間、上機嫌だった。

文革後期の壁新聞は、相変わらず毛主席語録、魯迅先生の言葉、新聞から引用した革命用語にあふれていたが、内容がいつの間にか変わっていた。造反の過程で異なる派閥の間に生じた矛盾、あるいは生活の中で発生した衝突などのせいで、デマと罵倒とプライバシーの暴露が、文革後期の壁新聞の人気商品になった。そこでときどき、性に関する話題が登場する。不純な男女関係は、当時の人たちがお互いを攻撃し侮辱するための恰好の材料となった。私は壁新聞を読むことに熱中した。毎日午後、学校から帰る途中、新しい壁新聞が出ていないか、新しい性に関わる記述がないかを仔細に確認した。

これは砂の中から金を見つけるような作業だった。数日間、そんな記述にお目にかからないことがざらにある。友人たちは最初、好奇心いっぱいで私と一緒に壁新聞を読んだが、すぐに飽きてしまった。これは割に合わない商売だ。目を皿のようにして読み続けても、似て非なる言葉しか見つからない。彼らは、私が尾ひれをつけて語るのを聞くほうがずっと面白いと言った。そして、頑張って読むように私を励ました。彼らは毎朝、登校途中に期待を込めて近づいてきて、こっそり私に尋ねるのだ。

「新しいのがあったか?」

未婚の娘と既婚の男の不倫の話は、壁新聞を読んだ経験の中でいちばん驚異的だった。内容もいちばん詳細で、この男女がのちに書いた自白書を一部引用していた。

不倫の前奏曲は、男が井戸端で洗濯をしていたことだ。彼の妻は別の町で働いていて、毎年一か月の休暇のときしか帰ってこない。そこで、隣に住む未婚の娘がしばしば洗濯を手伝った。最初、下着だけは取りのけて男に洗わせていたが、そのうちに下着も区別せず一緒に洗うようになった。次は不倫の小舞曲である。洗濯のほか、彼女は男から本を借りて、読書の感想を語り合った。二人は性的関係を持った。男の寝室に出入りするようになった。一度、二度、三度。三度目のとき、現場を押さえられた。

文革後期には姦通の現場を押さえることが大流行し、文革初期の革命的熱気に取って代わった。人々は嫉妬半分で、自分の不倫願望を姦通の現場を押さえる情熱に転化させた。不純な男女関係の疑いが少しでもあれば、ひそかに監視し、時機が熟したらすぐ部屋に踏み込んで裸の男女を捕まえるのだ。哀れな男女はこうして、チャイコフスキーの『悲愴』の不倫版を演奏し終えた。

壁新聞には、未婚の娘が自白した言葉が書いてあった。彼女は初めて男と関係を持ったあと、「起き上がれなくなった」という。これを読んで、私は全身が熱くなり、あらぬことを思い浮かべた。その日の夜、私は友人たちを呼び集めた。そして河辺の月光の下、枝を揺らす柳の木の下で、彼らに耳打ちした。

「知ってるか？ 女は男としたあと、どうなると思う？」

友人たちは声を震わせながら尋ねた。「どうなるんだ？」

私は秘密めかして言った。「起き上がれなくなるのさ」

友人たちは思わず叫んだ。「どうしてだ？」

どうしてか？　それは私にもわからない。だが、私は落ち着き払って言った。「おまえたちも結婚すれば、なぜだかわかるよ」

あとから当時を振り返ると、壁新聞は私にとってのエロ本だったと思う。ところが面白いことに、最高のエロ本は壁新聞ではなく、私の家の本だった。

両親が医者だったので、私の家は病院の宿舎にあった。二階建てで、上と下に六つずつ部屋がある。学校の教室と同じで、共用の階段で二階に上がる。この宿舎には、病院で働く十一家族が住んでいた。わが家は二部屋を所有し、私と兄が一階、両親が二階を使った。二階の両親の部屋には小さい書棚があり、十数冊の医学書が置いてあった。

私と兄は交代で二階の部屋の掃除をした。両親からは掃除をするとき、必ず書棚の埃を拭くように言われていた。私はいつも不承不承、雑巾で書棚を拭いた。この退屈そうな医学書の中に驚くべき神秘が隠されているとは、夢にも思わなかった。私は小学校を卒業した年の夏休みに、それらの本をざっと見たが、神秘に気づくことはできなかった。

兄は気づいた。それは私が中学二年、兄が高校二年のときだった。ある日、両親が出勤している間、兄はいつものように友人たちを連れてきて、こそこそと二階の部屋に入り、おかしな叫び声を上げた。

私はいつも一階にいて、このおかしな叫び声を聞いていたので、何かよからぬことが二階で行われているのではないかと疑い始めた。しかし、私が二階へ駆けつけてみると、兄たちは何事もなかったかのように談笑している。いくら目を凝らしても、破綻は見つからなかった。私が一階に戻ると、おかしな叫び声がまた起こる。こんな叫び声が両親の部屋で二か月ほど続いた。兄の友人が次々に両親の部屋を訪れる。同級の男子生徒は全員、やってきたのではないかと思う。

私は二階に口外できない秘密があることを確信した。掃除当番が回ってきたとき、私は探偵のように隅々まで調べたが、何も発見できなかった。その後、私は注意力を書棚に向けた。この医学書の中に何かが挟まれていると思ったのだ。一冊ずつ取り出し、一ページずつ慎重に確認していった。『人体解剖学』をめくったとき、神秘が降臨した。女性の陰部のカラー写真が、突如として目の前にさらされている。まるで青天の霹靂で、私は呆然としてしまった。それから、私はむさぼるように写真を細部まで観察し、女性の陰部に関する説明をすべて読んだ。

私は自分が初めて女性の陰部の写真を見たとき、驚きの声を上げたかどうか覚えていない。気が動転して、自分がどんな反応を見せたか忘れてしまった。記憶にあるのは、それから私の中学の友人が続けざまにやってきて、驚きの声を上げたことだ。兄の高校の同級生が次々にわが家を訪れたあと、私の中学の同級生もその部屋に胸の奥からの叫びを残したのだった。

四つ目の読書体験は、一九七七年に始まる。文化大革命が終結し、毒草と見なされた禁書が改めて出版された。トルストイ、バルザック、ディケンズらの文学作品が最初に我々の町の書店に並んだときの反響は、現在で言えばスター歌手が田舎町に登場したようなものだった。人々は走り回って情報を伝え合い、首を長くして到着を待った。我々の町に届く図書の数量には限りがあるので、書店は告示を出した。行列して整理券を受け取ること、整理券は一人一枚、一枚で二冊まで購入可能。

私は図書購入の壮観さをいまだに覚えている。夜明け前、書店の門の外にはもう二百人あまりの長い行列ができていた。一部の人は整理券を手に入れるために、前日の夜から腰掛けを持ってきて、書店の門の外に陣取った。秩序正しく列を作り、雑談を交わしながら長い夜を過ごした。朝早くやってきた人々は、自分が出遅れたことに気づいた。それでも彼らは幸運を願って長蛇の列に並び、整理券をもらえるチャンスがあると信じていた。

私もまさに、遅れてきた中の一人だった。ポケットに忍ばせた五元札は、当時の私にとっては大金だ。書店に向かう途中、私はずっと右手でポケットの五元札を握りしめていた。振り動かせるのが左手だけなので、到着したときは体が左に傾いたままだった。上位の席次が得られると思っていたから、私は自分が二百番よりあとだと知って半ば落胆した。私のあとからも、続々と駆けつける人がいる。彼らの不満の声が聞こえた。

「早起きしたのに、着いてみれば遅刻かよ」

朝日が昇るころ、この三百人あまりの隊列は、睡眠をとっていない集団ととっている集団に分かれた。前方の一団は腰掛けにすわって一夜を過ごした。これらの一睡もしていない人たちは整理券獲得に自信を持っていて、買うべき二冊の本について議論している。後方の一団はひと眠りしてから駆けつけた人たちだ。彼らの関心事は、整理券が何枚配られるかだった。その後、情報が乱れ飛んだ。まず、前方の腰掛けにすわっている人が百枚を超えるはずはないと言い、すぐに後方に立っている人から反駁を受けた。中ほどに立っている人が二百枚は出すだろうと言ったが、それよりうしろの人たちは同意せず、もっと多いはずだと主張した。こうして整理券の数は水増しされ、最後に誰かが五百枚は配るだろうと言った。これには全員が、そんなに多いはずはないと反対した。並んでいるのは全部で三百人あまりだ。もし五百枚も配るのなら、苦労して行列した我々はバカを見ることになる。

七時ちょうどに、我々の町の新華書店の門がゆっくりと開いた。私の心に、何か神聖な感情が湧き上がった。古びた門はギーギーと耳障りな音を立てたのだが、私はうっとりして、舞台の華麗な幕が開くような気がした。門の外までやってきた店員は、立派な司会者に見えた。ところが、神聖な感情はあっという間に消え去った。店員はこう叫んだのだ。

「整理券は五十枚だけです。うしろの方はお帰りください！」

冬のさなかに頭から冷たい水を浴びせられたようなものだ。後方に立っていた我々は、頭のてっぺんから足の先まで冷えきってしまった。一部の人は憤慨しながら帰って行ったが、一部の人は怒りが収まらず、悪態をつく人たちもいる。私はその場に立ち尽くし、右手でポケットの五元札を握りしめたまま、最前列の人たちがうれしそうに店に入り、整理券を受け取るのを見ていた。彼らにすれば、整理券は少ないほどいい。それだけ徹夜の価値が上がるのだから。

整理券を受け取れなかった人がまだ大勢、書店の外に立っていた。店内で本を買った人が出てきて、喜色満面で成果を見せびらかす。外に立っていた我々は、それぞれ知り合いを取り囲み、羨ましそうに手を伸ばして、『アンナ・カレーニナ』『ゴリオ爺さん』『デイヴィッド・コパーフィールド』などの真新しい本を触った。我々は長いこと読書に飢えていたので、これらの名作文学の真新しい表紙を見るだけでも、大いに慰められた。気前のよい人は自分の本を開いて、買えなかった人にインクの匂いを嗅がせた。私も、その機会を得た。それは初めて嗅ぐ新刊書の匂いで、すがすがしいインクの香りに思わずうっとりしてしまった。

記憶に強く残っているのは五十番以降の数人だ。その表情は「痛恨の極み」という言葉で形容できる。彼らはしきりに悪態をつき、自分を罵ったり、名前も知らない他人を罵ったりした。二百番以降に並んだ我々は、一瞬がっかりしただけだった。五十番以降の数人は、カモ鍋のカモが飛び去ったようなもので、その無念さは想像に難くない。特に五十一番目の人は、書店に足を踏み入れようとしたときに行く手をさえぎられ、整理券の配布が終わったことを告げられた。その人は身動き一つすることなく立ち尽くしていたが、その後うなだれて端に寄った。腰掛けを持ったまま、ポカンとした顔で、本を買った人がうれしそうに出てくるのを見ている。我々がそれを取り囲んで、新刊書を触ったり、匂いを嗅いだりするところも見ていた。その人の沈黙は不気味だった。私は、その人が奇妙な目つきでこちらを見ているような気がして、何度も振り向いた。

その後、我々の町の人たちはしばらく、この五十一番目の人を話題にした。彼は三人の友人と深夜までマージャンをしたあと、腰掛けを持って書店の前にやってきて夜明けを待った。後日、彼は知り合いに会うたび、こう言った。

「もう少し早く、マージャンを切り上げればよかった。そうすれば、五十一番にはならなかったはずさ」

こうして、五十一番は一時、流行語になった。誰かが「今日は五十一番だ」と言えば、「今日はついていない」という意味だった。

三十年の歳月が流れ、本のない時代は去り、本の氾濫する時代がやってきた。今日の中国では毎年、二十万種以上の図書が出版されている。以前は書店に売る本がなかったが、いまは本が多すぎて、どれを買ったらいいのかわからない。インターネットの書店が本を割引で販売するようになって、伝統的な町の本屋も次々に安売りを始めた。スーパーでも本を売っているし、街角の雑誌スタンドでも本を売っている。道端ではさらに、露天商がもっと低価格の海賊版の書籍を呼び売りしているのだ。以前は中国語の海賊版だけだったが、いまは大量の英語の海賊版図書が町のあちこちに登場し始めた。

北京では毎年、地壇公園で図書市が開かれ、縁日のような賑わいを見せる。図書市に合わせて、古書、民俗資料、写真の展示、無料の映画会、演芸会、さらにはファッションショー、ダンス、マジックまである。銀行、保険、証券、投資信託会社は、この機会に彼らの財テク商品を売り込む。拡声器から流れる音楽は耳をつんざくばかり、しかもときどき中断して、尋ね人の放送が入る。ごった返す人波の中で、作家や学者が本にサインをして売っている。さらに民間の医者が脈を取って診察し、本にサインをするかのように処方箋を発行していた。

数年前、私もそこでサイン会を開いた。騒音が絶え間なく耳に届き、まるで機械がうなり声を上げる工場に身を置いているようだった。仮設テントの中に何種類もの本が山積みにされ、販売員が拡声器で呼び売りしている。食品市場の店員が野菜、果物、肉を売るのと同じだ。この場面は私に強い印象を残した。数百元の本がひと括りにされ、十元二十元の安値で売られている。売り手は大声を上げ、こちらが「ひと束二十元」と叫べば、あちらはもっと強気に出て「ひと束十元」と叫ぶ。

「出血大サービス！　ひと束十元の名作全集だよ！」

売り手はときどき嘆きの声も上げる。「とても本屋とは言えないよ。まるで紙屑を売っているみたいだ」

そこで呼び売りの文句も変わった。「早いもの勝ちだ！　紙屑を買う金で名作全集が買えるよ！」

今昔を思い比べると、実に感慨深い。三百人あまりが整理券をもらうために書店の前で行列したときから、地壇公園の図書市でひと束十元の名作全集が叩き売りされるまで、三十年はあっという間だった。いま私は往時を振り返り、自分の本当の読書歴をたどっている。それは書店の前に並んだ一九七七年の朝から始まっているのだろう。しかし当然、今日の地壇公園の図書市に響く叩き売りの声で終わるはずはない。

三十数年前の朝、私は何も得るところがなかったが、数か月後には次々と真新しい本が私の本棚に並んだ。私の読書はもはや、文革時代のように途切れ途切れではない。それは充実したもの、河の水が尽きることなく流れるように持続的なものとなった。

ある人に聞かれたことがある。「三十年の読書経験は、あなたに何を与えましたか？」この広大な海のような質問に対して、私は答えようがないと思った。

私はある文章の末尾で、自分の読書経験をこう語った。「私は偉大な作品を読むたび、その世界へ連れて行かれてしまう。臆病な子供のように、しっかりと作品にしがみつき、歩調を合わせ、大河のような時間の流れに身を任せる。それは心温まる、そして万感胸に迫る旅だ。連れ去られた私は、やがてまた一人で戻ってくる。そのとき私は、すでに作品が永遠に自分とともにあることを知った」

私は二〇〇六年九月のある朝を思い出す。私と妻はドイツのデュッセルドルフの古い町並みを歩いていて、突然ハイネの旧居を見つけた。それまで、ハイネの旧居があることは知らなかった。通りに面したタウンハウスにあるハイネの旧居は黒い家で、左右の家はいずれも赤い家だった。ハイネの旧居は古びた家屋の中でも、特に古色蒼然としていた。まるで、それは古い写真のようだった。真ん中に立っているのが昔の祖父で、両側に立っているのは昔の父の世代の人たちだ。

私が数年前のことを持ち出したのは、このデュッセルドルフの朝が私を幼年時代、病院で過ごした忘れがたい日々に引き戻してくれたからである。

前に述べたように、私はかつて病院の宿舎に住んでいた。当時の中国ではよくあることで、都市部の職員の住居はみな勤め先が用意した。私は病院という環境の中で育った。子供のころは病院内のあちこちで、一人で遊んでいた。治療室に入ってアルコールをしみ込ませた脱脂綿で両手を拭いてから、病棟の廊下を歩いて顔見知りの病人を訪ね、新しく来た病人の様子を探る。当時はめったに風呂に入らなかったが、毎日何度もアルコール消毒をするので、私の両手は世界一清潔だった。それと同時に、私は毎日クレゾールの匂いを嗅いだ。小学校の同級生はこの臭いを嫌ったが、私はとても気に入っていた。当時の私の理論によれば、クレゾールは消毒作用があるのだから、その匂いを嗅げば肺の中がきれいになる。いま思い出しても、その匂いは悪くないと思う。それは私の成長の匂いなのだ。

私の父は外科医だった。そのころの病院の手術室はただの平屋で、私と兄はよく手術室の外で遊んだ。そこには大きな空き地があり、日が出ているときにはいつもシーツが干してあった。その間を駆け回ると、石鹼の香りがする湿ったシーツが顔にぶつかった。

これは幼年時代の美しい記憶だが、この記憶には血痕も付着している。私はよく、父が手術を終え、マスクと手術着を血だらけにして出てくるのを目にした。手術室の近くには池がある。看護師はいつも、病人の体から切り取った血まみれの物体を桶に入れて運び、池の中に捨てた。夏になると、池は悪臭を放った。ハエがびっしりと、純毛の絨毯のように池を覆っていた。

病院の宿舎には衛生施設がなく、共用のトイレが向かい側にあるだけだった。病院の霊安室も向かい側にある。トイレと霊安室は壁一枚を隔てて隣接し、出入り口が同じだった。トイレに行くときは、霊安室の前を通らなければならない。そのたびに中をのぞくことが癖になった。霊安室は塵一つなく、床はコンクリート、小さな窓の外で木の葉がかすかに揺れている。私が記憶する霊安室は、言いようのない安らぎを与えてくれる場所だった。そのあたりの樹木の生育が明らかにほかよりよかったことも覚えている。それは霊安室のせいか、それともトイレのせいか?

私は霊安室の向かい側に十年ほど住んだから、泣き声の中で成長したと言っていい。病死した人は火葬される前に、わが家の向かい側の霊安室で一夜を過ごす。霊安室は、死の世界へ向かう客を静かにもてなす旅の宿だった。

私はしばしば夜中に突然目を覚まし、肉親を失った人の悲痛な泣き声を耳にした。十年間、この世のあらゆる泣き声を聞いているうちに、それが単なる泣き声だとは思えなくなった。特に明け方の泣き声は長々とやむことがなく、心に突き刺さる。言葉では語れない親しみ、痛みを伴った親しみが込められている。私は一時期、これこそ世界でいちばん感動的な歌だと思っていた。そのとき私は、大多数の人が暗い夜に世を去ることを知った。

　当時の夏の暑さは耐えがたく、いつも昼寝して目を覚ますと、汗が体の形をくっきりとゴザに残していた。噴き出した汗で、皮膚がふやけていることもあった。

　ある日、私は誘われるように、向かい側の霊安室に足を踏み入れた。炎天下から急に、ひっそりした月の夜に場所を移した感じがした。何度も霊安室の前を通っていたが、足を踏み入れたのは初めてだった。霊安室は、とてもひんやりしている。私は清潔なコンクリートの床に横たわり、すがすがしさを味わった。花が咲き乱れる夢の世界に浸ることもできた。

　私は文革時代に育ち、当時の教育によって徹底した無神論者となった。霊魂の存在も信じないし、幽霊を恐れることもない。だから霊安室のコンクリートの床に寝ても、それは死を意味するものではなかった。酷暑の夏に、涼しさを求めただけのことだ。

　バツの悪い思いをしたこともある。霊安室の床で眠っていたとき、突然泣き声が聞こえてきて、私は目を覚ました。死者が到着したのだ。泣き声がだんだん近づいてきたので、コンクリートの床の臨時の客である私は慌てて逃げ出し、主人である死者に場所を譲った。

以上が幼年時代の思い出である。成長の過程には、記憶を失う過程も含まれる。私はその後の生活の中で、この恐ろしくも美しい幼年時代の経験をすっかり忘れていた。酷暑の夏の日の午後、死を象徴する霊安室の床に横たわって、私は涼しい現世の息吹を感じ取ったのだ。

何年か後のある日、私は偶然、「死は、涼しき夜」というハイネの詩に出会った。その瞬間、ずっと忘れていた幼年時代の記憶が、動揺する私の心によみがえった。心が洗われたように、はっきりと思い出したから、もう二度と忘れることはない。

文学に神秘的な力が本当にあるとすれば、まさにこれがそうだと思う。読者は異なる時代、異なる国家、異なる民族、異なる言語と文化の作家の作品から、自分なりの感動を得ることができる。ハイネが書いたのはまさに、私が幼年時代に霊安室で昼寝をしたときに得たのと同じ感動だった。

私は自分に「これが文学だ」と言い聞かせた。

創作

パンカジ・ミシュラは『ニューヨーク・タイムズ』の求めに応じて、私についての文章を書いた。二〇〇八年十一月、このインドの作家は北京を訪れ、私と一緒に暖かい室内で語り合ったり、冬の寒風の中を歩いたりした。いろいろなレストランで食事をしたので、このベジタリアンは北京を去るとき、私の料理注文の才能を褒めてくれた。私は言った。「才能の秘密は簡単なことさ。そのレストランの精進料理をすべて注文すればいいんだから」

古代ローマの詩人マルティアリスは、「過去の生活を思い出すのは、もう一度生きることにほかならない」と言っている。私は、パンカジ・ミシュラに感謝したい。彼は一週間の短い北京滞在中、私が自分の創作歴を振り返り、「もう一度生きる」機会を与えてくれた。

私はパンカジ・ミシュラに、「私の創作の道には、長い紆余曲折があった」と語った。

そう言ったときは、老人のような心境だった。創作を始めた当時を思い出すと、まるで別世界のことのようだから。それは、我々の世代の中国人特有の経験によるものだ。我々はたった四十年のうちに、一つの国の中で、まったく違う二つの世界を経験した。

自分の最初の創作ということになれば、思い出すのは古びた作文帳と大流行した壁新聞である。小学校時代の作文については、触れるまでもないだろう。それらの作文の読者はたった一人、痩せた国語の教師だけなのだ。私は自分の創作が壁新聞から始まったことにしたい。それは私が最初に公表した作品だった。

文革中、人々は壁新聞を書くことに熱中した。今日の人々がブログに熱中するよりも激しかった。違いと言えば、当時の壁新聞は千篇一律で、基本的に『人民日報』の剽窃だった。革命的な言葉と中身のないスローガンの氾濫が、最初から最後まで続いていた。一方、今日のブログは千差万別だ。自己宣伝、罵倒の応酬、プライバシーの暴露、悲憤慷慨、無意味な感傷などなど。社会的、政治的、経済的、歴史的な内容が、何でも揃っている。一つだけ似ているのは、文革中の壁新聞も今日のブログも、自己顕示欲を満たすためにあるということだ。

私は小学生のとき、壁新聞を最も恐れていた。毎朝、カバンを背負って登校する途中、通りの塀に貼り出された最新の壁新聞に緊張しながら目を走らせた。表題に父の名前が出ていないか、確認するためだった。

私の父は外科医で、共産党組織の役員でもあった。文革の初期、私は学校の友だちの父親が何人か打倒されるのを目撃した。「資本主義の道を歩む実権派」というのが罪名で、造反派に殴られて顔が腫れていた。胸の前には大きな札を下げ、頭には紙で作った高い三角帽子をかぶっている。彼らは一日じゅう箒を手にして、おどおどしながら道を清掃していた。通行人はいつでも、彼らを蹴飛ばしたり、彼らの顔に唾を吐いたりしてよかった。彼らの子供にも当然累が及び、絶えず学校の友だちから侮辱と蔑視を受けていた。

幼い私は、父に突然不幸が訪れることを心配して、気が気でなかった。それは私の不幸でもある。父には、地主の出身という経歴もあるのだ。父の家はかつて、二百畝（ムー）（一畝は約六・七アール）の土地を所有する、正真正銘の地主だった。さいわい、祖父が遊び人で向上心がなく、飲み食いと道楽しか知らず、毎年少しずつ土地を売って放蕩生活の資金に充てた。おかげで、このドラ息子は一九四九年の時点で、二百畝あまりの土地をすっかり売り払い、地主という身分も売り飛ばしていた。さもなければ、全国が共産党によって解放されたとき、銃殺の運命を免れなかっただろう。私の父は「災いを転じて福となす」で、地主の息子の汚名を返上した。当然、私と兄も、祖父が遊び人だったことの恩恵にあずかった。

それでも、父の不名誉な家族の歴史は、依然として心理的な重荷となっていた。悪いことは、いつか必ず起きるものだ。ある日の朝、兄と一緒にカバンを背負って家を出た私は、とうとう通学途中に、恐れていた壁新聞を目にした。父の名前がはっきりと表題に出ている。しかも、「逃亡地主」「走資派」（資本主義の道を歩む一派）という二つの罪名を伴っていた。私は子供のころ、小心者だったから、きっとそのときは顔が青ざめていたはずだ。私は兄に、学校へ行きたくない、家に帰ってしばらく身を隠すと言った。兄は平気な顔をして、何も恐れることはないと言うと、大手を振って学校へ向かった。しかし、兄の度胸は百メートルあまりしか持たず、そこから引き返してきた。兄は近づいてきて、こう言った。

「くそっ、おれも学校へは行かない。しばらく身を隠すことにする」

その後、私の署名入りの最初の壁新聞が生まれる原因は、ここにあった。その年、私は小学一年生、兄は小学三年生だった。人生のどん底にあった父は、政治的な芝居を自作自演し、家族全員で革命的な春節（旧正月）を過ごした。大晦日の夜、ほかの家は一年間の節約生活を忘れて豪華な食事を楽しんでいたが、わが家では「昔の苦しみを思う」食事が用意された。具体的に言えば、糠（ぬか）と野菜を混ぜて作った団子である。この糠団子と呼ばれる食べ物は、旧社会で貧乏人が食べたものだ。我々が大晦日の夜に糠団子を食べるのは、旧社会の苦しみを思い出し、新社会の幸福を噛みしめるためだった。

私は味気ない糠団子を両手で持って慎重に食べた。飲み下すときに糠が食道につかえる気がしたので、喉が痛いと泣き言を言った。父はうれしそうな様子を見せ、外科医の口調で言った。

「痛いのはいいことだ。昔の苦しみを思う効果が出ている証拠だからな」

　私と兄は、不幸のどん底にある父が大晦日の夜という好機をとらえて、革命のパフォーマンスを演じていることに気づかなかった。数日後、父は自白書にこの革命的な春節のことを大げさに書いて、毛沢東と共産党に対する忠誠を示した。

一家四人が糠団子を飲み下し、母が食卓を片付けると、父はテーブルよりも大きな白い紙を広げて、家族全員で壁新聞を書き始めた。壁新聞のテーマは、「私心と闘い、修正主義を批判する」（文革初期のスローガンの一つ）である。つまり、我々の頭の中にある利己的な思想と修正主義の思想を打倒し批判するのだ。父は右手で墨をすり、真面目な顔で宣言した。

「大晦日の夜、我々は真剣に相互批判と自己批判を推し進めなければならない」

　これを聞いて私と兄は興奮し、先を争って発言しようとした。お互いに譲らず、自己批判の先頭に立とうとしたのだ。両親は私を先に発言させた。兄は二歳年上だから、この機会を譲るべきである。しかし私は、目をパチクリさせるだけで、何を言えばいいかわからなかった。自分の利己的な思想と修正主義の思想をとっさに見つけることができない。兄が傍らで気をもみ、自分が先に発言しようとした。両親はそれを許さず、私を教え導くように言った。さっき糠団子を食べたとき、喉が痛いと言ったのはまさに、利己的な思想のせいだ。私はそれで重荷を下ろしたが、まだ心配なので、両親に尋ねた。

「修正主義思想でもあると言える？」

　両親は少し相談し、私の奥底にあるプチブル的態度が波風を立てたものだと判断した。一方、修正主義にはブルジョアの欠点が多く含まれている。そこで、両親はうなずいて言った。

「修正主義とも言えるよ」

利己主義と修正主義の両方が揃ったので、私は安心した。次は兄の番だ。兄は誇らしそうに言った。あるとき、街で拾った小銭を先生に渡さず、飴を買って食べてしまった。両親は厳粛な顔でうなずき、兄の行為は私のケースとよく似ている、やはり利己主義と修正主義の両面があると言った。続いて、母が「私心と闘い、修正主義を批判」した。母のあとは父だった。特に父である。二人とも、痛くも痒くもない小さな過ちを告白したので、私と兄は失望した。兄がまず、父を厳しく問い詰めた。自己批判するときに、「逃亡地主」と「走資派」にひと言も触れない。

「父さんは逃亡地主じゃないの?」

父は表情を曇らせ、首を振って言った。一家は解放前に破産したから、土地改革（地主の土地を農民に分配する共産党の政策）のときには、中農に区分された。母が傍らで無実を訴えた。二百畝の土地を持っていたという過去がなければ、階級区分は貧農だったはずよ。兄は深刻な顔をして右手を上げ、父に尋ねた。

「地主ではないと、毛主席に誓うことができる?」

父は真剣に右手を上げて言った。「毛主席に誓います。私は地主ではありません」

私も遅れを取るわけにいかないので、父を問い詰めた。「父さんは走資派じゃないの?」

父はやはり首を振って言った。解放前に共産党員になったが、ずっと技術畑で、外科医をやってきたから、資本主義の道を歩む実権派になるはずがない。

私は兄をまねて右手を上げた。「毛主席に誓うことができる？」

父は再び右手を上げて言った。「毛主席に誓います」

それから、父はその場しのぎの壁新聞を書き上げた。初めて自分たちを批判した、大晦日の夜に書いた壁新聞だった。書き終えると、父は署名して、筆を母に渡した。母の署名のあとは兄の署名、私の署名は最後だ。

壁新聞をどこに貼るかの議論が始まった。私は家の戸口に貼ろうと言った。近所の人たちに、我々が大晦日の夜に行った偉大な行動を見せることができる。兄は映画館のチケット売り場に貼るべきだと言った。壁新聞を見る人が多いからだ。両親は心の中で、二人のバカ息子を痛罵したに違いない。彼らの目的はパフォーマンスをすること、自分の革命精神と政治的覚悟を示すことだった。この壁新聞を他人に見せるつもりはまったくない。しかも、この大晦日の壁新聞には大きな実用的価値がある。父の自白書に箔をつけることができるのだ。

両親は心に不満を抱いていたが、顔には依然として肯定的な笑みを浮かべ、うなずいて言った。二人の考えはとてもいい。問題は、外に貼ると自分たちが随時この壁新聞を見られなくなることだ。両親は辛抱強く説明した。この壁新聞は自分たちを批判したものだから、家の中に貼って、つねに過去の過ちを思い出すようにしなければならない。

それでこそ、毛主席とともに正しい道を永遠に歩むことができる。

当時、わが家はまだ病院の宿舎に引っ越す前で、向陽小路(シアンヤン)と呼ばれるところに住んでいた。大きな部屋を半分に区切り、竹を編み針金で縛った間仕切りには、さらに新聞紙が貼ってあった。両親は奥のベッド、私と兄が手前のベッドで寝ていた。両親の話に道理があったので、我々は壁新聞を家の中に貼ることに同意した。ただし、条件付きだ。両親のベッドの枕元ではなく、私と兄のベッドの枕元に貼らなければならない。両親は喜んで、これに応じた。

間もなく、父は農村に下放（幹部職員が一定の期間、農村や工場へ行って思想鍛錬を受けること）した。薬箱を背負って田舎を回り、農民の病気を治療したのだ。造反派が父を見逃したことに気づき、農村へ行って捕まえようとしても、もう見つからなかった。純朴な農民たちがかくまってくれたおかげで、父は文革初期の暴力から身を守ることができた。

あの素晴らしい壁新聞は一年あまり、私と兄のベッドの枕元にあった。埃をかぶり、紙が黄ばんで破れた壁新聞は自然に落下して、その後は忘れ去られた。最初のころ、私は毎日、就寝前と起床後に、神聖なまなざしで自分の曲がりくねった署名を見ていた。

五年後に中学校に入ってからは、大々的に壁新聞を書き始めた。しかも自分で書いたのであって、最後に署名だけしたのとは違う。文革中、最も有名な壁新聞の創作グループは北京大学と清華大学の学生によって形成され、ペンネームは「梁效(リアンシアオ)」で、「両(リアン)校(シアオ)」のもじりだった。私もそれをまねて、学校の友だち三人を誘ってグループを作った。ペンネームは当時流行した文革映画のタイトルにちなんで「春苗（チユンミアオ）」と名付けた。

当時はちょうど、黄帥（ホアン・シユワイ）事件が全国を席捲していた。わずか十二歳の小学生・黄帥が教師を批判する日記を書いたのだ。「今日、ある生徒が教室の規則を守らず、いたずらをしました。すると先生はその生徒を前に呼んで、『教鞭でおまえの頭を叩くぞ』と言ったのです。この言葉は不適切でしょう。教鞭は教育のために使うもので、生徒の頭を叩く道具ではありません。先生は生徒の過ちを辛抱強く諭してください。言葉に気をつけて……」教師は日記を読んで激怒し、黄帥が「教師を失脚させようとした」と断定した。それから二か月あまり、教師は黄帥を批判し続け、他の生徒たちに黄帥を無視するように言った。孤立無援となった黄帥は仕方なく、『北京日報』あてに六百字の手紙を書いた。彼女は手紙で、こう述べている。「私は小さい紅衛兵です。党と毛主席を熱愛しています。ところが、自分の本心を日記に書いただけで、先生に目をつけられてしまいました。最近ずっと食欲がなく、夜は恐ろしい夢を見て泣いています。私がどんな重い過ちを犯したというのでしょう？　私たち毛沢東時代の青少年は、いまだに古い教育制度、『師道の尊厳』の奴隷なのでしょうか？」一九七三年十二月十二日の『北京日報』は、黄帥の手紙と日記の一部を掲載した。十二月二十八日には、『人民日報』が編集者の注釈付きで、一面トップに全文を転載。その日の朝、中央人民放送局の「ニュース・ダイジェスト」もこれを報道した。黄帥は一躍、時の人となり、誰もが知っている反逆の英雄として、全国の小中学生がこぞって見習おうとした。しかし、よいことは長続きしない。三年後、毛沢東の逝去と「四人組」逮捕によって、十五歳の黄帥（ホアン・シュワイ）はあっという間に天国から地獄に突き落とされ、「四人組」の小さな手先とされた。彼女を批判する壁新聞が、至るところに満ちあふれた。彼女の両親にも累が及び、母親は十万字の反省文を書き、父親は逮捕され入獄した。一九八一年になって、黄帥の父親はようやく名誉を回復し、監獄を出た。

あの時代、個人の運命は自分で決められなかった。誰もがみな流れに身を任せ、前方に待っているのが幸福なのか不幸なのか、それは知りようのないことだった。

一九七三年の年末、全国の小中学校では「師道の尊厳」批判のブームが起こっていた。私が執筆し、「春苗（チュンミアオ）」という署名が入った壁新聞も、我々の中学では注目の的だった。

私は一時「赤い筆の達人」として、その名を轟（とどろ）かせた。これは当時流行した民間の政治用語だ。「赤」は革命の色、「黒」は反革命の色である。そこで、政治的に正確な文章を書く人を「赤い筆の達人」、政治的に誤った文章を書く人を「黒い筆の達人」と呼んだ。

私と三人の友だちは昼夜兼行で筆を揮（ふる）った。使用した革命用語は、すべて『人民日報』『浙江日報』、そして上海の『解放日報』からの引き写しだった。一週間足らずで我々は四十枚近くの壁新聞を書き、中学校の塀に貼り出し、教師を一人ずつ批判した。唯一、見逃したのは国語の教師である。個人的に親しく、いつもこっそりタバコをくれたから。私も父のタバコをくすねて、お返しをした。

当時は、労働者階級がすべてを指導する時代である。工場、軍隊、農村を除くすべての職場や学校に、労働者毛沢東思想宣伝隊が派遣された。我々の中学にも宣伝隊が駐留していた。宣伝隊の隊長が、中学校の最高指導者だった。それは五十過ぎのベテラン労働者で、ノートを手にして我々の壁新聞に目を通し、何かメモを取っていた。私を見かけると満面に笑みを浮かべ、しきりに称讃した。

「やるじゃないか！　とてもよろしい！」

私は当時気づかなかったが、我々春苗（チユンミアオ）グループが短期間のうちに貼り出した四十枚ほどの壁新聞も、彼の革命の成果となっていたのだ。県の革命委員会主任は、大いに彼を称揚して言った。我々の中学校は黄帥（ホアン・シユワイ）の反逆の精神にならい、師道の尊厳を批判する運動において、全県の学校の先頭に立っている。全省の先頭に立つ可能性さえある。

宣伝隊の隊長は、我々が批判した教師の名前を真面目に記録し、あの国語教師の名前がないことに気づいた。隊長は機嫌を悪くして、師道の尊厳を批判する運動に盲点があると考えた。彼は盲点となっている人物を自分の事務室に呼び、机を叩いて罵声を浴びせた。生徒を抑圧し攻撃しているから、批判の壁新聞が出ないのだろうと言った。

国語の教師は情けない顔で、私を訪ねてきた。私を中学校の塀の外に連れ出し、タバコを手渡すと、自らマッチで火をつけてくれた。そして、丁寧な口調で尋ねた。

「どうして、おれのことを書いてくれないんだ？」

私は彼のタバコを吸いながら言った。「あんたには師道の尊厳がないからさ」

「どうしてないんだ？」国語の教師は焦って言った。「体じゅう師道の尊厳だらけだぞ」

私は言った。「あんたはいつもタバコをくれる。生徒と一体になっているから、師道の尊厳はまったくないよ」

国語の教師は泣くわけにも笑うわけにもいかず、隊長に痛罵されたことを話した。私はそれを聞いて約束した。今夜じゅうに批判の壁新聞を書いて、明日の朝には貼り出して見せよう。

私は約束どおり、夕食後にグループの三人の友だちを集め、教室で深夜まで新聞作りを続けた。ほかの教師にはそれぞれ一枚ずつ書いたが、国語の教師の壁新聞は特別待遇で、まるまる二枚分だった。我々はそれから、二枚の壁新聞を持って国語の教師の家まで行った。熟睡している教師が起きる前に貼るのだ。だが、どこに貼ればいいだろう？最初は家の門扉に貼ろうと思ったが、一枚扉に二枚は無理だった。そこで仕方なく、門扉の左右の塀に一枚ずつ貼った。

翌日の午前、国語の教師はまた私をひそかに塀の外に連れ出した。感謝されるのかと思ったが、逆に文句を言われてしまった。壁新聞を戸口に貼るのはまずいと言うのだ。学校の隊長の目に入らないし、隣近所の笑いものになる。彼は提案した。いちばんいいのは、壁新聞を隊長の事務室のある建物の塀に貼ることだ。私がうなずくと、彼はさらに不満を述べた。どうして壁新聞を二枚書いたのか？ほかの教師はみな一枚だったのに。私は、特別待遇だと答えた。彼は首を振って言った。

「やめてくれ。平等だ。平等がいちばんいい」

「わかった」私は言った。「もう一度頑張って、新しいのを一枚書くよ」

彼は尋ねた。「うちの戸口に貼ってあるのはどうする?」

私は言った。「家に帰ったら、はがせばいいさ」

「おれがはがすわけにいくか?」彼はそう叫んだあと、声をひそめて言った。「はがしに来てくれ」

彼はさらに、昼に壁新聞をはがしに来るとき何を言えばいいか、私に指示を与えた。

私はうなずいて、きっと指示どおりにするから安心してくれと言った。彼は右手をポケットに伸ばしてタバコを取り出し、私に一本手渡した。そして向きを変え歩き出したが、また引き返してきて残りのタバコを箱ごと全部くれた。

私は国語の教師の指示どおり、午前中に壁新聞を書き上げ、宣伝隊長の事務室のある建物の塀に貼った。それから春苗（チュンミアオ）グループの三人とともに、国語の教師の家へ行き、大声で名前を呼んだ。彼はわざと屋内にこもって、出てこようとしない。隣人たちが見物に集まってきてから、ようやく低姿勢で現れた。私は午前中に教えられたとおりの訓告を口にした。

「よく聞くんだ。我々は、おまえの師道の尊厳をさらに厳しく批判した壁新聞を学校に貼った。すぐに見に行け」

国語の教師は言われるまま、学校のほうへ歩いて行った。我々は大げさに、戸口に貼ってあった壁新聞を引きはがし、隣人たちに説明した。この二枚の壁新聞は厳しさが足りない。学校に貼った新しい壁新聞のほうが、ずっと重みがある。ぜひ、学校まで見にきてほしい。

私は文革期に始めた創作を高校時代も継続したが、壁新聞に対する興味は急に冷めた。そして、演劇の脚本を書いてみた。これが私の最初の文学作品と言っていいだろう。まるまる一学期をかけて、一幕物の脚本を完成させた。字数は四千字ほど。何度か修正したあと、原稿用紙に清書した。劇の内容は、当時の流行そのままだった。ある地主が全国解放後、財産を失い、不満を抱いて農村の社会主義建設を妨害する。しかし最後は、賢い貧農、下層中農に捕縛されるというものだ。

当時、我々の町に有名な「赤い筆の達人」がいた。私より十歳ほど年上で、県の文化センターが発行するガリ版の雑誌に文化大革命を称える文章を数多く発表していた。友だちの紹介で、私は幸運にもこの町の有名人と知り合いになり、自分の脚本を恭しく献呈し、批評と叱正をお願いした。

数日後、もう一度訪ねると、彼はすでに私の脚本を読んでいた。しかも、最後の一ページに赤鉛筆で評語が書いてある。原稿を私に返すとき、彼の態度は傲慢で、自分の意見はすべて末尾の評語に述べてあると言った。彼は多くを語らなかったが、一つだけ強調したことがある。私の脚本には心理描写がない、人物の独白がないと言うのだ。彼は言った。独白は脚本創作で、いちばん大事なんだ。

私が帰ろうとしたとき、彼は書き上げたばかりの三幕劇の脚本を取り出した。題材は私と同じで、やはり地主が妨害を企み、貧農、下層中農に発見されるというものだった。彼は分厚い原稿を私に手渡し、独白の部分をどう書いているか注意して読めと言った。彼は自分に酔っていた。

「特に地主の独白の部分は、迫真の描写だぞ」

　私は彼の原稿と私の原稿を持って帰宅した。まずはじっくり、私の脚本に対する彼の評語を読んだ。ほとんどは批判だったが、最後にひと言だけ、文章が流暢だという褒め言葉があった。そのあとじっくり彼の脚本を読んだが、大したことはないと思った。彼が自画自讃していた地主の独白の部分にしても、地主がいかに社会主義をつぶそうとしたかを教条的に描くばかり。彼の言う迫真の描写は、台詞の中に下品な言葉が含まれているだけのことだった。それがあの時代の標準的な創作のあり方で、労働者と農民は決して下品な言葉を使わない。そういう言葉を話すのは、地主、右派分子、反革命分子だけだ。私は、それでも彼を褒めるべきだと思った。彼は我々の町の有名人なのだから。私はお返しとばかりに、赤鉛筆を見つけてきて、彼の脚本の最後のページに評語を書いた。私の評語はほとんどが称讃、とりわけ地主の独白に対する称讃だった。とことん褒めまくり、このように素晴らしい独白は世界に類を見ないと述べた。ただ最後にひと言だけ、筋書きに破綻があると批判した。

　私が脚本を返したとき、彼の目は明らかに崇拝と追従の言葉を期待していた。私が少しお世辞を言うと、彼はへらへらと笑った。しかし、そのあと彼は怒り出した。脚本の最後のページに書かれている評語に気づいたのだ。彼は憤慨して、私を怒鳴りつけた。

「よくもおれの脚本に評語なんぞ書いてくれたな！」

私はなすすべがなかった。私のお返しが彼の怒りを買うとは意外だった。私はおずおずと言った。「ぼくの脚本に評語を書いてもらったお返しです」

「バカ野郎」彼は叫んだ。「おまえは何様だ？　おれを誰だと思ってる？」

確かにそうだ。彼は有名人、私は名もない凡人にすぎない。彼は私の評語の最後のひと言を見て、怒りを爆発させた。私を蹴飛ばして、大声で叫んだ。

「まったく、天をも恐れぬやつだ。おれの脚本の筋書きに破綻があるというのか！」

私は慌てて後ずさり、ぼくの評語には讃辞もありますと弁明した。彼は下を向き、地主の独白に対するお世辞を読んで、怒りを少し鎮めた。彼は椅子にすわり、私にも席を勧めた。彼は私の評語を読み終えて、怒りを収めたようだったが、今度は愚痴をこぼし始めた。私が赤鉛筆で評語を書いてしまったため、この脚本をもう他人に見せられなくなったというのだ。私は提案した。最後の一ページを破り取って、結末の部分だけ書き直せばいいですよ。ぼくが書き写しましょうか？　彼は手を振って言った。

「もういい、おれが自分で書く」

その後、彼は得意げな笑顔を見せ、秘密めかして私に告げた。県の文化センターの二人の幹部職員が彼の脚本を読んで、大好評を博しているのだという。私は思った。二人しか読んでいないのに、大好評を博していると言えるのだろうか。だが私は、うれしそうな顔をして見せた。彼は続けて、こう言った。いま、県の文化センターに駐在している労働者宣伝隊長が脚本を審査中だ。これを通過すれば、毛沢東思想宣伝隊がこの劇を上演する。県の劇場で五回公演をしたあと、省の大衆文芸コンクールに参加することになるだろう。

この町の有名人が得意がっていられたのは数日のことだった。その後、彼は不幸な人生を歩み始めた。当時、県の文化センターの宣伝隊長はボンクラじいさんで、小学生レベルの教養しかなかった。彼は脚本の地主の独白を読んで、この町の有名人が社会主義建設の妨害を企む反革命分子だと断定した。隊長は地主の独白を彼の独白と見なしたのだ。

この有名人、すなわち私の友だちの兄貴はどうにも承服できず、独白は地主のもので自分のものではないと隊長に釈明した。隊長は分厚い脚本を手で叩きながら尋ねた。

「地主の考えを文字にして書いたのはおまえだろう？」

「そうです」彼は続けて弁解しようとした。「しかし……」

「おまえが書いたのなら、おまえが考えたことになる」隊長は彼の言葉をさえぎって、二度と釈明の機会を与えなかった。

町の有名人は一夜にして、「赤い筆の達人」から「黒い筆の達人」に変わった。その後の二年間、彼は反革命の現行犯として、我々の学校の運動場で開かれる批判集会の壇上に登場した。胸の前に大きな木の札を下げ、下を向き、びくびくしている様子だった。

私は彼を見るたびに、首のうしろに冷たい風を感じた。まったく、危機一髪だった。私の脚本に地主の独白がなくてよかった。私が彼の脚本の最後に書いた讃辞を破り取っておいてよかった。そうでなければ、批判集会の壇上で、私は彼と一緒に吊るし上げを食らっていただろう。

当時、我々の学校の運動場では毎年数回、批判集会が開かれ、一人から数人の殺人犯、強姦犯らが公開で裁きを受けた。そのときには必ず、数人の地主、右派分子、反革命分子を連れてきて、一緒に吊るし上げる。これらの罪人は胸の前に大きな札を下げて一列に並び、同じように札を下げた犯人の隣に立たされた。犯人は縄でぐるぐる巻きにされていたが、地主、右派分子、反革命分子は縛られていない。それが犯人との違いだった。全員が毎回呼ばれるわけではないが、彼だけは例外だ。有名人だから批判集会があるたびに、彼は札を下げ下を向き、運動場の壇上に現れた。しかも、位置がいつも決まっている。必ず、いちばん右に立っていた。彼はわが町の吊るし上げの首席だった。

数年後、私が正式に小説を書き始めたとき、私の両親はとても心配した。文革期の経験からして、息子がいつか「黒い筆の達人」にされることを恐れたのだ。

パンカジ・ミシュラは目を輝かせ、相手の話に耳を傾ける賢人だ。彼は静かに微笑んでいる。たまに大笑いするときも、落ち着きを忘れない。我々二人は記憶の河に釣り糸を垂れ、河辺に腰を下ろして、思い出が針に掛かるのを待っていた。

話題は歯医者という私の最初の仕事、そしてその後の小説創作に及んだ。三十年前、私は中国南方の小さな町の病院で歯医者をしていた。ペンチを手にして、毎日八時間にわたって他人の歯を抜いた。私の仕事は一日じゅう、他人の口の中をのぞき込むことだ。そこは世界でいちばん殺風景な場所だった。私はパンカジ・ミシュラに告げた。このような仕事を私は五年間続け、一万本以上の歯を抜いた。

当時、私は二十歳を過ぎたばかり。昼休みには病院の通りに面した窓の前に立ち、賑やかな街を眺めていた。心に何度も、恐ろしい考えが浮かんだ。私はここで一生を過ごすことになるのだろうか？

まさにそのとき、私は小説を書こうと決めた。窓の前に立って見ていると、県の文化センターの職員たちが暇そうに街をぶらぶらしていた。私は羨ましくて、彼らの一人に聞いたことがある。

「どうして仕事をしないんだ？」

相手は答えた。「街をぶらつくのが仕事なのさ」

私は思った。そういう仕事なら、私だって好きだ。

私の最大の願いは、県の文化センターに就職することだった。街をぶらつくのが仕事だという。そんな素晴らしい仕事は文化センターのほかにはない。天国にしかないだろう。

当時の中国では、個人に仕事を選ぶ権利はなかった。仕事はすべて国家が割り当てた。私が学校を出たとき、国家から与えられた職業は歯医者だった。私が歯医者をやめて、文化センターの暇な仕事に就くためには、やはり国家の許可が必要だ。しかも、まず自分に文化センターの職員となる資格があることを証明しなければならない。文化センターに通じる道は三つあった。一つ目は作曲ができること、二つ目は絵が描けること、三つ目が創作だ。作曲と絵画は一から学ばなければならないので、私には無理だった。だが創作なら、漢字さえ知っていればできる。私は創作を選ぶしかなかった。

私は文革の十年間に小中高の教育課程を終えた。この経歴は私を豊かに成長させたが、学習面では歳月をムダにした。中高生のころは、いつも始業のベルと終業のベルを聞き間違った。終業のベルを聞いて教室に向かい、授業を受けようとした。当時、知っていた漢字は多くない。それでも、何とか創作に支障はなかった。のちに中国の批評家は、私の文章が簡潔だと褒めてくれたが、私は冗談交じりにこう答えた。

「それは知っている漢字が少ないからだ」

その後、私の作品が英語に訳され出版されたとき、アメリカの教授がこう言った。あなたの文章は英語に訳すと、ヘミングウェイに似ている。私は自分の冗談をアメリカに輸出して、その教授に答えた。

「ヘミングウェイが知っていた英単語も少なかったのでしょう」

これは冗談だが、理屈は通っている。人生とはそういうもので、長所が短所になったり、短所が長所になったりする。毛沢東の言い方を借りれば、「よいことは悪いことに変わり得るし、悪いことはよいことに変わり得る」のだ。さっきの冗談を続けるなら、私とヘミングウェイは毛沢東が言う、悪いことがよいことに変わった部類の人間なのだろう。

私は二十二歳のとき、歯を抜きながら創作を始めた。歯を抜くのは生活を維持するためで、創作はいずれ歯を抜かないでいいようにするためだった。最初のうちは、字を書くのは歯を抜くより大変だと思った。しかし、天国のような文化センターに就職するために、私は自らに鞭打って書き続けた。当時はまだ若かったので、自分の尻と椅子の間に友好関係を築くのは容易だった。週末になると、窓の外に陽光があふれ、鳥が空を飛び、娘たちの笑い声が響く。同年代の友だちはみな外へ遊びに出かけたが、私は一人机に向かっていた。まるで鍛冶屋が鉄を鍛えるように、力を込めて、漢字を一つずつ書き連ねていった。

のちに、よく若い人から質問を受けた。「どうすれば作家になれるのですか？」私の答えはただひと言、「書く」ことだ。書くことが経験になる。人は何か経験しなければ、自分の人生を理解できない。同じ理屈で、人は何か書かなければ、自分が何を書けるか理解できない。

私は一九八〇年代の初めが懐かしい。文革が終結し、十年間禁止されていた文学雑誌が続々と復刊し、さらに多くの新しい文学雑誌が生まれていた。ほとんど文学雑誌のなかった中国が、あっという間に千種類以上の文学雑誌を発行する国になった。大量の紙面が飢えた嬰児のように、声を上げて食を求めていた。すでに作品を発表したことのある作家は、有名無名を問わず、作品を書けばすべて採用されたが、それでもまだ紙面は埋まらなかった。そこで編集者はみな、真剣に投稿作品を読んだ。よい作品を見つけるとお互いに回し読みして、編集部全体が興奮に包まれた。

私はこのような、文学雑誌の紙面と文学作品の需給関係が逆転した、幸福な時代にめぐり合った。小さな町の歯医者は文学雑誌の編集者を知らなかったが、雑誌社の住所だけは知っていたので、自分の書いた短篇小説をあちこちの文学雑誌に送った。当時は原稿を送るのに、費用はかからなかった。封筒の角を切って、受取人払いとすれば、雑誌社が送料を負担してくれる。しかも、不採用の場合は原稿を返送してくれた。私は返送された原稿を受け取ると、すぐに封筒を開き、裏返してもう一度糊付けし、新しい封筒を作った。そして別の雑誌社の住所を書いて投函する。もちろん、封筒の角を切ることは忘れなかった。

あのころ、私の短篇小説の原稿は無料で中国の各都市を旅した。そして、しばしば私のところに戻ってきて、再び旅に出た。原稿が旅した都市は、私がその後の二十年間に訪れた都市よりも多い。返送される原稿は、厚くて重い封筒に入っていた。当時住んでいた家には庭があったので、郵便配達員はいつも原稿を塀の外から投げ入れた。厚い封筒が地面に落ちると、ドサッという大きな音がする。室内にいた父は、立ち上がって見に行かなくても何が放り込まれたのかわかり、私の名前を呼んで叫んだ。

「原稿が戻ったぞ！」

間もなく、文学雑誌の紙面と作品の需給関係が別の方向に変化した。有名な作家とまだ有名でない作家が、春に咲く花のように増えたため、文学雑誌の紙面はもはや食を求めて泣く嬰児ではなくなった。またたく間に美しい娘に成長し、熱狂的なあこがれと激しい競争の対象になってしまった。一方、文学も輝かしい絶頂期が過ぎて、美しい時代は終わりを告げた。雑誌社は「受取人払い」の負担に耐えかねて、次々に声明を出し、投稿の際には差出人が切手を貼ること、不採用の原稿は返送しないことを決めた。

私が初めて編集部を訪れた雑誌社は『北京文学』だった。大部屋の壁ぎわに多くの事務机が並び、編集者たちはそこで静かに原稿を読んでいた。彼らの机の上には、作者のわからない原稿が山積みになっている。彼らはハサミで封筒を開け、取り出した原稿を熟読していた。そのころ、私はまだ作品を発表していなかった。私が短篇小説を次々に発表するようになって二年目、いくつかの雑誌社の編集部へ行くと、様相は一変していた。机の上の投稿の封筒には、編集者の名前が書いてある。いずれも編集者の知り合いの作家が送ってきた原稿なのだ。大量の名も知れぬ作者の原稿はゴミ箱に投げ込まれ、開封されることすらない。そのまま廃品回収の業者が持ち去り、再生工場に回され、また新しい原稿用紙となる。私は気づいた。もはや自由投稿を真面目に読む編集者はいないのだ。

その後、文学を愛する若者は、どんなに才能があっても、どんなに優秀な作品を書いても、編集者に知り合いがいなければ、出版の機会を得ることがきわめて難しくなった。

こういう残酷な現実がしばらく続いたあと、中国にもインターネット文学が誕生した。新しい発表手段によって、有能な若者が登場できるようになったのだ。

いま思うと、私は美しい時代の最後に間に合って幸運だった。小説を書くのがあと二年遅れていたら、編集者が自由投稿の山の中から私を見つけることはなかっただろう。いまごろ私は、相変わらず中国南方の町の病院で、ペンチを手にして毎日八時間にわたって歯を抜いていたはずだ。

運命の変わり目は、一九八三年十一月の一本の電話だった。私の住んでいた町は、冬を迎えていた。その日の午後、間もなく勤務時間が終わるころ、遠方から私に電話がかかってきた。

当時、我々の病院には電話が一台しかなかった。一階の受付にある手回し式の電話で、交換台を通じて転送される。我々の県の交換台は一か所で、県の郵便電話局の中にあった。病院の受付係は電話を受けると通りに出て、二階の窓に向かって私の名前を呼んだ。電話がかかってきているというのだ。

私は町の友人がトランプ遊びに誘う電話でもかけてきたのだろうと思って階段を下りた。しかし、受話器を取ると、聞こえてきたのは電話局の交換手の声で、北京からの長距離電話だという。私は心臓がドキドキして、重大事件の発生を予感した。

当時の長距離電話は、つながるまでしばらく待たなければならない。我々の県の交換手が北京からの長距離電話ですと言ったとき、電話はようやく上海に届いたところだったと思う。そこから冬の電話線を伝って私の町まで届く間には、何度も渋滞が起こったはずだ。私は電話を手にして、三十分近く待った。私が希望を抱き、焦燥に駆られながら待っている間に、町内からの電話が何本か病院の同僚にかかってきた。私はカッとして、相手に厳しく伝えた。

「ここに電話しないでくれ」

相手は怪訝そうに尋ねた。「どうして？」

私は言った。「共産党中央委員会からの電話を待っているんだ」

ついに北京からの長距離電話が通じた。私は周雁如（チョウ・イエンルー）の声を聞いた。彼女は一九八〇年代初期、『北京文学』の実質的編集長だった。周雁如はまず、私に愚痴をこぼした。彼女は朝、出勤してすぐにこの長距離電話をかけたが、通じたのは午後、もうすぐ勤務時間が終わろうとするときだったという。彼女は言った。

「もうあきらめて、明日かけ直そうと思ったとき、ようやく通じたのよ」

あのときの彼女の声は一生忘れられない。早口ではなかったが、気持ちの焦りは伝わってきた。彼女は、はっきりした声で言った。私が『北京文学』に送った三本の短篇小説の掲載が決まった。そのうち一本は修正の必要がある。すぐ北京へ来てもらえないか？　彼女は続けた。旅費と宿泊費は『北京文学』が負担する。当時、私の毎月の賃金はわずか三十六元だった。彼女はさらに、滞在中は日割り計算で出張費も出すという。そして最後に『北京文学』の住所――西長安街七号を告げ、北京駅に着いたら十番のバスに乗るように指示した。彼女は私が初めて遠出することを知らなかったが、その日は辛抱強く詳細に説明してくれた。まるで子供に教えるように、細かい情報を提供してくれたのだ。

私は受話器を置き、翌日の長距離バスに乗って上海へ行き、汽車に乗り換えて北京へ向かうことにした。しかし、すぐに難題にぶつかった。どうやって、院長から休暇をもらおうか？　院長は私が小説を書いていることを知らないから、私の北京行に同意するはずがない。歯を抜いていた男が突然、北京へ行って小説の手直しをするなんて、まるで『千一夜物語』のような話だ。私は直接頼みに行くことをせず、休暇届を書いた。夜になってから、私は同僚の歯医者を訪ねて休暇届を託し、明日出勤したら院長に渡してくれと言った。そのころ私は上海行きの長距離バスに乗っているだろう。院長が同意しなくても、もう遅い。あとの祭りだ。

しかし、この同僚は臆病で、休暇届を院長に渡すことを拒んだ。院長の怒りを買いたくないのだ。彼は何度も、自分で院長に渡すべきだと言った。私は彼に、帰りに北京名物の果物の砂糖漬けを買ってきてやる、西太后の好物だった茯苓餅（フーリンビン）（薬草のブクリョウをすりつぶしクルミを挟んで蒸した菓子）も買ってきてやると言った。私の同僚はそれを聞いて、思わず生唾を呑み込んだ。当時この二つの食品は、喉から手が出るほどの美食なのだった。彼は悪い誘惑に負けて、翌日私が長距離バスに乗ったあと、休暇届を院長に渡すことに同意した。私の計略は成功した。いまの言い方をすれば、賄賂を贈ったのだ。文革中の表現で言えば、「飴玉爆弾を投げた」ことになる。

二十六年前、私は初めて北京へ行き、ほぼ一か月滞在した。周雁如（チヨウ・イエンルー）は私に、小説の結末部分の修正を要求した。元の結末は少し暗いので、光明を付け加えたほうがいいというのだ。資本主義を見たことのない彼女が、やはり資本主義を見たことのなかった私に言った。

「社会主義は光明に満ちているのよ。こんなに暗いのは資本主義でしょう」

私は二日で原稿の修正を終えた。まったく周雁如の要求どおりに手直ししたのだ。当時の私にすれば、何よりも重要なのは小説を発表することだった。結末に光明が付け加えられても、全篇に太陽が光り輝いてもかまわない。周雁如は私の修正に満足し、あなたは聡明だとしきりに褒めてくれた。そして私に言った。慌てて帰る必要はない。この機会に、しばらく北京で遊んで行けばいい。

当時の私は、のちに自分が北京に住むことになるのを知らない。得がたい機会だと思って、冬の寒風の中を一人で歩き回った。当時の中国はまだ観光業が発達していなかった。私は故宮を一日ぶらついたが、見かけた旅行客はわずか十数人だった。長城へは長距離バスで行った。八達嶺（はったつれい）の長城に上ると、塞外の風が顔に吹きつけ、続けざまに平手打ちを食らったかのようだった。私が長城で出会った観光客は一人しかいない。私は烽火台に向かう途中でその人と行き合った。挨拶をして、一緒に上りましょうと誘うと、彼はしきりに首を振って震えながら言った。

「寒すぎる」

私が寒風吹きすさぶ長城から下りて、古びた小さなバス停に着くと、さっき出会ったその観光客が隅のほうに縮こまっていた。相変わらず、寒さに震えている。街に戻るバスはまだ来ない。私は彼の近くへ行き、一緒に震え出した。

今日の中国では旅行シーズンになると、故宮や長城に黒山の人が押しかける。まるで観光ではなく、集会かデモ行進のようだ。

私は北京をひとめぐりしたあと、『北京文学』の別の編集者、王潔（ワン・チエ）にほかに面白いところはないかと尋ねた。王潔は次々に場所を挙げたが、私はいずれも行ったことがあると答えた。王潔は笑いながら言った。

「もう帰るべきね」

王潔は汽車の切符を買ってくれた。それからペンを手にして経費を計算し、会計係のところへ行って金を受け取ってきた。なんと原稿を修正した二日間だけでなく、遊んでいた日々の分まで出張手当が出ていた。南へ向かう列車に乗ったとき、私のポケットには七十元以上の現金があった。当時の私にとっては大金だ。私は厚かましくも、自分がこの世でいちばん裕福なつもりになっていた。

王潔はさらに、証明書を出してくれた。私が『北京文学』で、確かに原稿修正の作業を行ったと書いてある。私は海塩（ハイイエン）に戻ったあと、この証明書がいかに重要であるかを思い知った。我々の病院の院長は、私の顔を見るなり言った。

「証明書はあるか？」

私が北京から戻ったあと、小さな海塩（ハイイエン）の町は大騒ぎになった。私は中華人民共和国史上初の北京で原稿修正をした海塩人なのだ。県の指導者は私の才能を認め、歯を抜くことはやめて、文化センターで働くべきだと考えた。その後、複雑な異動手続きが進み、書類に七、八個の公印が押されると、夢にまで見た文化センターへの転職がついに実現した。出勤の初日、文化センターの人は一日じゅう街をぶらついているのだろうと思って、私はわざと二時間遅刻して行った。ところが、それでも私がいちばん乗りだった。私は大喜びで、自分に言った。

「いいところへ来たぞ」

これは社会主義が与えてくれた最も美しい記憶だった。

数年前、西洋の記者に聞かれたことがある。「なぜあなたは裕福な歯科医の生活を捨てて、貧しい作家になったのですか？」

この西洋の記者は知らない。当時の中国は改革開放政策が始まったばかりで、まだ社会主義の悪平等が残っていた。都市部の労働者はどんな仕事であれ、毎月の賃金が同額だった。文化センターの仕事も、歯医者の仕事も、貧乏人に変わりはない。違うのは、歯医者がきつい貧乏人なのに対して、文化センターの職員は幸福で自由な貧乏人だという点だった。

いま私は二十七年の創作の歴史を持っている。創作を愛していると言っていいだろう。

誰もが一生のうちに多くの欲望と愛情を抱きながら、それを表現できない。現実の環境と個人の理性に抑圧されるからだ。しかし、文学創作の世界では、これらの欲望と愛情を十分に表現できる。思うに、創作は人の心身の健康を助け、人生を充実させる。換言すれば、創作は人に二つの人生を与える。一つは現実の人生、もう一つは虚構の人生だ。両者の関係は健康と病気に似ている。片方が強くなると、もう片方は必然的に衰える。私の現実の人生が平凡であればあるほど、虚構の人生はますます豊かになるのだ。

パンカジ・ミシュラは北京を離れたあと、ロンドンの家、ニューデリーの家から、あるいはどこか知らない世界の片隅からメールをよこす。彼はこう尋ねた。「あなたの初期の短篇小説は血生臭く、暴力にあふれていたが、その後はこの傾向が弱まった。これはどうしてですか?」

こういう問題に答えるのは難しい。答えがないからではなく、答えが多すぎるからだ。パンカジ・ミシュラは小説家なので、私に選択可能な答えがたくさんあることを知っていると思う。私は何日もしゃべり続け、口がカラカラになり、それでも語り尽くしていないことに気づく。まだ多くの答えが私に流し目を使い、話してほしいと願っている。経験によれば、多すぎる答えは答えがないに等しい。本当の答えは一つしかないのだろう。だから私は、そのうちの一つだけ、最も重要だと思われる答えを言うことにした。それが本当の答えかどうかは、私にもわからない。

話を続けよう。これは私が得意とする話題だ。これまでずっと、私はある考えに固執している。すなわち、成長過程で得た経験がその人の一生を決めると思うのだ。この世で最も基本的なイメージが個人の心の奥底に芽生え、コピー機のように、個人の成長の過程で何枚も複写を行う。大人になってからの成果は、成功であっても失敗であっても、偉大であっても平凡であっても、この基本的なイメージの部分的な修正にすぎない。イメージの本体は変わらないのだ。当然、修正の多い人もいれば、少ない人もいる。毛沢東の修正は、きっと私より多いだろう。

私は自分の成長過程の経験が、一九八〇年代に書いた多くの血生臭い、暴力にあふれた話に結び付いたのだと思う。文化大革命が始まったとき、私は小学校の一年生だった。文化大革命が終わったときに、高校を卒業した。成長過程で何度もデモ行進、批判集会、造反派同士の武闘、大勢が街頭でくり広げるケンカを目にした。壁新聞がベタベタ貼ってある通りを血まみれの人たちが走っているのを見るのも、日常茶飯事だった。これが私の幼年時代の全体状況だが、個別の状況も同様に血生臭い。私の両親は医者で、私と兄は病院で育った。病院の廊下と病室を駆け回り、クレゾールの匂い、泣き叫ぶ声とうめき声、青白い顔と気息奄々（きそくえんえん）の表情、血に染まったガーゼが落ちている廊下と病室に慣れ親しんだ。父はよく手術を終えたばかりで、手術着とマスクに血をつけたまま病院の中を歩き、私たちの名前を呼んで、早く食堂へ行って飯を食えと言った。

当時、病院の手術室は粗末な平屋だった。ときどき私と兄は看護師が入り口にいない隙に忍び込み、手術中の父親を観察した。父は透明な手袋をはめた手を切開した病人の腹の中に突っ込み、腸などの内臓をいじっていた。父は我々兄弟がそばに立って手術を盗み見しているのに気づくと、大声で怒鳴った。

「出て行け！」

私たちは一目散に逃げ出した。

その後、一九八六年から一九八九年にかけて、私は大量の血生臭く、暴力にあふれた作品を書いた。中国の文学批評家・洪治綱(ホン・チーカン)教授は二〇〇五年に出版した『余華(ユイ・ホア)評伝』で、私がこの間に書いた八本の短篇小説を列挙し、不自然な死に方をする登場人物が合わせて二十九人もいると指摘した。

それはすべて、私が二十六歳から二十九歳のときの仕事だ。私の創作は血と暴力から抜け出せなかった。昼間、創作を始めると、殺人を犯す人物や血まみれで死んでいく人物を書いた。夜、眠ってからは、自分が殺される夢をよく見た。夢の中の私は孤立無援で、隠れたり逃げたりしていた。もうダメだというとき、たとえば斧が振り下ろされたとき、私は夢から覚めた。大汗をかいて、心臓が高鳴り、しばらく意識が戻らない。そのあと、心から無事を喜んだ。

「ああ、夢でよかった！」

しかし夜が明けて、机の前にすわって創作を再開すると、私は性懲り(しょうこ)もなく、やはり血と暴力の物語を書いてしまう。そして、その報いのように、夜になって眠りについた私は、また夢の中で殺されそうになるのだった。三年間の生活は、このような狂気と恐怖に満ちていた。昼間は作品世界の中で人を殺し、夜は夢の世界で人に殺される。こういうことをくり返すうちに、私の精神は崩壊寸前となったが、自分ではまったく気づいていなかった。依然として創作の興奮の中に、命を削る興奮の中に浸りきっていた。

　ある日、私は長い夢を見た。以前の夢はもうダメだというときに目が覚めたが、今度の夢では自分の臨終を存分に経験した。疲れすぎていたせいか、自分が死ぬところでも、目が覚めなかった。この長い夢のおかげで、本当の記憶がよみがえってきた。

　まず、この本当の記憶について語ろう。文革時代の小さな町での生活は、暴力に満ちあふれているとは言え、退屈で重苦しいものだった。記憶によると、犯人が銃殺されるときだけ、町じゅうが節句のような賑わいを見せた。先に述べたように、当時はあらゆる判決が批判集会で下された。審判を受ける犯人は中央に立ち、胸の前に札を下げている。札には彼らが犯した罪が書かれていた。反革命の殺人犯、強姦殺人犯、窃盗殺人犯など。犯人の両側には、一緒に吊るし上げられる地主と右派分子、そして歴史的反革命分子と現行犯の反革命分子がずらりと並んでいる。犯人はうなだれ、腰を曲げてその場に立ち、自分に向けられた激しい批判の言葉を聞いていた。批判文の最後が判決だった。

　私が暮らしていた町は杭州湾のほとりにあった。批判集会はいつも県の中学校の運動場で開かれ、町の住民で埋め尽くされた。大きな札を下げた犯人は演壇の手前に立ち、うしろに県の革命委員会のメンバーがすわっている。革命委員会が指名した人がマイクの前に立って、大声で批判の言葉と最後の判決を読み上げた。犯人が縄でぐるぐる巻きにされ、背後に銃を持つ二人の軍人が威風堂々と控えている場合は、必ず死刑になると決まっていた。

私は幼いころから中学校の運動場に立ち、何度も批判集会に参加して、拡声器から流れる激昂した声を聞いた。批判の言葉がどこまでも続く。前半は毛沢東と魯迅の文章からの引用で、そのあとはほとんど『人民日報』の引き写しだった。冗長で、つまらない。いつも両足がだるくなるころに、犯人の罪状が読み上げられた。最後の判決は簡潔で、要点を押さえている。

死刑に処し、直ちに執行する!

文革時代の中国には裁判所がなく、判決が出たら上訴できない。世の中に弁護士という職業があることすら、聞いたことがなかった。犯人が批判集会で死刑を宣告されたら、上訴の時間などなく、直ちに処刑場に連行され銃殺された。

「死刑に処し、直ちに執行する」という声が響くと、ぐるぐる巻きの犯人は銃を持った軍人に引きずられ、トラックまで運ばれた。トラックの荷台には、実弾を込めた銃を担いだ軍人が怖い顔をして二列に並んでいる。トラックは海辺へ向かって走って行った。千人近い住民も一斉にあとを追う。自転車に乗ったり、走ったりして、黒山の群集は海辺を目指した。私は幼児から少年になる間に、死刑になる犯人をどれだけ見たかわからない。彼らは自分の判決を聞いた瞬間、体の力が抜け、二人の軍人にトラックまで引きずられて行った。

私はすぐ目の前で、死刑囚がトラックに乗せられるのを見たことがある。うしろで縛られた犯人の手は恐ろしかった。縛り方がきつく、時間も長かったので、両手の血流は断たれていた。その手は想像するような青白いものではなく、どす黒かった。その後、歯医者になって得た医学知識によれば、そういうどす黒い手は壊死しているのだ。犯人が銃殺される前に、両手はもう死んでいた。

犯人を銃殺する場所は、海辺に二つあった。北浜と南浜だ。我々町の子供たちはトラックに追いつけないので、事前に賭けをした。前回は北浜で銃殺したから、今回は南浜の可能性が高い。批判集会が始まってすぐ、子供たちは先に海辺へ走り出した。あらかじめ、有利な場所を確保しておくのだ。我々は南浜に着いたが、誰もいない。場所を間違えたと知って、北浜へ急いだが間に合わなかった。

場所が的中したときは、間近に犯人を見ることができた。これは私の幼年時代で、最も心震える場面だった。実弾を込めた銃を担いでいる軍人は円形に並び、見物の群集をさえぎる。銃殺を実行する軍人が膝の裏側を蹴ると、犯人は地面にひざまずいた。この軍人はそれから少し後退し、鮮血を浴びない位置に立ち、小銃を構える。犯人の後頭部に狙いをつけ、「パン」と発砲した。小さな弾丸の威力は、大きなハンマーをはるかにしのぐ。あっという間に、犯人は地面に倒れた。銃殺を実行した軍人は発砲したあと、歩み寄って犯人の死亡を確かめる。もし、まだ息があれば、もう一発お見舞いした。軍人が犯人の体を反転させたとき、私は全身に震えを感じた。銃弾は後頭部から入るときは小さな穴をあけるだけだが、前から出るときに犯人の額と顔をめちゃくちゃにした。その穴の大きさは、我々が食事をするのに使う茶碗の口ほどもあった。

ここで、私の記述はあの長くて恐ろしい夢に戻る。私が自分の臨終を直接経験した夢だ。その夢を見たのは、一九八九年末のある日の深夜だった。夢の中の私は縄でぐるぐる巻きにされ、胸の前に大きな札を下げて、中学校の運動場の演壇に立っている。私の背後には銃を持った軍人が二人いた。私の両側には、一緒に吊るし上げられる地主、右派分子、反革命分子がいる。前に述べた有名な「黒い筆の達人」の姿はなかった。演台の下には黒雲のような群集がひしめき、彼らの声が雨音のように響いている。拡声器から荘厳な批判文の朗読が聞こえた。その声は私の数々の罪状を告発した。どうやら、違う種類の殺人罪をたくさん犯しているらしい。最後に判決が下った。

死刑に処し、直ちに執行する。

その声とともに、銃を持った軍人が私の横に移動し、ゆっくりと小銃を構えて、頭部に狙いをつけた。銃口がこめかみに当たっているのがわかる。続いて私は、「パン」という銃声を聞いた。軍人が発砲したのだ。夢の中の私は壇上に倒れたが、不思議なことにまた立ち上がり、群集のざわめきを聞いた。私の頭は銃弾に撃ち抜かれ、穴のあいたタマゴのようになっている。白身と黄身はすべて流れ出してしまった。夢の中の私はタマゴの殻のような頭を乗せたまま、体の向きを変えた。そして、発砲した軍人に雷を落とした。私は叫んだ。

「バカ野郎、まだ砂浜に着いてないだろう！」

その後、私は夢から覚めた。やはり大汗をかき、心臓が高鳴っていた。しかし、以前悪夢から覚めたときとは違う。私はもう、夢でよかったとは思わなかった。私はよみがえった記憶にとりつかれていた。中学校の運動場、批判集会、死刑囚の先に死んだ両手、トラックの荷台に二列に並んでいる銃を担いだ軍人、浜辺の銃殺、大きなハンマーよりも威力のある一発の銃弾、死刑囚の後頭部の小さな穴と額をめちゃくちゃにした大きな穴、砂浜に点々とする血痕……。恐ろしい情景が、まざまざと目の前によみがえった。

私は胸に手を当てて考えてみた。どうしていつも、人に殺される夢を見るのだろう？そして、昼間に血と暴力の話を書きすぎたせいだと気づいた。私は因果応報を信じる。そこで、この深夜に、あるいはもう明け方だったかもしれないが、私は布団の中で冷や汗をかきながら、固く誓った。

「今後は、血と暴力の話を書くのをやめよう」

こうして、その後の私の創作は、パンカジ・ミシュラがメールで指摘したように、血と暴力の傾向が弱まった。

いま、二十年あまりが過ぎて当時を振り返ると、まだ胸がドキドキする。二十年前の私は、精神崩壊の瀬戸ぎわにあった。自分が死ぬ夢を見なければ、あの記憶がよみがえらなければ、私はずっと血と暴力の物語に浸って、精神に異常をきたしていただろう。

いまの私が北京の家で理性的に、この文章を綴っていることもあり得なかった。いまの私はきっと、粗末な精神病院のベッドにいて、巨大な暗闇に向かって呆然としていたはずだ。

ときに、人生と創作はとても単純だ。一つの夢が一つの記憶をよみがえらせ、それですべてが変わる。

魯迅

二〇〇六年五月のある日、私は整然としたコペンハーゲン空港の待合室にすわって、オスロ行きの飛行機に乗り換えようとしていた。傍らで違う国の人たちが違う国の言葉で、ひそひそ話をしている。私の視線は明るく大きな窓を越えて、外に停まっているノルウェー航空の飛行機の尾翼に向けられた。尾翼に描かれた、巨大な肖像に引きつけられたのだ。私は間もなく、この飛行機に乗ってオスロへ向かうことになっていた。時間をつぶすために、私は何度も思案した。飛行機の尾翼の肖像は誰だろう？

私の思考は袋小路に入り、身動きが取れなくなった。どこかで見たことがある。髪は長くてボサボサ、古めかしい丸いメガネを鼻に乗せている。

機内への案内が始まり、私は立ち上がって搭乗口へ向かった。その後、私はノルウェー航空の飛行機の窓ぎわの席にすわり、尾翼の巨大な肖像が誰なのかを考え続けた。確かに見覚えがあるのだが、いったい誰だろう？

飛行機が滑走路から舞い上がった瞬間、パッとひらめいて、私はそれが誰なのかを思い出した。同じ肖像を中国語版の『ペール・ギュント』で見たことがある。それはイプセンだった。窓の下のコペンハーゲンが遠ざかって行くのを見ながら、私は思わず笑った。世界に有名な作家は数多くいるが、空を飛び回っているのはイプセンだけだろう。

私はイプセン没後百周年のオスロに降り立った。小糠雨がオスロの街を包み、イプセンの肖像をプリントした彩色旗が通りの両側で揺れている。肖像が隊列を組んでいるかのようだ。たくさんのイプセンがずらりと並んで、雨の中で私を見つめている。丸いメガネの奥のまなざしは意味深長だった。

オスロで最初の食事は、イプセンが生前よく通ったレストランで食べた。レストランは私がヨーロッパですでに見慣れた古い格式を感じさせる。高い天井には精緻な絵が描かれ、中央に円柱があった。記念活動の一環として、入ってすぐのところに小さいテーブルがあり、その上に黒いシルクハット、ビールの泡がついた使用済みのグラスが置いてある。椅子の傍らには、ステッキが立て掛けられていた。これらはすべて、イプセンが食事中だということを示している。

その後の三日間はもうこのレストランに入らなかったが、朝と晩、行き帰りに前を通りかかった。そのたびに私は足を止め、イプセンのテーブル、黒いシルクハット、ステッキがあることを確認した。そして記念活動の細かい配慮に気づいた。朝通りかかるとき、テーブルのグラスにはビールが満たされている。夜帰りがけに見ると、グラスは空で、ビールの泡だけが残っているのだ。私は美しい錯覚を起こした。百年前に世を去ったイプセンは毎日、中国人作家が朝出かけて夜帰ってくるのを象徴的に見つめ、象徴的に思案している。

「この中国人は、どんな作品を書いたのだろう？」

私は魯迅を思い出した。中国語の文章に最も早くイプセンの名前が登場したのは、魯迅の『文化偏至論』と『摩羅詩力の説』だった。文語で書かれ、一九〇八年に月刊誌『河南』に発表された。イプセン逝去から約二年後のことである。一九二三年、魯迅は北京女子師範学校で、「ノラは家を出てからどうなったか」という有名な講演を行った。講演の中で、魯迅はこう述べている。「家を出てからどうなったか？　イプセンは何も答えていません。しかも、彼はすでに死んでしまいました。たとえ死んでいなくても、答える責任はないのです」その後、魯迅は一読者の立場から、答えを出している。ノラは家を出てから、「堕落するか、家に帰るか……さらにもう一つ、餓死するという道があります」魯迅は、女性が他人に操られる立場から抜け出すためには男性と同じ経済力を持たなければならないと考えていたのだ。だから、嘲笑と諷刺を込めて語っている。

「金銭という言葉は聞こえが悪いので、高尚な君子たちに嘲笑されるかもしれません。しかし、人々の議論というものは、昨日と今日どころか、食事の前と後でも違いがあると思います。食事は金銭を支払わなければ得られないとわかっていながら金銭を卑しむ者は、胃袋に手を当ててみれば、そこに魚や肉が消化されずに残っているはずです。一日腹をすかせてから、改めて意見を聞くべきでしょう」

ノルウェー航空の飛行機の尾翼に描かれた巨大なイプセンの肖像、そして縮小された肖像が揺れているオスロの街を見て、私はノルウェーにおけるイプセンの特殊な地位を実感した。もちろん、この偉大な作家は世界の多くの場所で崇高な地位を占めている。しかし、私がぼんやりと感じたのは、こういうことだ。ノルウェーにおける「イプセン」は、単に不朽の名作を残した作家の名前ではない。ノルウェーでは特別な言葉、文学とか作家とかいう範疇を超越した重要な言葉となっている。

私が幼いころの「魯迅」がそうだった。文化大革命時代の「魯迅」である。当時の「魯迅」は作家の名前ではなく、中国の誰もが知っている特別な言葉、政治と革命に関わる内容を含んだ重要な言葉だった。そこで、私はオスロ大学で講演をしたとき、私にとっての魯迅を語った。

文革は文学のない時代だった。国語の教科書の中にだけ、わずかな文学の匂いがあった。しかし、小学校から中学、高校までの教科書に、二人の作者の文学作品しか登場しない。魯迅の小説、散文、雑文と毛沢東の詩である。私は小学一年生のとき、世界には魯迅という作家と毛沢東という詩人しか存在しないと無邪気に信じていた。

魯迅は最も批判精神に富む作家だったと思う。一九四九年に共産党が政権を獲得し、新しい社会が始まった。それ以前の社会に対しては、容赦ない攻撃を加えなければならない。そこで、魯迅の社会批判の意味合いが強い作品が、共産党の振るう鞭として使われた。我々は幼いころに教えられた。憎むべき旧社会は、「人を食う」社会だった。その証拠となるのが、魯迅の最初の短篇小説『狂人日記』である。フィクションとは言え、狂人が寝言のように語る「人を食う」話は、当時の政治的な需要によって、社会のあるがままの現状を映し出すものとなった。国語の教科書にあった魯迅のほかの作品、『孔（コン）乙己（イーチー）』『祝福』『薬』なども、例外なく旧社会の罪悪を暴く手本として読まれた。

当然、毛沢東の魯迅評価が最も重要だった。魯迅は新社会において、三つの「偉大さ」を一身に背負うことになった。すなわち、偉大な文学者、偉大な思想家、偉大な革命家である。一九三六年に逝去した作家の影響力が、一九六六年に始まった文革の時代に絶頂を迎えた。毛沢東よりわずかに劣るだけだった。一人よりは下、万人よりは上と言っていいだろう。当時はどんな文章も、新聞やラジオはもちろん、街頭の壁新聞でさえ、毛沢東の語録の次に魯迅の言葉を引用した。人民大衆の批判文にも、地主、富農、反革命分子、右派分子、悪質分子の自白書にも魯迅の言葉が使われた。「毛主席の指導によれば」と「魯迅先生が言うように」が、人々の政治的な口癖となった。

面白いことに、文革時代に「先生」という言葉は打倒され、封建主義とブルジョア階級に属する悪しきものだとされていた。魯迅だけは例外的に、この封建主義とブルジョア階級の待遇を受けていたことになる。中国全体で魯迅一人が「先生」で、その他の人はみな「同志」あるいは「階級の敵」だった。

そのころの「魯迅」はすでに、生前多くの論争に巻き込まれた作家ではなかった。かって受けた暴風雨のような攻撃は雲散霧消して、雨のあとの晴天さながら、この時代の「魯迅」は光り輝いていた。「魯迅」は一人の作家から、一つの特別な言葉に変わった。永遠に正しく永遠に続く革命を象徴する言葉に変わった。

私は不本意ながらも、国語の教科書に載っている魯迅の作品を小学校から高校まで、まる十年にわたって読んだ。しかし依然として、魯迅が何を書いたのか理解できなかった。魯迅の作品は重苦しく、暗くて退屈だと感じた。批判文を書くときに引用する以外、魯迅の作品は基本的に、私にとって不可解なものだった。つまり、言葉としての魯迅は有用だが、作家としての魯迅は私を退屈させた。だから、私の小中学校の思い出の中に魯迅作品はなく、「魯迅」という言葉があるだけだった。

文革のころ、私は「魯迅」という強力な言葉を十分に利用した。私の成長過程には、革命と貧困のほかに、絶え間ない論争があった。論争は幼年期と少年期の贅沢品であり、貧しい生活における精神の糧だった。

私は小学校のとき、同級生と論争した。太陽が地球に最も近くなるのはいつか？　その同級生は、朝と晩だと言った。太陽がいちばん大きく見えるからだ。私は昼だと言った。いちばん暑くなるからだ。我々は疲れを知ることなく、マラソンのような論争を続けた。毎日顔を合わせると、自分の説を述べ、相手の見解を批判する。そういう水掛け論をくり返したあと、我々は他人の応援を求めるようになった。彼は自分の姉のところへ私を連れて行った。彼の姉は双方の言い分を聞くと、すぐ彼に味方した。まだ幼かったこの少女は、羽根蹴りをしながら言った。

「太陽が地球にいちばん近いのは、もちろん朝と晩よ」

私は承服できず、同級生を私の兄のところへ連れて行った。兄は当然、自分の弟を擁護し、同級生に拳を振り上げて見せて威嚇した。

「今度、朝と晩がいちばん近いと言ったら、おれが黙っちゃいないぞ」

私は兄のやり方に失望した。必要なのは真理で、武力ではない。我々はさらに、ほかの年上の子供のところへ行った。同級生を支持する者もいれば、私に賛成する者もいて、なかなか勝負はつかない。我々の論争は一年に及んだ。町の年上の子供たちはみな、何度か引っぱり出されて判定を求められ、もううんざりしていた。我々が言い争いながら近づいて行くと、彼らは大声を上げた。

「あっちへ行け！」

我々は激しい論争を二人だけの範囲に止めるしかなかった。その後、同級生は新しいことに気づき、私の「暑さ」の理論を攻撃し始めた。彼は言った。もし、暑さを基準にするなら、太陽は夏になると地球に近づき、冬になると遠ざかるというのか？　私は彼の「見た目」の理論に反駁した。もし、見た目の大きさを基準にするなら、太陽は雨の日に消えてなくなるというのか？

論争はどこまでも続いたが、ある日、私は魯迅を持ち出し、一瞬にして彼を言い負かした。追い詰められて、とっさに魯迅の言葉を捏造したのだ。私は彼に向かって叫んだ。

「魯迅先生が言うように、昼の太陽がいちばん地球に近い」

彼は唖然として、しばらく黙って私を見てから、慎重に尋ねた。「魯迅先生がそう言ったのか？」

「もちろんさ」私はびくびくしていたが、強硬な姿勢は崩さなかった。「魯迅先生の言葉を信じないのか？」

「いや」彼は慌てて手を振った。「どうして、いままで言わなかったんだ？」

私は毒を食らわば皿までの覚悟で、嘘を言い続けた。「前は知らなかった。今朝のラジオで聞いたんだ」

彼は悲しそうに下を向き、口の中でつぶやいた。「魯迅先生がそう言っているなら、おまえが正しい。おれは間違っていた」

彼が一年間堅持してきた太陽との距離に関する見解は、私がでっち上げた魯迅の言葉の前で、こんなに簡単に瓦解してしまった。それから数日、彼は沈黙し、一人で敗北を嚙みしめていた。

これは文革時代の特徴と言える。造反派同士の論争でも、紅衛兵同士の論争でも、家庭婦人同士の言い争いでも、最後の勝利者は毛沢東の言葉を持ち出した。それで決着がつき、論争や言い争いは収まる。あのとき、私はもともと毛沢東の言葉をでっち上げるつもりだったが、口元まで出かかってやはり気が引け、仕方なく「毛主席の指導によれば」を「魯迅先生が言うように」に変更したのだ。後日、嘘がばれて打倒され、小さな反革命分子になったとしても、罪は少し軽いはずだった。

中学に入ってから、私とその同級生はまた果てしない論争をくり広げた。我々は原子爆弾の威力について、議論を始めた。彼はもし世界じゅうの原爆を集めて爆発させたら、地球は粉々になって滅亡するだろうと言った。私は同意せず、表面が破壊されても地球が砕けることはない、地球は正常に自転と公転を続けるだろうと言った。

我々の議論は論争の段階へと移った。しかも絶えず激化し拡大して、二人は学校で一日じゅう、声をからして言い争った。その後、選挙戦のように、それぞれが他の男子生徒を味方につけようとした。彼を支持する者もいれば、私を支持する者もいた。そのうち、中学一年のクラスの男子生徒は、地球壊滅支持派と不支持派の両陣営に分かれた。同級生たちはこの論争に飽きてきて、我々二人だけが疲れも知らずに論争を続けた。同級生たちは我々に共通のあだ名を付けた。

「この二つの地球め！」

ある日、我々はバスケットをしていたとき、また論争になった。論争はもう数か月続いていたので、お互いにそろそろ終わりにすべきだと思っていた。我々はバスケットコートで決定を下した。化学の先生のところへ行って、権威のある答えをもらうのだ。我々は言い争いながら、歩き出した。彼はうっかりボールを持ってきてしまったので、背後で同級生たちが慌てて叫んだ。

「おい、おい、二つの地球、ボールを返してくれ」

我々が教えを乞いに行った化学の教師は新任で、北方の町からやってきた。三十歳過ぎの女性教師だった。きれいな標準語を話すので、気取っている感じがする。ほかの教師たちが授業中も、そうでないときも、地元の言葉しか話さないのとは違っていた。我々は職員室で彼女を見つけた。彼女は辛抱強く、双方の主張を聞いたあと、厳粛な表情で言った。

「全世界の人民は平和を愛しています。原爆を集めて、一度に爆発させるはずがないでしょう?」

この気取った化学の教師は意外にも、我々が数か月にわたって言い争ってきた問題を根底からくつがえした。我々はなすすべがなく、呆然と職員室を出て、呆然と見つめ合った。そして、同時に悪態をついた。

「くそったれ!」

それから、我々は論争を再開した。どちらも最後まで譲らない構えだった。私はついに追い詰められて、古い手をまた使って叫んだ。

「魯迅先生が言うように、たとえ世界じゅうの原爆を集めて一度に爆発させても、我々の地球を破壊することはできない」

「また、魯迅先生の言葉か?」彼は疑わしそうに私を見た。

「信じないのか?」そのときの私は、破れかぶれの心境だった。「おれが魯迅先生の言葉をでっち上げたとでも言うのか?」

私の断固とした態度に彼はひるんで、首を振りながら言った。「いや、誰も魯迅先生の言葉をでっち上げることはできないよ」

「おれも、もちろんできない」私はびくびくしながら言った。「〝たとえ〟というところが、確かに魯迅先生らしい言い方だな」

彼はうなずいて言った。

「らしいとはなんだ」私はここぞとばかりに追撃した。「まさに魯迅先生が言ったことだぞ」

その後、この同級生はうなだれて立ち去った。彼はどう考えても理解できなかっただろう。魯迅先生はなぜ、いつも自分と敵対するのか？　だが数か月後、私のほうが冷や汗をかくことになった。突然、大きな誤りを犯したことに気づいたのだ。魯迅は一九三六年に世を去っている。ところが、原子爆弾が初めて日本の広島に投下されたのは一九四五年だった。私は何日も恐怖におびえたあと、自ら過ちを認め、同級生に言った。

「この前、おれが言ったのは間違いで、魯迅先生の発言は原爆じゃなくて爆弾だった。魯迅先生が言ったのは、たとえ世界じゅうの爆弾を集めて一度に爆発させても……」

同級生はすぐに目を輝かせ、意気揚々として言った。「爆弾は原爆と比べものにならないよ！」

「もちろんだ」その場を取り繕うために、私は調子を合わせるしかなかった。「おまえの言うとおりさ。世界じゅうの原爆を集めて一度に爆発させたら、地球はきっと粉々に砕けるだろう」

私と同級生が小学校から中学まで続けた二度のマラソン式の論争は、一対一の引き分けに終わった。この結果に意味はないし、論争にも意味はない。意味があるのは、これによって引き出された事実だ。つまり、「魯迅」という言葉は文化大革命の時代に絶大な威力を持っていた。


私と魯迅をめぐる話はまだ続く。次は、私個人の魯迅について語ろう。私の過去の人生には、いくつかの熱狂的な場面があったが、その一つは魯迅の短篇小説『狂人日記』を歌にしたことだった。

当時、私は中学二年だったから、一九七四年のことだろう。文革は後期に入り、ますます強まる抑圧の中で、相変わらずの生活が続いていた。私は数学の時間にバスケットをし、化学や物理の時間も運動場で遊び、やりたい放題だった。教室にうんざりしていた私は、運動場にもうんざりし始め、浮かない顔で日々を持てあましていた。何もすることのない自由さが、かえって退屈に感じられたのだ。このとき、私は音楽を発見した。正確に言えば、略譜（数字で音階を表した簡単な楽譜）を発見した。それで、数学と同じようにつまらなかった音楽の授業が、生活の楽しみとなった。情熱がよみがえり、私は作曲を始めた。

私は音楽に魅了されたのではなく、略譜に魅了された。理由はよくわからない。略譜について、まったく無知だったせいかもしれない。国語や数学の教科書を開けば、何が書いてあるかはわかる。しかし略譜は、まったくチンプンカンプンだった。革命歌曲が印刷されると、こうなるということしかわからない。紙に記された不思議な暗号が、音の物語を綴っている。無知が神秘を生み、神秘が誘惑に変わり、誘惑が私の創作意欲を引き出した。

私は略譜を学ぶつもりはなく、直接その形式を用いて音楽創作を始めた。それは一生に一度の音楽創作だった。最初の題材がまさに魯迅の『狂人日記』で、私はまず小説を新しいノートに書き写した。それから、音符を適当に文字の下に書き込んでいく。私はこの世で最も長い歌を書き上げた。誰も演奏できない、誰も聞いてくれない歌だ。

この作業に私は何日も情熱を傾け、ノートがいっぱいになると、疲れを感じた。この時点でも、私は略譜のことを何も知らなかった。ノート一冊分の作品があったが、音楽の世界に半歩踏み出したことにもならない。自分がでたらめに書いた楽譜がどんな音になるのかも知らず、ただ歌のように見えるというだけで、すっかり満足していた。

いまはもう紛失してしまったノートが懐かしい。世界で最も長い『狂人日記』という歌曲も懐かしい。でたらめの略譜には、適当な拍子と思いつきの音符が記載されていた。私の文革後期の生活状態も記されている。それは息が詰まるような抑圧、退屈な自由、空虚な言葉が交錯した生活だった。私はなぜ、『狂人日記』を選んだのだろう？　自分でもわからない。わかっているのは、『狂人日記』のあと、より作曲にふさわしい文学作品が見つからなかったということだ。そこで、私は数学の方程式や化学の反応式に取り組むしかなくなった。その後は数学の方程式や化学の反応式に曲をつけ、もう一冊のノートをいっぱいにした。これも適当な拍子と思いつきの音符を並べたものだから、演奏すれば世界にまたとない音楽になったはずだ。地獄には、そんな音楽があるかもしれない。私はその音を想像してみた。当時、思いついたのは幽霊のすすり泣きとオオカミの遠吠えの声だった。虫のいい想像をすることもあった。もしかしたら、まぐれ当たりやケガの功名で、美しい天国の音楽が書けたのではないだろうか？

いま思い返してみると、『狂人日記』を選んだ理由がわかる気もする。当時の私の作曲法は、まさに狂人が日記を書くようなものだった。

文革終結後、私は毛沢東の魯迅評価に興味を抱いた。この二人はひそかに心を通わせていたのではないか。生死の別があっても、彼らはお互いに行き来が可能だった。毛沢東と魯迅はともに、強い心と前向きな性格を持っていた。毛沢東は魯迅の「骨は硬い」と称えたが、毛沢東自身の骨も硬い。彼は当時、中国よりも強大なアメリカやソ連に対抗し、少しも弱みを見せなかった。また、この二人の思想は徹底的かつ極端だった。彼らは儒家の中庸の道に対して、強い嫌悪を見せた。

どんな偉大な作家にも、偉大な読者が必要だ。魯迅には強力な読者、毛沢東がいた。これは魯迅にとって幸運であると同時に、不幸でもあった。文革時代の「魯迅」は、一作家の名前から政治的な流行語となり、深い味わいのある作品も教条的な読み方に呑み込まれてしまった。あの時代、人々は口を開けば「魯迅先生が言うように」という表現を使った。その親しげな様子は、あらゆる中国人が魯迅の親戚か友人であるかのようだった。しかし、毛沢東のように魯迅を理解していた者はほとんどいない。だから、文革時代の魯迅の名声は絶頂に達したが、本当の読者はごくわずかで、「魯迅先生が言うように」というのは一時的なブームにすぎなかった。

文革後、魯迅はもはや神聖な言葉ではなくなった。一人の作家に戻り、論争の対象に戻った。多くの人が引き続き魯迅を崇拝する一方、かなりの人たちが魯迅を貶（おとし）め攻撃した。魯迅が存命中に受けた攻撃と違うのは、現在の攻撃に煽情的な要素が含まれていることだ。一部の人は魯迅の私生活に興味津々で、魯迅と恋愛関係にあったとされる四人の女性について雲をつかむような研究を始めた。さらには、大胆な憶測をする者もいる。魯迅の閨房の技術は稚拙だったとか、魯迅は異常な性的嗜好を持っていたとか……。

中国の市場経済の発展に伴って、魯迅の商業的価値もしだいに高まってきた。魯迅作品に登場する人物や地名は続々と飲食業や観光業に使われ、カラオケ店やナイトクラブにも魯迅作品の地名にちなんだ個室がある。官僚や商人がホステスを抱いて、このような個室で歌ったり踊ったりしている。

直接、魯迅を広告に使う者もいる。武漢の臭豆腐（チョウトウフ）（豆腐を発酵させた食品）屋は、店先に魯迅が臭豆腐を呼び売りしている看板を立てた。広告に使われたのは魯迅がタバコを吸っている有名な写真で、手にしていたタバコを臭豆腐に置き換えてあった。

この店の主人は誇らしげに公言した。彼の一家は魯迅先生の同郷人、浙江省紹興の出身だ。こういう広告がいま、中国では流行している。有名人の影響力を利用して、客を呼ぶのである。

中国における「魯迅」の運命は、一作家から始まって一つの言葉となり、また一作家に戻った。これは中国の運命を反映している。中国の歴史の変遷と社会の動揺は、「魯迅」によって類推が可能だ。

私はオスロ大学で、さらに魯迅との関わりを語った。ノルウェーの聴衆に、私の無知を告白した。私は魯迅をつまらない作家だと思い、輝かしい名声は政治の産物と考えていたのだ。

一九八四年、私は中国南方の町の文化センターに勤務し、すでに創作に専念していた。事務室の外のホールには大きな机があり、その下にマルクス、エンゲルス、レーニン、スターリン、毛沢東、魯迅の著作が積み重ねてあった。かつては神聖な本だったが、時代が変わって紙屑同然となり、山積みにされて埃をかぶっていた。魯迅の著作がいちばん外側にあったので、事務室に出入りするとき、よく足がぶつかった。私は下を向き、薄汚れた魯迅の著作を見て、他人の不幸を喜ぶような気持ちがした。こいつも、もう時代遅れだ。ある日、私はうっかりして、この魯迅の著作につまずき、あやうく転びそうになった。それで、罵声を浴びせた。

「くそっ、時代遅れのくせに、人をバカにしやがって」

文革終結のころに、私はちょうど高校を卒業した。その後の十数年、大量の文学作品を読んだが、魯迅のものは一字たりとも読まなかった。のちに自分が作家になり、中国の批評家から魯迅精神の継承者だと言われた。しかし、内心うれしくはなく、私の創作が貶められたように感じた。

一九九六年、ある契機から、私は魯迅作品を読み直すことになった。魯迅の小説の映画化を考えている監督が、私に脚色の仕事を依頼してきたのだ。高額の報酬を支払うという。当時、私は金に困っていたので、二つ返事で引き受けた。その後、私は自分の書架に魯迅の著作が一冊もないことに気づき、仕方なく書店へ行き、『魯迅小説集』を購入した。

その晩から私は灯火の下で、最もよく知っていると同時に、最もなじみの薄い作品を読み始めた。最初に読んだ小説は、かつて歌曲に改編したことのある『狂人日記』だった。しかし、私はまったく内容を忘れていた。小説の冒頭、狂人がこの世界の異常さに気づく場面で、このような台詞がある。

「さもなければ、なぜ趙（チャオ）家の犬はおれをにらむのか」

私は驚いて、魯迅はすごいと思った。たったひと言で、この人物の精神の異常を描き出している。ほかの才能のない作家が、精神に異常のある人物を描こうとしたらどうだろう。何万字も費やして、結局のところ人物は正常なままだ。

『孔乙己（コンイーチー）』は、その晩に読んだ三つ目の小説だった。この小説は小学校から中学校まで、くり返し教科書に出てきた。しかし、本当の意味でそれを読んだとき、私はもう三十六歳になっていた。『孔乙己（コンイーチー）』を読み終えた私は、例の監督にすぐ電話して、魯迅の小説の映画化を断念するように伝えた。私は電話で、こう言った。

「魯迅を踏みにじることはやめたほうがいい。偉大な作家なんだから」

翌日、私は書店へ行き、文革後に出版された『魯迅全集』を買った。このとき私は、文化センターの机の下にあった魯迅の著作を懐かしく思い出した。あれは文革中に出版されたものだから、版本としても深い意義がある。あのころ事務室を出入りするとき、よく足をぶつけたのは運命の暗示だったのかもしれない。埃をかぶった書物の中に、偉大な叙述が隠されていることを私に暗示していたのだ。

書店から『魯迅全集』を買ってきてからの一か月、私は魯迅の明晰で鋭い叙述にどっぷり浸かった。その後、私はある文章でこう述べた。「彼の叙述は現実に触れるとき、かくも峻烈（しゅんれつ）で、弾丸が体を突き抜けるようだ。決して体内に留まることはない」

この機会に、改めて『孔乙己』について語ろう。これは短篇小説の手本である。この短篇小説の冒頭の叙述は、簡単なようで奥が深い。魯迅はまず、魯鎮（ルーチエン）の酒場の構造を述べる。短い服を着た労働者たちはカウンターの外に立って酒を飲み、長い服を着たインテリは奥のテーブル席で料理を注文し、腰を落ち着けて酒を飲む。孔乙己は唯一、立って酒を飲むインテリだった。魯迅は筆墨を惜しんだ簡潔な表現で、孔乙己の特殊な社会的身分をきわ立たせている。

『孔乙己（コンイーチー）』で重要なのは、孔乙己が酒場を訪れる最初の数回の描写を省略していることだ。足を折られたあと孔乙己はどのように酒場に現れたか、そこから書き始めている。これこそ、偉大な作家の責任だろう。両足が健全だったとき、孔乙己がどのようにやってきたかはどうでもいい。だが足が折れれば、描写を回避することはできない。そこで、我々は次の描写に出会う。「突然、声が聞こえる。熱燗（あつかん）をくれ。低い声だが、聞き覚えがある。だが、姿は見えない。立ち上がって外を見ると、あの孔乙己がカウンターの下で、敷居のほうを向いてすわっていた」まず声が伝わってきて、それから姿が見える。このような叙述だけでも、非凡と言わざるを得ない。「私が酒を温め、運んで行って、敷居の上に置いた」とき、孔乙己は銅銭四文を出す。讃嘆に値するのは、そのあとの描写だ。魯迅は簡潔に、こう表現した。「見れば、手にべったりと泥がついている。彼はこの手で這いずってきたのだ」

三十六歳の夜、私にとっての魯迅は、一つの言葉から一人の作家に戻った。魯迅作品を読むことを強制されていた、小学校から高校までの歳月を振り返ると、さまざまな感慨が湧いてくる。思うに、魯迅文学の対象は子供たちではない。成熟した、しかも感覚の鋭い読者を必要とする。また、ある読者がある作家と本当にめぐり合うためには、ふさわしい時機があるのだと思う。

文革終結後、私は多くの作家の作品を読んだ。偉大な作品もあれば、平凡な作品もあった。ある作家の作品を読んで退屈だと感じると、すぐに読むのをやめて、その作家を嫌いにならないようにした。しかし文革時代、私は魯迅の作品を放棄するわけにいかず、迫られて何度も何度も読んだ。だから、魯迅は私が唯一、嫌いになったことのある作家なのだった。

私はノルウェーの聴衆に語った。作家は一つの言葉となった時点で、損傷を受けることになる。

私の講演が終わったあと、オスロ大学歴史学科のハーラル・ベックマン教授が駆け寄ってきて言った。「あなたが子供のころに魯迅を嫌ったように、私も子供のころ、イプセンが嫌いでした」

格差

ある少年の例から、臆病者が一足飛びに勇敢になるときがあると証明できる。それは一九七〇年代中ごろのこと、我々は重苦しく抑圧された生活を送りながら、文革の末期を迎えていた。

私が語ろうと思うのは、昔の同級生の話だ。彼はいまもなお故郷の小さな町に住み、ずっと失業中で、年老いた父親のわずかな退職金に頼って生活している。記憶によると、彼の秀麗な顔は二本の八重歯によって損なわれていた。小柄な彼は、いつも我々のあとをついてきた。

当時の我々は街をぶらつき、よく騒ぎを起こして、同年齢の少年たちと殴り合いのケンカをくり広げた。ときには大胆にも、頭半分ほど背丈の違う年上の連中を相手にした。激戦が始まると、その同級生は身を隠して、近くで様子をうかがっていた。逃げることもなければ、参戦することもない。その後、彼は突如として勇猛果敢になった。いつも戦いの先頭に立ち、引き揚げるのはいちばん最後だった。

ある日、我々のグループは年上の連中にさんざん殴られて退散した。完敗を喫したあと、その同級生は家に駆け戻り、包丁を手にして再び現れた。意気揚々としている年上のグループと対峙（たいじ）した彼は、まず右手に持った包丁で自分の顔を切りつけた。鮮血がほとばしると、今度は左手に持ち替えて反対側の顔を切った。そして血だらけのまま、大声を張り上げて突撃して行った。

年上のグループは、勝ちに乗じて追撃を始めようとしたとき、この血まみれの相手を目にした。水火も辞さない覚悟で、勇ましく突進してくる。右手にはなお、キラキラ光る包丁を振りかざしていた。中国には、「命がけの相手がいちばん恐ろしい」という諺がある。年上の連中がさっと逃げ出したので、その同級生は追いかけながら叫んだ。

「おれと死ぬか生きるかの勝負をしろ！」

さっきは退散した我々も、虎の威を借りる狐のように、「おれと死ぬか生きるかの勝負をしろ！」と叫んで、あとを追った。我々は町の通りを汗だくになって、年上の連中を追撃した。呼吸を整え、速度を合わせるため、我々のスローガンは簡略化された。

「死ぬか生きるかだ！」

その日の午後、我々の名声は町じゅうに広まった。それ以降、「死ぬか生きるか組」という称号を得た我々を他のグループは笑顔で迎え、年上の連中でさえ一目置くようになった。あの同級生を我々は心から尊敬した。彼はもう二度と我々のうしろに付き従うことがなくなった。我々も彼が先頭に立つのに慣れた。

彼はどうして、一夜のうちに別人になったのだろう？　理由はとても簡単だ。今日から見ると、それはまったく信じられない理由だった。

この同級生の両親がある日、隣人と言い争いをした。隣人が彼らの家の豆炭をいくつか盗んだというような、つまらないことが原因なのだろう。言い争いが過熱するにつれて、双方とも手が出た。隣家の美しい娘の豊満な胸を突いたのだ。そこで同級生も争いに加わり、いちばん弱い相手を選んで、右の拳を伸ばした。このひと突きが彼を別人に変えた。その後、彼は手のひらを下に向けて右手を開き、我々の羨望のまなざしの前で、四本の幸福な指について語った。衣服一枚隔てただけで、美しい娘の豊満な胸にどのように触れたのか。親指以外の四本の指がみな、人をうっとりさせる柔らかな部分の感触を味わったのだという。

その瞬間の素晴らしい感触によって、彼はまだ子供であるにもかかわらず、自分の人生がすでに完成したように思った。のちに彼はよく、満ち足りた様子で言った。

「おれは女の人の胸を触ったんだから、もう死んでもいい」

自分はもう死んでも悔いはないと思ったことで、臆病者が突如として勇敢になったのだ。

我々の少年時代は、そんな風だった。女性の成熟した胸に一度触れただけで、人が変わる。我々が極端な時代に育ったせいだ。殴り合いのケンカのときは大胆不敵だが、女性の生身の肉体を思うと意気地がなくなってしまう。

いまだに誰なのかわからないが、ある同級生が教室の黒板にチョークで「愛情」という言葉を書いた。それは我々がよく知っているのに、使ったことのない言葉だった。当時、高校一年のクラスは四つあった。曲がりくねった「愛情」の二文字が一年一組の黒板に出現すると、他の三クラスの生徒は聖地に赴くような気持ちで、続々と落書きを観察しに押し寄せた。顔には批判者の表情を浮かべ、「犯人を捕まえろ」というスローガンを叫びながら。私も初めて、この長らく中国語の語彙から消えていた言葉を目にした。そして思わず、熱血をたぎらせた。

この高校一年一組の教室の黒板に出現した下手くそなチョークの文字は、犯罪の証拠として、十日間消されずに残っていた。学校の革命委員会は、これを書いた犯人を見つけようとした。まず、我々の学年の男子生徒の作文帳を集めて筆跡を比べたが、容疑者は浮かび上がらなかった。女子生徒の作文帳も集めたが、やはり手がかりはつかめない。さらに捜査の範囲を高校二年生にまで拡大しても、結果は同じだった。最後はうやむやのうちに幕引きするしかなく、革命委員会の主任が自ら黒板の「愛情」の二文字を消した。

私はがっかりした。毎日、一組の教室を通るときに黒板の文字を見るのが習慣になっていたからだ。黒板の文字は「絵に描いた餅」とは言え、私の愛情に対する渇望を満たしてくれた。「愛情」が黒板から消えると、「絵に描いた餅」もなくなってしまった。黒板にこの言葉を書いた犯人は、罪を自覚していたのだろう。わざと曲がりくねった字を書くことで、法の裁きを逃れようとしたのだ。当時、「狐がいかに賢くても、老練な猟師にはかなわない」という映画の台詞が流行っていた。「愛情」事件のあと、同級生たちはそれをもじって、逆の意味の台詞を流行らせた。「いかに老練な猟師でも、賢い子狐にはかなわない」

いま、私の息子はすでに高校生になった。この今日の少年が昔日の少年である私に語ったところによると、中学の家庭科の授業で、先生は女子生徒を男子生徒の膝にすわらせるという。男女が体を密着させた状態で、先生は男性と女性の生理的な違いから始めて、性交や妊娠のことまでを語る。先生が話を終えて、質問を募ったところ、ある生徒は手を上げて尋ねた。

「先生、実践の授業はありますか?」

私の学生時代の話を続けよう。三十数年前の中学生は、男女間で話をすることさえなかった。話しかけたくても、口をきく勇気はない。相手のことが好きだとしても、こっそり見つめるだけだった。大胆な男子生徒はひそかにメモを渡したが、明確に愛を告げるような言葉は書かなかった。いずれもピントのはずれた文句、たとえば消しゴム一つ、鉛筆一本贈りますという言葉で愛情を伝えた。ほとんどの女子生徒は、すぐに相手の意図を察した。メモを受け取った女子生徒は、緊張と恐怖という反応を見せる。メモが露見するようなことがあれば、女子生徒はとんでもない間違いを犯したかのように深く恥じ入った。

三十数年後の今日、中学生の恋愛は合法的なこととなり、世間でも大っぴらに議論されている。私はネットで二つの映像を見た。一つは休み時間の教室で、男子生徒が机に腰掛け、椅子にすわった女子生徒を抱き寄せている。同級生たちが談笑しながら通り過ぎる中で、彼らは気がねすることなく接吻を交わしていた。もう一つは学校の廊下で、花束を持った男子生徒がひざまずいて、女子生徒に求愛している。女子生徒が拒絶してトイレに入ると、しばらくためらっていた男子生徒も、花束を持ったまま女子トイレに入った。いまや女子生徒の早期妊娠は珍しいことではなく、社会問題にもならなくなった。驚いたことに、制服のまま病院へ行って堕胎手術を受ける女子生徒もいるという。メディアがこんなニュースを報じた。ある女子生徒が制服のまま病院へ堕胎手術を受けに行ったとき、同じく制服姿の男子生徒が四人付き添っていた。医者が手術前に家族のサインを求めると、四人の男子生徒は先を争ってサインしようとした。

何が原因で、我々は極端から極端へ向かってしまったのか？　この問題には無数の答えがあるのだろう。だが、滝のように流れ落ちる解答をもってしても、説明を尽くすことは難しい。ただし、一つだけ明確なことがある。極端に抑圧された時代が社会の激変にさらされると、必然として正反対の極端に放縦（ほうじゅう）な時代がやってくる。ブランコと同じで、こちら側で高いところまで揺れれば、向こう側も必ず高いところまで行く。中国経済の高度成長は、瞬時にしてすべてを変えたようだ。走り幅跳びのように、我々は物資欠乏の時代から浪費の時代へと跳躍した。政治至上の時代から金銭第一の時代へ、本能を抑圧する時代から浮ついた欲望の時代へ……三十年の歳月は、まさに一足飛びだった。

今日の中国を見ると、都市の高層ビルが灰色の空の下に、森のように林立している。高速道路は縦横に交差し、河川よりも多いくらいだ。ショッピングセンターやスーパーマーケットには、豊富な品物が揃っている。通りを行き交う車と人の流れは尽きることがない。広告の看板とネオンはまばゆい輝きを放つ。ナイトクラブやマッサージサロンがあちこちにできた。美容院とファットバスの店がずらりと並ぶ……さらに、大型の豪華レストランが増えた。三階建てや四階建ての各階に大きな宴会場があり、二千人から三千人の人が上機嫌で、同時に飲み食いしている。

ところが三十年前、我々が跳躍を始める前、高層ビルは見当たらなかった。いくつか高いビルがあるとしても、それは北京や上海のような大都市に限られていた。高速道路も広告も知らず、商店や商店の品物はごくわずかだった。我々は何も持っていなかったようだが、あの時代の空は青かった。

我々は配給制度のもとで生活していた。食糧切符は一人につき毎月二十七斤（一斤は五百グラム）だけ、これは男性で、女性はわずか二十五斤、ほかに肉が半斤、油が二両（一両は五十グラム）配給された。食糧を買うときは、金を払った上に食糧切符を渡さなければならない。豚肉や菜種油を買うときも、金銭と同時に配給券が必要で、どちらが欠けてもダメだった。

布の配給券もある。我々は金と配給券を用意して、反物屋で生地を買った。そのあと、仕立て屋に行き採寸して服をあつらえる。多くの人は節約のため、自分で服を作った。当時はまだ衣料工場がなく、商店で既製服を売っていなかった。そのころ、わが家にはミシンがあったので、隣近所の羨望を集めていた。

我々は細かく計算する必要があった。毎日九両の米を食べ、毎週数斤の豚肉を食べ、毎回の調理に十滴の菜種油を使えば、一か月の生活に支出超過は起こらない。我々の世代は、飢え死にはしないが満腹にもならないという時代に育ったので、幼年時代の美しい思い出が驚くほど似通っている。誰もが、どんなおいしいものを食べたかを記憶しているのだ。食べること以外に、我々の美しい思い出はない。

当時、都市の住民はみな、できるだけ食べ物を倹約したが、ほとんど余ることはなかった。男性の場合、毎月二十七斤の食糧では満腹にならない。だが、女性の二十五斤には、まだ余裕があった。彼女たちは自分の食糧切符を節約して、夫や兄弟に譲った。油と肉の配給も、需要に追いつかなかった。そこで人々はしばしば、ひそかに配給切符を売買して、生計を維持していた。

私の故郷では、農民の手元に油の配給券が余っていた。彼らは畑でアブラナの種を収穫し、国営の搾油工場に上納する。国家は彼らに油の配給券を見返りとして渡した。このわずかな配給券が、当時の農民にとっては重要な臨時収入となった。貧しい農民は病気治療や婚礼の資金に充てるため、ひそかに町に出て配給券を売った。共有制の時代に、それは投機行為となる。私は高校一年のとき、十数人の友だちと一緒に、喜び勇んで投機行為撲滅の活動に参加した。いまの言い方をすれば、ボランティアだ。現在のボランティアには軽食が出るそうだが、当時の軽食は口を開けて冬の寒風を吸い込むことだった。我々は毎朝四時に起きて、町の市場へ出かけ、街角の電柱の陰に身を隠した。まるで獲物の出現を待つ猟犬のようだ。油の配給券を密売する人を見つけると、すぐに襲いかかった。投機分子を生け捕りにして、配給券を没収したあとは、意気揚々と投機行為撲滅事務室まで連行した。

我々は弱い者いじめを楽しんでいたのだが、自分では毎日、正義を広めているつもりだった。戦果は上がったが、捕まえた投機分子のほとんどは年老いた農民で、押収した油の配給券はみな一斤以下だ。しかも、これらの農民は抵抗しようとしない。おどおどして、自分が悪いことをしたと思っているらしい。唯一の反応は涙をたたえた目で、自分の配給券が没収されるのを見ていることだった。

輝かしい戦績が一度だけあり、我々は屈強な若い農民を捕まえた。身長は我々より頭一つ高く、体の幅は我々の二人分ほどあった。我々が飛びかかって行くと、彼は力強く反撃した。右手で拳を握っていたが、我々を殴ろうとはしない。手を出せば罪が重くなることを知っているのだ。彼は我々を左手で押しのけ、逃げ出そうとした。これは我々が遭遇した最も激しい抵抗で、あやうく逃げられてしまうところだった。しかし、我々は人数でまさっていたので、四方八方から包囲する作戦に出た。何人かの友だちはレンガの破片を手にして戦い、彼の顔を血だらけにし、地面に押さえつけた。彼は相変わらず右手で拳を握り、左手で何とか我々を押しのけようとした。きっと右手で配給券を握っているのだろう。我々がどんなに力を入れても、彼は手を開こうとしない。二人の友だちが彼の右手を強く押さえつけ、一人がレンガで右の拳を叩いて、血だらけにした。右の拳が開かれると、数枚の血まみれの配給券が現れた。数えてみると、ちょうど一斤だった。我々は投機行為撲滅事務室まで連行したあと、さらに彼が隠し持っていた十一斤の配給券を発見した。

合わせて十二斤というのは、押収した配給券の最高記録だ。いま中国で流行の言い方をするなら、重大刑事事件である。審問のとき、若い農民は怪我していない左手で顔の血を拭いながら、自分の投機行為を白状した。彼は自分の婚礼資金を稼ぐため、親戚や友人から九斤の油の配給券を借りた。あとの三斤は、彼の一家が節約したものだ。両親や兄弟姉妹はもう半年、一滴も菜種油を口にしていない。毎食の野菜は、塩水で茹(ゆ)でるだけだった。

三十数年前の朝のことを思い出すと、いまでもぞっとする。我々は笑いながら輝かしい戦果を喜び、傷だらけの若い農民は苦しそうに自分の経歴を語った。初犯なので、彼に対する処罰は十二斤の配給券の没収のほか、誓約書を一枚書くことだった。今後二度と投機行為という悪事を働かないと誓うのだ。誓約書を書くとき、彼の負傷した右手は震えていた。指が痛いのか、それとも十二斤の配給券を失ったことが悲しいのか？　右手の血が白い紙に流れ、誓約書は血書に変わってしまった。
彼は釈放された。しかし、我々高校生はまだ飽き足らず、朝の街角で彼を引き続き叱責した。自分を目立たせるために、彼を叱責したのだ。彼が十二斤の配給券を没収されたことをくり返し述べると、通りかかった人はその数字を聞いて驚き、目を丸くした。彼は我々の叫び声の中、何も言わずに進んで行った。人目もはばからず、顔じゅうを涙で濡らしている。しきりに右手を上げて、目尻の涙を拭った。そして痛みを感じるたびに、自分の右手を確かめていた。我々は町を出たところで足を止め、うれしそうに彼を叱責する言葉を叫んで、田舎道を遠ざかって行くうしろ姿を見送った。彼は昇ったばかりの太陽の光を浴びていた。負傷した右手を胸元に置き、内心途方に暮れ、顔は血と涙にまみれたままだ。彼は家までの長い道のりを歩いて行った。

三十数年後の今日、私はつらい気持ちで罪悪感にさいなまれつつ、これを書いている。あの善良な若い農民はその後、予定どおり結婚しただろうか？　どうやって借りた九斤の配給券を弁償したのだろう？　私ははっきり覚えている。我々がレンガで頭を攻撃したとき、彼は自分の怒りを抑え、拳でやり返すことをしなかった。相変わらず、手で我々を押しのけようとしていた。

中国社会の激変を経て、かつての投機分子は現在の商売人となった。都市の失業者と土地を失った農民は、生き延びるという最も基本的な欲求のため、街のあちこちで露店を広げたり、呼び売りをしながら歩いたりしている。北京だけでも、このような商売人は一万を数えるだろう。この無許可の商売人は場所を転々としているので、地方政府も徴税しようがない。地方官吏から見ると、これらの露天商の登場は都市の景観を損ね、「調和のとれた社会」を破壊するものだ。機運に乗じて「都市総合管理執行局」という組織が誕生し、勇ましい警備員が活動を開始した。北京の街頭や歩道橋を歩いていると、よく見かける光景がある。道端で安価な物品を呼び売りしていた露天商の一群が、誰かの「警備員が来たぞ」という叫び声を合図に、すばやく荷物をまとめ、一目散に逃げ出して行く。

三十数年前に我々が農民の油の配給券を没収したように、現在の都市管理局の警備員は露天商が呼び売りしている物品を没収する。その対処法には、何も進歩がないようだ。もちろん、現在の都市管理局の成果は、我々のころよりずっと大きい。没収品の多くは、あの当時目にする機会すらなかった。数年前、私は北京の地下鉄の出口付近に住んでいて、無許可で営業している三輪自転車の車夫をよく目にした。彼らは客を乗せて、自転車をこいでいた。同時によく見かけたのは、こんな光景だ。都市管理局のトラックが荷台に没収した三輪自転車を満載し、凱旋して行く。車夫たちは悲しみに暮れていた。彼らは有り金を全部はたいて、あるいは親戚や友人から借金をして、ようやく三輪自転車を購入した。懸命に自転車をこいで家族を養い、子供を学校に通わせている。炎暑の夏には流れる汗を拭い、冬の寒風の中でも全身に汗をかいていた。生活の糧である三輪自転車を都市管理局に没収されたことで、彼らは人生の前途も失ってしまった。

近年、露天商が生計を維持するための三輪自転車、大八車、物品が都市管理局に没収されることが多くなり、露天商と警備員の対立がますます激化してきた。しばしば暴力行為が見られるが、社会の関心は低かった。だが、崔英傑（ツイ・インチエ）という露天商が都市管理局の警備員を刺殺するに至って、露天商と都市管理局の軋轢（あつれき）はついに全国を震撼させた。メディアが討論を重ねてから、多くの人が意識するようになった。露天商の三輪自転車や物品を簡単かつ乱暴に没収すれば、彼らの生存の権利を奪うことになるのだ。

今日の中国社会における弱者の代表・崔英傑は法廷で、自分の一時的な衝動について懺悔（ざんげ）の気持ちを示した。彼は言った。「まずは被害者とご家族のみなさんにお詫び申し上げます。いまさら何を言ってもムダでしょうが、私は自分が露店を出すことで、生活を変えようと思ったのです」

警備員が殺されてから、都市管理局は護身用の装備をより厳重にした。携帯情報端末、防弾チョッキ、ヘルメット、安全手袋、懐中電灯などを配布したのだ。同時に武装警察の教官を招いて、警備員に護身術を伝授した。相手に襟や髪をつかまれたり、喉や腰を押さえつけられたとき、どうやって逃れるかの実地訓練である。

過去の「投機分子」と今日の露天商の物品を没収されたときの反応は、どうしてこんなに大きく違うのか？　思うに、時代と社会形態が異なれば、生きるための反応も当然違ってくるのだろう。

社会形態の面から見れば、文革期は単純な時代だった。いまは複雑で、混乱した時代である。毛沢東のひと言が、文革期の基本的な特徴を物語っている。「我々は敵が反対するものすべてを擁護しなければならない。我々は敵が擁護するものすべてに反対しなければならない」文革期はこのように、白黒がはっきりした時代だった。敵は永遠に間違っていて、我々は永遠に正しい。敵が正しいこともあり得るとか、我々が間違っている可能性もあるなどという大胆な発言は、誰もできなかった。毛沢東のあと、鄧小平が述べたひと言は、いまの時代の基本的な特徴を示していた。「黒猫でも白猫でも、ネズミを捕まえるのがよい猫だ」鄧小平のこの言葉は、毛沢東の社会的価値観をくつがえし、中国社会に昔からあった事実を指摘したようだ。一つの事物の中に、しばしば正しいものと間違ったものが同時に存在する。しかも、それは多くの場合、相互変化の中に現れてくる。この言葉は、中国の経済発展における、社会主義と資本主義の論争にも終止符を打った。

こうして中国は、毛沢東が政治指導者として君臨する単色の時代から、鄧小平による経済至上の多様性の時代へと移り変わった。文革時代、我々はよく言ったものだ。「社会主義の草となるも、資本主義の苗となることなかれ」今日の中国では、もはや何が資本主義で何が社会主義か、見分けがつかない。今日の中国においては、草と苗が同一の植物になったと言ってもいいだろう。

ある言葉の意味が単純から複雑へと移り変わるとき、そこには社会の変遷も反映される。「格差」はまさに、そのような言葉の一つである。

三十数年前の中国では、都市部の住民について言えば、明確な社会的格差はなかった。しかし、我々は毎日のように格差を論じていた。空虚なやり方で、空虚な格差を語っていたのだ。誰もが自分の思想上の格差を見つけようとした。そのような格差は、雷鋒（レイ・フォン）（一九六二年に殉職した解放軍兵士、自己犠牲の精神を学ぶ対象として偶像化された）と対比することから生まれる。「先進性に学び、格差を見つけよう」というのが、当時の流行語だった。我々は毎日、小坊主が経を唱えるように、意味もわからずに「格差」を口にした。言い古された言葉が、車輪のようにぐるぐる回っていたのだ。小学校から高校までの作文の授業で、同級生のほとんど全員がくり返し、いかにして雷鋒精神との思想的格差を縮め、隣のおばあさんが井戸水を汲むのを手伝ったかを書いた。高校二年のとき、国語の教師はたまりかねて、教卓の上の作文帳を指で叩きながら我々を教え諭した。

「きみたちは隣のおばあさんのために、もう十年も井戸水を汲んでいるじゃないか。どうして違う例を思いつかないんだ？　隣のおじいさんのために、米を買いに行ったとか」

　三十数年後、我々は相変わらず休むことなく格差を語っている。もちろん、空虚な思想的格差ではなく、本当の社会的格差だ。貧富の格差、都市と農村の格差、区域の格差、発展の格差、収入の格差、分配の格差など。巨大な社会的格差は必然的に、過激な集団や個人の抗議活動をもたらす。かつて、我々が若い農民をレンガで殴ったとき、彼は最後まで拳を振るって反撃しなかった。ところが今日、都市管理局の警備員は何の暴力行為も働かず、ただ職務を守り、規則どおりに露天商の三輪自転車と物品を没収しただけで、刺し殺されてしまった。これはなぜか？　理由はこういうことだと思う。「格差」という言葉が狭義から広義へ、空虚から真実へと変わるにつれて、今日の中国の社会問題はより広範囲に及び、社会矛盾はより激化しているのだ。

毛沢東時代の社会主義は発展の歩みが遅く、経済効果も小さかったが、社会的格差は確かに絶えず縮まっていた。毛沢東がついに解決できなかったのは、都市と農村の格差である。鄧小平が唱えた改革開放から三十数年、中国経済は全体に迅速な拡張を続けてきた。GDPは一九七八年の三千六百四十五億元から二〇〇九年の三十三兆五千三百五十三億元まで、ほぼ百倍に増えた。しかし、都市と農村の格差は縮小するどころか、むしろ広がっている。中国政府が公表したデータによれば、二〇〇七年、都市部と農村部の収入の差は三・三三対一、格差の絶対値は九千六百四十六元だという。改革開放以来、格差の幅は最大となった。政府は二〇〇九年のデータをまだ公表していないが、ますます差が開いていることを匂わせている。

二〇〇六年五月一日、CCTV（中国中央テレビ）の名司会者で、私の友人でもある崔永元（ツイ・ヨンユアン）は、撮影クルーと二十六名の職種の異なる人々を連れて、かつて中国共産党の紅軍がたどった長征のルートを歩き始めた。所要日数は二百五十日、行程は六千百余キロ。彼らは春夏秋冬の変化と風雨や降雪を経験し、雪山を越え草原を抜けて、ついに二〇〇七年一月七日、北京への帰還を果たした。崔永元（ツイ・ヨンユアン）は多くの楽しい思い出と多くのつらい思い出を持ち帰った。その後、同席する機会があり、彼は私にいくつかのエピソードを語ってくれた。

その中の一つをここに再録しよう。二〇〇六年、ドイツのワールドカップサッカーの期間中、崔永元のミニ長征部隊は中国西南の某貧困地区に到着した。彼は急に妙案を思いつき、現地の小学生とサッカーの試合をしようと企てた。ベルリンの熱狂を再現するのは無理としても、僻地をワールドカップの歓喜で包むことはできるかもしれない。

ところが、崔永元はすぐ二つの難題に出くわした。一つ目は、現地の県城（県政府の所在地）の商店でサッカーボールを売っていないこと。そこで彼は、二人の長征の「戦友」を州政府のある町まで車で行かせ、サッカーボールを買ってこさせた。続いて二つ目の難題、現地の小学生はサッカーの試合を見たことがなく、サッカーというスポーツの存在さえ聞いたことがなかった。

崔永元は大きな草地を見つけた。そのあたりには、こういう草地がたくさんある。「長征」の撮影クルーの美術スタッフがゴールを作って草地に置いた。千人以上の現地の小学生が輪になって草地にすわり、崔永元のサッカー啓蒙教育が始まった。

彼は教育をペナルティーキックのやり方から始め、真新しいボールをゴールから十二ヤードの地点に置いた。そこで、おもむろに彼らのカメラマンが登場する。「長征」部隊で、いちばんキック力がある男だ。

このカメラマンはレフェリーと観客のいないサッカーに慣れていたため、初めて千人以上の注視を浴びて、内心緊張していた。助走のときはまだプロ選手のような様子を見せていたが、キックを高くはずした瞬間、アマチュアの地金をさらけ出してしまった。ボールは高射砲から放たれた銃弾のように、ゴールを越えて虹のような放物線を空中に描き、着地後も勢いよく弾んで、最後は牛糞の山に飛び込んだ。

カメラマンは恥ずかしそうに下を向いたまま、小走りで牛糞の山までボールを取りに行った。近くの水たまりでボールについた牛糞を洗い落とし、再びボールをペナルティーキックの位置に置いた。

続いて、崔永元（ツイ・ヨンユアン）は小学生たちを並ばせ、ペナルティーキックの練習をさせた。その後、忘れられない場面が出現した。小学生はみなキックをしたあと、ボールを追いかけて行く。そして動きが止まったボールを拾い上げ、水たまりできれいに洗ってから、元の位置に戻した。彼らはボールを洗うのがサッカーのルールだと思ったのだ。

これは二〇〇六年の夏に起こった実話である。この夏、中国では一億人あまりの人がテレビでドイツのワールドカップを見た。二〇〇二年、日韓共同開催のワールドカップでは、中国とブラジルの予選リーグの試合中継に、二億人の目が釘付けになった。中国では、すでに一九七八年から、ワールドカップの試合をテレビ中継している。同じ年に、中国のサッカーのリーグ戦も正式に始まった。

今日、中国各地の子供たちは、ナイキやアディダスなどスポーツ用品のブランドを熟知している。しかし、西南の貧困地区の子供は、サッカーを聞いたことすらなかった。北京の中学校の先生から聞いた話によると、いまの生徒は毎日制服を着ているので、服では差がつかない。そこで靴に工夫を凝らす。お互いにはいている靴で競い合っているのだという。たとえば、同じナイキのバスケットシューズにしても、誰それのはジョーダンのシリーズ何作目で、誰それのはコービーのシリーズ何作目か、という具合である。

中国は国土が広く、人口が多い。経済発展が不均衡な国だ。一九八〇年代の中ごろ、東部の沿海地区の都市住民は普通にコカ・コーラを飲んでいた。だが、一九九〇年代の中ごろ、中部の山岳地帯から出稼ぎに行った人たちが正月に里帰りするとき、手土産にするのもコカ・コーラだった。なぜなら、彼らの郷里の人たちはまだ、コカ・コーラを見たことがなかったから。同じ中国人、同じコカ・コーラでも、富裕地区と貧困地区では十年の時間的格差があった。

二〇〇八年、北京オリンピックの期間中、多くの生活の苦しい人たちが今日の中国の象徴である「鳥の巣」(国家スタジアム)や「水立方(シュイリーファン)」(国家水泳センター)にあこがれ、汽車や長距離バスに乗って、地方から北京に出てきた。旅の疲れと内心の興奮を抱えたまま、途中で道を尋ねながら「鳥の巣」と「水立方」に着き、中へ入って見学しようと思ったが、観覧券は売り切れだった。ダフ屋のチケットは高すぎる。安全を考慮してのことだろうが、観覧券もしくは入場券がないと「鳥の巣」と「水立方」のあるオリンピック公園には入れない。長旅の末にたどり着いた同胞たちはチケットがないため、遠く離れた場所に立ち、

「鳥の巣」と「水立方(シュイリーファン)」を背景に記念写真を撮るしかなかった。にもかかわらず、彼らの顔は幸せに満ちている。そのとき、競技が進行中の「鳥の巣」と「水立方」の館内には、多くの空席があった。しかも、空いているのは最高の座席ばかりだった。一部の別種の同胞、貴人や高官は最高の座席のチケットを持っていた。彼らは金銭を浪費する生活に慣れている。「鳥の巣」と「水立方」の観覧券に対する態度も同様だ。彼らはポケットに入れたまま浪費されるチケットが、ほかの中国人にとっていかに貴重なものかを考えようとしない。また、衣食を切り詰めて北京へやってきた多くの一般庶民が、オリンピック公園に入れないことを気遣うはずもなかった。

今日の中国は巨大な格差を抱える国である。我々が歩んでいる現実社会は、片側が賑やかな歓楽街、片側が壁の崩れた廃墟のようなものだ。奇妙な劇場に身を置いていると言ってもいい。同じ舞台の半分では喜劇が、半分では悲劇が演じられている。

ルイ・ヴィトンやグッチなど有名ブランドの名前を付けたビルが、中国の都市の繁華街に林立するようになった。上海、広州、深圳では高級品の展示会が頻繁に開催され、いずれも大成功を収めている。たとえば、深圳の展示会では、数日の間に三大ブランドの高級品の売り上げが二億元を超えた。そこで人々は、はたと気づいた。中国はまたたく間に、高級品の加工基地から消費基地に変わったのだ。高級品は金融危機によって、伝統的な欧米の市場で売れ行きが落ちたが、中国市場では相変わらずの人気を保っている。

二〇〇九年三月、アメリカの国際ショッピングセンター協会が発表したレポートによると、二月分の高級品の小売り額は十九・二パーセント減少し、小売業全体に比べて下げ幅が十九・一パーセント大きかった。二〇〇八年六月以来、アメリカの高級品の売り上げは、小売業の業績の中で最悪となっている。一方、最近のゴールドマン・サックスのレポートによれば、二〇〇八年の中国における高級品の消費額は、年率で二十パーセントほどの増加を見せている。二〇一五年に、なお十パーセントの年間増加率を保っているとすると、中国の高級品の消費総額は百十五億ドルを超える可能性がある。世界一の消費国となり、地球全体の消費総額の二十九パーセントを占めるのだ。中国ブランド戦略協会の研究レポートは、さらに驚くべき内容となっている。現在の中国で、国際的な有名ブランドを購入できる階層は総人口の十三パーセントに達し、二〇一五年には二・五億人となるという。

これと同時に、貧困と飢餓が中国各地に蔓延し、悲惨な話が絶えず耳に入ってくる。失業生活を長く続けている夫婦が幼い息子を連れて、帰宅途中に露店の果物屋の前を通りかかった。息子は多くの果物のうち値段の安いバナナに目をつけ、両親に一本だけでいいから買ってくれと頼んだ。しかし貧しい両親は有り金を全部はたいても、バナナ一本買うことができなかった。子供を強引に露店の前から連れ去るしかない。子供は大声で泣いた。もう長いことバナナを食べていないので、どんな味だったかも忘れかけていた。両親に家まで連れ戻されても、子供の悲しげな泣き声は止まらなかった。泣きやまないことに腹を立て、父親は子供を殴打した。しかし、子供はそれでも泣き続けた。母親が駆け寄って父親を押しのけ、夫婦ゲンカが始まった。しだいに言い争いが激しくなり、子供は「バナナ」と泣き叫んだ。突然、父親は悲哀を感じ、悲哀はすぐに憎悪に変わった。父親は自分を憎悪し、自分の無能さを憎んだ。仕事もなく、収入もなく、バナナを食べたいという息子の願いをかなえることすらできないのだ。憎悪の気持ちが彼をベランダに導いた。彼は振り返ることなく身を躍らせ、マンションの十数階から飛び下りた。妻は大声を上げてドアから飛び出し、階段を駆け下りた。夫はコンクリートの上の血だまりの中に横たわっていた。妻はひざまずいて、夫を抱き起こそうとした。夫の名前を呼んだが、何の反応もない。しばらくして、妻は夫の命が尽きたことを知った。突然、冷静さを取り戻し、もう泣き叫ぶことなく、夫をそのままにして立ち上がり、マンションのほうへ引き返した。そして無表情のまま、エレベーターに乗った。家に戻ると、幼い息子は何が起こったのかわからず、なおもバナナを欲しがって泣いていた。母親は息子が泣きながら見ている前で、一本の縄を探し出し、踏み台を部屋の中央に運んだ。踏み台の上に立つと、落ち着いて縄を室内灯の吊り鉤に結びつけ、縄の輪の中に自分の首を入れた。息子は泣きながら、当惑した様子でこちらを見ている。母親は縄から首を出し、踏み台から下りて、息子のところへ行った。そして息子と息子がすわってい る椅子の向きを逆にして、背中を向けさせた。その後、母親はまた引き返し、踏み台に上がり、改めて縄を首にかけた。泣いている息子のうしろ姿を悲しそうに見つめながら、踏み台を蹴り、首吊り自殺を遂げたのだ。両親が亡くなったあとも、子供は泣き続けた。子供はもはや、バナナが欲しくて泣いているのではなかった。

もう一つ、別の話をしよう。やはり失業中の夫婦と子供の物語だ。こちらの子供は小学生である。女の子で、病気にかかり熱が出た。額がとても熱いので、両親に病院へ連れて行ってくれと頼んだ。両親は、お金もないし、仕事を探しに行かなくてはならず、時間もないと言った。女の子は物わかりがよく、隣家からお金を借りてきてくれれば、自分で病院へ行くという。両親はどちらも行きたくないので、互いに譲り合い、とうとうケンカを始めた。この貧しい夫婦はすでに何度も隣家から借金をし、しかもずっと返済していない。だから二人とも、これ以上借金を頼みたくないのだ。女の子は両親のケンカを見て仲裁に入り、もう病院へは行かないことにしたと言った。両親はケンカをやめた。女の子は熱があって頭がくらくらするので、学校を休み、部屋で寝ることにしたいという。両親はこの要求を認め、女の子は自分の部屋に入った。父親は仕事を探しに出かけ、母親も台所を片付けてから出かけようとした。娘が眠ったかどうか確かめるため、そっとドアを開けると、女の子は赤いネッカチーフで首を吊っていた。女の子は普段、ネッカチーフをとても大事にしていて、毎晩寝る前に手でしわを伸ばし、きちんと畳んだ。朝は鏡の前に立ち、丹念に赤いネッカチーフを首に巻いた。彼女は、それが自分の持ち物の中で、いちばん美しい装身具だと思っていた。

似たような話はいくらでも紹介できる。私がことさら不幸な話を語ろうとしているわけではない。我々が向かい合っている現実の中に、毎日不幸な話が生まれているのだ。

もちろん、現実の中には栄光に満ちた話もたくさんある。

今日、中国には投資可能な資産を一千万元以上持っている大金持ちが、すでに数十万人いる。二〇〇九年のフーゲワーフ（中国名は胡潤、イギリスのジャーナリスト）の調査によると、中国では資産一千万元以上の富豪の数がすでに八十二万五千人に達した。この数字の中には、資産一億元以上の富豪が五万一千人含まれている。フーゲワーフの調査によれば、中国の富豪の年平均消費額は二百万元だという。

これと大きな格差をなすのは、二〇〇六年時点で、年収六百元以下の貧困層の人口が三千万人いるということだ。もし年収八百元以下まで含めれば、一億人に達してしまう。二〇〇九年時点ではどうだろう？　私はまだ数値を手に入れていない。

二〇〇九年二月、私はバンクーバーのUBC（ブリティッシュコロンビア大学）で講演をした。二〇〇六年の時点で、中国には年収八百元以下の貧困層が一億人いると聞いて、一人の中国人留学生が立ち上がって言った。「金銭は幸福を量る唯一の基準ではありません」

この言葉は私を震撼させた。それが一個人の声ではなく、今日の中国で多数の声となっているからだ。彼らはますます繁栄する中国の現状にどっぷり浸り、いまだに一億を超える人たちが想像を絶する貧困の中で暮らしていることに関心を示さない。思うに、我々の本当の悲劇はここにあるのだろう。貧困や飢餓の存在を無視するのは、貧困や飢餓そのものよりも恐ろしい。

私はその中国人留学生にこう答えた。「我々が論じているのは幸福の基準ではなく、普遍的な社会問題だ。あなたがもし年収八百元以下の人なら、その発言は尊敬されるだろう。でも、あなたは違う」

中国はこの三十年で、注目すべき経済の奇跡を作り上げた。三十数年間の経済成長率の平均は九パーセントである。二〇〇九年の時点で、すでに世界第二の経済大国となった。二〇一〇年の財政収入は八兆元に達する可能性がある。関係各署は自慢げに、中国はアメリカに次ぐ世界第二の富裕国になるだろうと公言した。しかし、この栄光の数字の背後には、人を不安にさせる数字が隠れている。個人の平均年収は、まだ世界百位なのだ。この二つは接近し、釣り合いが取れて当然の経済指標だろう。ところが今日の中国では、格差がこんなに大きい。この数字は、我々がいまバランスを失った社会で暮らしていることを物語っている。巷間でささやかれている言い方を使えば、我々の生活は「国は富み、民は貧しい」状態にある。

社会生活の不均衡は、理想の不均衡をもたらす。十年ほど前、CCTVは六月一日の「児童節」に各地の子供を取材し、この日にもらいたい贈り物は何かという質問をした。北京の男の子は、本物のボーイングジェットが欲しいと答えた。西北地区の女の子はおずおずと、白い運動靴が欲しいと答えた。

同じ年齢の中国の子供でも、抱いている理想にはこんなに大きな格差がある。西北地区の女の子にとって、ありふれた白い運動靴は、北京の男の子が欲しがったボーイングジェットと同じくらい遠い存在なのかもしれない。

これが今日の中国だ。我々は現実と歴史の大きな格差だけでなく、理想の格差の中で暮らしている。さらにバンクーバーのUBCの中国人留学生の発言を聞いて、私は気づいた。社会認識の格差もまた、とても大きい。

最後に、一つの実話を手短に語って、この文章を終わりにしよう。それは中国南方の都市で発生した事件だった。近代的なビルとショッピングセンターが林立し、人通りが絶えない、経済発展のただ中で、小学六年生が誘拐された。

生活に困っていた二人の犯人は無一文で、誘拐の経験もなかった。彼らは仕事探しに失敗したあげく、イチかバチかの無謀な行為に出た。周到な計画も十分な準備もなしに、白日のもとで、帰宅途中の小学生を誘拐したのだ。彼らは小学生の口をふさぎ、抵抗する小学生を取り壊し中の工場に連れ込んだ。彼らはこの閉鎖された工場をアジトにして、小学生から母親の携帯電話の番号を聞き出し、近くの道端の公衆電話から連絡を入れて、金を用意するように告げた。彼らはもっと遠くまで行って脅迫電話をかけるべきだった。警察は母親の携帯に残された電話番号から、犯人の居場所を特定した。彼らはすぐに捕まってしまった。

身代金を要求した二人の犯人は、金がなくて弁当を買えなかった。一人が借金をして弁当を二つ買い、一つを小学生に与え、一つを誘拐犯が分け合って食べた。救出された小学生はその後、警察にこう言った。

「あの人たち、とても貧乏だから、許してやってよ」

革命

西洋の知識人は古い観念に固執し、政治体制が民主化された社会でなければ経済の高度成長はあり得ないと思っている。だから、政治体制の不透明な国家で、なぜ驚くほど急速な経済発展が起こったのか、不思議でならないのだ。思うに、彼らは重要な点を見過ごしている。この経済の奇跡の背後には、強力な後押しがあった。その推進力の担い手の名前は、「革命」にほかならない。

一九四九年、共産党は中国に政権を打ち立ててからも、革命を徹底させるという信念を堅持してきた。当然、革命はもはや武装闘争ではなく、頻繁に行われる政治キャンペーンという形で示されるようになった。そして、大躍進の時代と文化大革命の時代に、それぞれピークを迎える。その後、中国は改革開放の姿勢を世界にアピールし、革命は消えたかに見えた。しかし、三十数年の間に起こった経済の奇跡の中で革命は消えることなく、形を変えて再登場している。言い換えるなら、わが国の経済の奇跡の中には、大躍進式の革命運動があり、文革式の革命的暴力もあったのだ。

まずは、中国の経済発展における大躍進式の革命運動について述べよう。ここで挙げるのは、中国の鉄鋼生産量の急激な増加のデータである。一九七八年、改革開放の一年目、鉄鋼の年間生産量は三千万トンをようやく超えた。二年後の一九八〇年、生産量は三千七百十二万トンで、世界第五位だった。一九九六年、生産量は世界のトップに躍進し、その後は十四年連続で首位を保っている。二〇〇八年の時点で、鉄鋼の生産量は五億トンを超え、世界の総生産量の三十二パーセントを占め、第二位から第八位の国を合わせた生産量よりも多い。二〇〇九年には六億トンに達し、政府目標の四・六億トンを三十パーセント超過することになった。

このデータは中国経済の高度成長を正面から反映するものだが、その背後には想像を絶する事実が隠されている。二〇〇八年、中国の鉄鋼生産能力は六・六億トンに達したが、消費量は四・六億トンなので、生産能力の余剰が二億トン生じた。このデータをもってしても、過去三十年にわたる中国鉄鋼業のある事実を覆い隠すことはできない。すなわち、鉄鋼生産量の増加のスピードは、明らかに生産規模拡大のスピードを上回っている。そこで、大躍進時代の鉄鋼生産ブームのような狂気が、中国の大地でまた演じられているのだ。

一九五八年、大躍進の時代、全国の人民は鉄鋼生産ブームに沸いた。「イギリスを追い抜きアメリカに追いつく」というスローガンのもと、旧式の小型高炉が中国の各都市の町中にも、各農村の広大な田畑にも作られた。中国の大地は赤々と燃え、中国の空に煙がもくもくと立ち昇った。農民たちは畑仕事を放り出して、鉱石を探しに行き、鉄鋼を作った。大量の成熟した農作物が、収穫する人がいないために田畑で腐ってしまった。町の労働者も、自分の本職を投げ出した。薬品工場の工員も、製糸工場の工員も、商店の販売員も、学校の先生と生徒も、病院の医師も看護師も、みんな製鉄に励んだ……あの時代、誰もが「大躍進の消極分子」と見なされるのを恐れ、製鉄に従事することが光栄だと思った。鉱石を見つけなければ、製鉄はできない。田舎の人は自宅の鉄鍋を供出し、町の人は職場と家庭の窓枠やスチームの配管を取りはずした。これを旧式の高炉に投げ込み、三百トンあまりの役に立たない屑鉄を作り出したのだ。この一年、中国の鉄鋼の総生産量は一千七十万トンで、一九五七年の五百三十五万トンに比べると二倍に増えた。しかし、役に立たない屑鉄が三分の一を占めていた。それでも人々は熱心に製鉄に励み、燃え盛る炉の前で汗だくになりながら、製鉄運動のときに最も流行した早口言葉「腕比べ」を大声で唱えた。

「きみは英雄、ぼくは豪傑、高炉のそばで腕比べ、きみは一トン鉄つくる、それならぼくは一トン半、きみはジェット機、ぼくはロケット、きみは空を突き抜ける、ぼくは地球を回ります！」

一九九〇年代に入り、経済発展の潮流が中国を席捲したとき、一部で似たような光景が見られた。たとえば、華東地区のある製鉄工場の周囲の田畑には旧式の高炉が林立し、農民たちが次々と、額に汗する鉄鋼労働者に変身した。彼らは自分が築いた高炉で鉄鉱石を溶かしてすぐ、特製の耐熱式ミキサー車に注ぎ入れる。運転手がアクセルを踏み、溶けた銑鉄を満載したミキサー車は電光石火のごとく、製鉄工場に入って行く。銑鉄は工場の正規の高炉に移され、炭素を加えたり、鉄屑を除いたりしてから取り出されるのだ。通常、大型の高炉は毎日、二十四時間のうちに十四回くらい製鉄ができる。ところが、農民たちが旧式の高炉で先に鉄鉱石を溶かしたおかげで、製鉄工場の大型高炉から鉄が出てくる回数は三十回にまで増えた。もちろん、今回農民が旧式の高炉で精錬したのは、役に立たない屑鉄ではない。また、農民たちは空虚な政治宣伝のためではなく、実益のために製鉄を始めたのだ。この驚くべき製鉄ブームと製鉄企業の迅速な規模拡大によって、中国の鉄鋼生産量は当然飛躍的に増加した。溶けた銑鉄を運搬する特製のミキサー車が頻繁に田畑の旧式高炉と工場の正規の高炉の間を往復するため、道路は熱で焼け焦げ、枝葉を茂らせていた両側の樹木も枯れてしまった。

一九五八年の大躍進は、ロマン主義の不条理喜劇だったと言える。虚偽と誇張と自慢が蔓延していた。当時、水稲の一畝当たりの生産高は、良質の水田でも四百斤程度だった。しかし、「人が大胆になれば、それだけ生産量も上がる」というスローガンのもと、全国各地の水稲の生産量はしだいに誇張され、一畝当たり一万斤以上に膨れ上がった。一九五八年九月十八日の『人民日報』は、「広西環江県の水稲の一畝あたりの生産量は十三万斤となった」という特別ニュースを伝えた。虚偽と誇張と自慢は、細かい話から始まる。たとえば、当時飼育されていた豚は体重が一千斤あまりもあった。頭は竹カゴほどの大きさで、一頭つぶせば三頭分の肉が取れる。直径三尺の鉄鍋には入らない。六尺の大鍋で、半分煮るのがやっとだ。畑でとれるカボチャも、驚くほど大きかった。子供たちが中に入って、ままごとができた。当時、『坂を転げたサツマイモ』という民間歌謡が全国的に大流行した。

「人民公社の東には、水のきれいな河があり、岸辺は小高い丘でした。坂の上ではワイワイと、みんながイモを掘っていた。突然ザブンと水の音、河に大きな波が立つ。私はびっくり、大騒ぎ。誰かが河に落ちたぞー！　みんながゲラゲラ笑います。一人の娘が言いました。あれは人ではありません。イモが転げて落ちただけ！」

一九五八年八月から、中国では「郷」という行政単位が廃止され、一斉に人民公社が誕生し、一斉に公社の共同食堂が作られた。農民は自分の家で食事をせず、公社の食堂で大勢が一緒に飲み食いをした。「たらふく食べて、大いに生産に励もう」というスローガンが、あちこちで聞かれた。公社の食堂は無計画に食糧を使い、やたらに浪費した。大食い競争を実施したところもある。競技に参加した一部の農民は優勝を目指して、胃拡張になるまで食べ、病院に担ぎ込まれた。

数か月後、中国各地の食糧倉庫は空っぽになってしまった。その後、このロマン主義の不条理喜劇はやむを得ず幕を閉じ、リアリズムの残酷な悲劇の幕が開くことになる。

大飢饉が冷酷無情に中国を襲った。それ以前に各地区とも、食糧の収穫について虚偽の報告をし、国家の徴収量が実際の生産量を上回っていた。虚偽の報告は、地方の役人が手柄を上げようとしたもので、痛ましい代価を支払うのは農民だった。彼らは食糧も種子も飼料も、みんな国家に納めてしまった。一部地域では「革命」を名目に、野蛮で残酷な「隠匿資産摘発」運動が開始され、人民公社と生産大隊の幹部が「食糧調査突撃隊」を組織し、各戸を回って捜査を行った。農民の家で箱や櫃(ひつ)を引っくり返し、地面を掘り壁を崩し、食糧を見つけられないと農民を殴打した。安徽省鳳陽(フォンヤン)県の小渓(シアオシー)公社では、「隠匿資産摘発」運動中に三千人あまりが殴打され、百人あまりが障害を負い、三十人あまりが公社が設けた労働改造部隊で命を落とした。このとき、飢餓は狂った風のように中国の大地に押し寄せ、ドミノ倒しのようにバタバタと人が死んでいった。のちに中国政府が公表した資料によれば、大躍進の期間、四川省だけでも餓死者は八百十一万人に及ぶという。九人に一人は餓死した計算になる。

それから多くの歳月が流れ、人々はしばしば一九五八年の大躍進が中国にもたらした災難を振り返る。そんなとき、我々の経済活動の中に、大躍進方式の発展が再登場した。大躍進式の飛行場建設、大躍進式の港湾建設、大躍進式の高速道路建設など。これらの大規模なインフラ整備計画は理論上、事前に中央政府の批准を受けなければならない。しかし実際は、多くの地方政府が先に計画を始め、あとから中央政府に承認を求めている。そのため、どれも現実離れした、ムダ遣いのはなはだしい建設計画ばかりだ。しかも、まるで革命運動のように騒がしい。港湾建設を例にとるなら、河北省と天津市の六百四十キロに及ぶ海岸線には、秦皇島(チンホアンダオ)、京唐(チンタン)、天津、黄驊(ホアンホア)という四つの港がある。二〇〇三年の時点で、この四つの港はいずれも「空腹」状態だったが、依然として資金投入と拡張工事が継続していた。

面白いことに、一部の大躍進式の建設計画は中国経済の急成長の下、あっという間に「空腹」状態から「過度の満腹」状態に変わった。ところが、別の大躍進式の建設計画は「飢餓」状態のままである。完成から数年の高速道路、たとえば河北省の石黄(シーホアン)高速や江西省の泰井高速は、いまだに観光バスと乗用車がわずかに走っているだけで、コンテナ車の姿は見えない。ネットで誰かが、これらの高速道路ではいつでもF1レースができると冗談を言った。こういう静かな高速道路はハネムーンにうってつけだと、うれしそうに言う人もいる。

一九九九年、教育部は高等教育の学生募集を大幅に増やすことを決定し、中国教育の大躍進が始まった。二〇〇六年の高等教育機関の学生募集数は五百四十万人で、一九九八年の百八万人の五倍である。在学生の人数は二千五百万人となっている。そこで、教育部は誇らしげに宣言した。

「中国の高等教育の規模は、ロシア、インド、アメリカを追い越し、世界第一位となった。わずか数年の努力によって、一人当たりのGDPが一千ドルあまりという条件の下で、中国の高等教育はエリート教育から大衆化へと発展し、他の国家が三十年から五十年を要した工程を達成した」

今日の中国では、栄光のデータの裏に必ず危機がひそんでいる。中国の大学が学生募集拡大のために背負った借金は、すでに二千億元を超えている。この巨大な借金はまた、中国商業銀行の不良債権となるだろう。なぜなら、中国の大学には実質上、この借金を返済する能力がないからだ。また、大学の学費はここ十数年間に、ランクの違いによって、それぞれ二十五倍から五十倍も値上がりした。これは収入の増加の十倍である。ある人の計算によれば、いま大学生一人にかかる養育費は、都市の住人の年収の四・二倍、農民の年収の十三・六倍だという。さらに、大躍進式の学生募集拡大は大学生の就職難を招いている。毎年、百万人以上の大卒生が仕事を見つけられない。これは今日の中国で、深刻な社会問題となっている。多くの貧しい両親が子供を大学へ行かせるために、家産を傾け、負債の山を抱えることも辞さない。しかし子供は大学を卒業したあと、すぐに失業者の大群の一員に加わるのだ。貧しい両親は泣くにも泣けず、さらに深い貧乏のどん底に落ちてしまう。残酷な現実を前にして、一部の貧乏人の子供は人生の夢を放棄し、高校を卒業すると布団包みを背負って出稼ぎに行く。たとえ大学に受かっても、卒業後にはやはり就職難に見舞われ、しかも巨額の借金を抱えてしまうのだから。二〇〇九年、中国の大学受験者数は三十二年連続の増加のあと、初めて減少した。

次に、文革式の革命的暴力が三十年に及ぶ経済の奇跡の中で、どのように演じられてきたかを語ろう。

まず、公印の話をする。木製で円形の公印は直径四センチほど、手に持つとタバコの箱のように軽い。しかし、共産党中国の六十一年にわたる歴史と現実の中で、巨大な政治と経済の権力は、しばしばこのような小さい公印に凝縮されてきた。役人を任命する文書には公印が必要だし、会社同士の契約書にも公印が必要だ……それと同時に、公印は人生の合法性の証明にもなる。身分証明書、学生証、出生証明書、死亡証明書、結婚証明書など、いずれも公印が押してある……公印は中国のどこでも、またいつでも必要なものなのだ。

一九六七年一月、上海の造反派は革命的暴力によって市政府を襲撃し、政府の公印を持ち去り、そのあと権力奪取の成功を宣言した。これが文革中の有名な「一月革命」である。「一月革命」のような権力奪取の運動が、それから全国に広まった。各地の造反派と紅衛兵が次々に各地の政府機関、工場や学校、そして農村の人民公社を襲撃した。権力と公印がある場所は、大小を問わず、いずれも「一月革命」の権力奪取の運動によって陥落したのだ。文革初期のこの大がかりな権力奪取の運動は、実のところ公印を奪う運動だった。造反派と紅衛兵は強盗や匪賊のように、政府機関、工場、学校の門や窓をこじ開け、大声を上げて突入した。その後、事務室の机や戸棚を打ち壊し、木箱やタンスを引っくり返して、権力の象徴である公印を探したのだ。

そのころは、公印を手に入れたものが本当の権力者となれた。公然と命令を発し、正々堂々と財務担当部署へ行って革命の経費を受領することができた。自分が気に入らない人物を死地に陥れることも可能だった。国家の金を造反派の革命の経費に充ててかまわなかった。あらゆる逸脱行為が、紙に書いて公印を押せば合法化された。

そこで、造反派同士や紅衛兵同士で、公印の奪い合いのために、生きるか死ぬかの乱戦が始まった。ときには複数の組織が同時に政府機関を襲撃した。先に公印を手に入れるため、塀を乗り越えて窓から侵入し、お互いに殴り合った。その光景はラグビーの試合のようだ。こちらの一派が建物に入ろうとすると、あちらの一派が捨て身でぶつかって行き、服を引きちぎり足にしがみつく。進入を阻止して、自分の仲間たちを先回りさせようというわけだ。ある造反派組織は政府の公印を奪うことに成功したが、門を出る前に他の造反派組織に包囲されてしまった……。

私は自分の目で見たことがある。当時、七歳だった私は肝をつぶして柳の木の下に立ち、河の対岸の政府ビルでくり広げられる革命闘争を見ていた。まず、十数人の造反派が町のある政府機関に押し入った。それは三階建てのビルだった。彼らが公印を奪って、歓声を上げていたとき、別の造反派がやってきた。あとから来た部隊は四十人あまりで、それぞれ棍棒を持ち、ビルを完全に包囲した。この造反派の首領は拡声器を手にして、ビルの中の造反派に呼びかけ、大人しく公印を差し出せと迫った。拒否すればどうなるか、首領はこう言って脅した。

「縦に入って行ったおまえたちは、横になって出てくることになるぞ」

ビルの中の造反派も拡声器で言い返した。「何を寝ぼけたこと言ってるんだ」

その後、河の対岸にいた私は、ビルの中の造反派がスローガンを叫ぶのを聞いた。

「毛主席万歳！」

ビルの外の造反派も高らかに「毛主席万歳」と叫び、棍棒を振り回しながら突進して行った。「毛主席万歳」と「命をかけて偉大な領袖・毛主席を守る」というスローガンを叫びながら、二つの造反派組織はビルの前で乱闘をくり広げた。河の対岸にいた私の耳にも、ガラスの割れる音、棍棒で机や椅子を叩く音、そして痛々しい叫び声がかすかに聞こえてきた。先に到着した十数人の造反派は、多勢に無勢で退却を余儀なくされ、最終的にコンクリートの屋上に追い詰められた。二人の重傷者が戦友に担がれて行った。二人は屋上に横たわり、気息奄々の様子だ。あとから来た造反派も屋上に攻め入った。彼らは棍棒を振るって、激しく相手を殴っている。三人が屋上から追い落とされた。そのうちの一人は転落する前に、手に持っていた公印を私の目の前の河に投げ込んだ。先に公印を奪った十数人の造反派は結局、「縦に入って行って、横になって出てくる」ことになった。屋上から転落した三人は、二人が重傷を負い、一人は死亡した。

あの木製の公印は河に投げ込まれてからも、すぐには沈むことなく、波とともに西へ流されて行った。あとから来た造反派は武闘で勝利を収めたものの、戦闘の目的だった公印を河に投げ込まれてしまった。彼らは慌ててビルから走り出て、河沿いに叫びながら、西に流れて行く公印を追いかけた。そのうちの一人は走りながら綿入れの服を脱ぎ、橋の上まで行くと防寒靴も脱いで身を躍らせ、水の冷たい冬の河に飛び込んだ。造反派が岸辺で歓声を上げて激励する中、その人は浮かんでいる公印に向かって懸命に水を掻いた。そして、いまにも沈みそうな公印をつかみ取った。

それから、この造反派の部隊は町の通りで勝利の大行進をした。びしょ濡れの英雄がくしゃみをしながら、右手で高く公印を掲げ、最前列に立っている。あとに続く戦友たちは、顔から血を流している者もいれば、足を引きずっている者もいて、先ほどの武闘の激しさを物語っていた。彼らは高らかに「毛主席万歳」と叫びながら、我々の町の「一月革命」の大勝利を宣告した。

あの捨て身で公印を救った英雄は、我々の町の有名人となった。彼は重い風邪をひいてしまった。その後、私はときどき彼を街角で見かけた。彼はいつも急に立ち止まり、大きなくしゃみをしてから、また普通に歩き出すのだった。

文革ののち、中国では天地が引っくり返るような変化が始まった。今日の中国と文革時の中国は、社会形態がまったく違う。しかし、公印の地位は依然として変わらない。やはり政治的権力と経済的権力の象徴なのだ。だから、公印を強奪する事件は今日の中国でもなお、頻繁に起こっている。

一部の民間会社では、株主相互のもめごとで、くり返し会社の公印を奪い合う騒ぎがある。洋服や革靴の会社の株主は普段もっともらしい顔をしているが、公印の奪い合いのとき、つまり会社の支配権を争うときには、まるでマフィアの手先のようになる。殴る蹴る、罵倒する、唾を飛ばす、椅子やコップを壊すなど、会社の職員の前で醜態を演じるのだ。このような公印の奪い合いは、今日の中国の弁護士事務所でも起こる。自分は法律に精通していると公言している弁護士たちも、事務所の公印を争うときは一歩も譲らない。その激しさは、昔の匪賊が女を争ったのと同じだ。

国営会社でも、公印を奪う事件はしばしば起こる。中国の国有企業は理事会という権力機構を設置しているが、伝統的な党委員会の体制が依然として大きな権力を持っている。二〇〇七年、ある都市の国営会社の党委員会書記が理事長と激しく対立し、ついに党委員会の名義で理事長を解職した。中国の会社法によれば、理事長をクビにできるのは理事会だけだ。その後、この党委員会書記は三十数人のいかつい大男を集め、重い木槌で理事会事務室のドアを壊し、事務室の戸棚をこじ開けて、会社の公印を奪い去った。

公印を奪う事件は、民営会社と国営会社の内部だけでなく、会社と会社の間でも、さらには政府と政府の間でも発生している。さらに二つ、いまどきの公印略奪事件を語ることにしよう。一つは民間の事件、一つは政界の事件である。

民間の事件は中国南方で起こった。ある係争中の会社が一審で敗訴した。原因は、原告側が第三の会社の証言を提出したからだった。この判決を不服とする被告の会社は二審が始まる前に、なんと第三の会社の名義で自分の会社に都合のいい資料を捏造した。そして、数人の荒くれ男を第三の会社へ派遣した。襲撃を受けた第三の会社の公印を扱う職員は最初抵抗したが、かなう相手ではないのでトイレに逃げ込んだ。男たちは戸棚をこじ開けて公印を取り出し、偽造した文書に捺印した。そして公印を投げ出し、意気揚々と引き揚げて行った。二審の裁判が始まると、被告の会社は得意げに公印付きの文書を取り出した。しかし第三の会社の代表は、それが偽造で、公印は強奪されたのだと訴えた。被告の会社は、公印を奪ったことを絶対に認めなかった……。

政界のほうは、上級組織が下級組織の公印を奪うという事件だった。ある村の五十畝の土地が上級の町の政府に徴用された。しかし譲渡価格などの問題で、村の委員会と町の政府の意見がなかなか一致しない。町の政府は行政命令という方式で、村の委員会に圧力をかけた。だが、村の委員会は村民のあと押しを受けているので、譲渡契約に捺印しなかった。腹を立てた町の政府は村に人員を派遣し、村の委員会の公印を奪い去り、土地の譲渡契約書に捺印してしまった……。

文革から今日まで、公印を強奪する事例は枚挙にいとまがない。文革時代の公印に関する事件と今日の公印に関する事件は、しばしば細部に至るまで驚くほど似ている。友人がこんな話を教えてくれた。彼が暮らす町では、文革初期の「一月革命」による権力闘争のころ、ある工場に二つの造反組織があり、勢力が伯仲していた。二つの造反派の首領は考えた。もし武力で公印を争えば、共倒れになるだろう。彼らは会談を持ち、最終的に権力を分け合うことにした。公印を鋸で半分に切り、二つの造反派がそれぞれ保管するのだ。公印を使うには両派の首領の同意が必要で、双方が持ち寄って一緒に文書や通知に捺印する。使用後はまた、それぞれが引き続き保管した。面白いのは、公印に一本の線ができることだった。

何年かのち、改革開放の時代にも、公印に一本の線が入る事態が出現した。次に、そのもう一つの話を語ろう。成功を収めた民間企業家の出世物語である。

この大会社のボスはかつて、小さな会社の副支配人にすぎなかった。彼は文革初期の造反派のように、大勢の人を味方につけ、まず会社の総支配人を追い出した。それから理事長のところへ行き、すぐに消え失せろ、さもないと両足をへし折るぞと脅かした。理事長は小心者だったので、総支配人と一緒に逃亡してしまった。こうして彼は、自ら理事長と総支配人を兼ね、理事会と管理部門の権力を一身に集めることになったのだ。元の理事長は、会社の公印を持って逃げた。公印がなければ、会社の運営はうまくいかない。しかし、彼はこれくらいのことでくじける男ではなかった。現在、中国の都市部の街角には、あちこちに公印を彫ってくれる店がある。彼は部下に命じて、街の露店で新たに公印を作らせた。中国では、関係部署の文書がなければ、公印を彫ることはできない。だから、私的に公印を作るのは違法行為である。この男は大した度胸の持ち主だ。彼が求めるのは金と権力だけで、法律などまったく眼中にない。問題は二つの公印が同時に存在することで、会社の業務に影響する可能性がある。公印を持ち去った元理事長は、それを使って契約書を交わすかもしれない。今後、会社の契約書は真偽が見分けにくくなる。

彼にとって、これは依然として些細なことだった。部下が新しい公印を持ち帰ると、今度は斧を一本買ってくるように命じた。部下は戸惑いの表情を浮かべた。斧を何に使うのだろう？　それでも急いで斧を買いに行き、戻ったあとは呆然と、この新しいボスの行動を眺めていた。ボスは事務机に向かい、左手に新しい公印を持ち、右手の斧を振り上げている。そして、新しい公印を二つに割ってしまった。

この新理事長兼新総支配人は公印を半分にしたあと、命令を下した。今後、会社が契約書に押す公印は、線が入っているのが本物で、入っていないのが偽物だ。

似たような暴力事件は、中国の民間企業家の間でしばしば見られる。相手を殴打して権利を奪い取るし、殺し屋を雇うことさえある。その野蛮でバカげた行動は、ハリウッドの犯罪映画の主人公も引け目を感じるほどだ。

中国の急激な経済発展の中で、文革式の暴力行為は民間に限らず、政界でも起こっている。中国では都市化が進行し、古い家屋が短期間のうちに大量に取り壊され、高層ビルがこれまた短期間のうちにそそり立った。大規模な取り壊し工事で、中国の多くの都市は一時的に、爆撃を受けたようになってしまった。そこで、多くの都市で似たような笑い話が広まっている。ビンラディンがこの都市に潜伏しているというCIAの情報を受けて、アメリカ軍の偵察機が上空にやってきた。しかし、この都市がすでに爆撃されているのを見て、操縦士は本部に報告した。誰の命令で爆撃したのかわかりませんが、ビンラディンはおそらく爆死したでしょう。

こうした情景の背後では、多くの文革式の革命的暴力が、より発展した形で演じられている。都市開発によって生じた人々の不満や抗議行動を制圧するため、地方政府は大量の警官を派遣して、立ち退き要請に応じない住民を強引に連れ去った。同時に十数台の大型ブルドーザーがやってきて、あっという間に古い家屋をなぎ倒した。警官に連行された住民が戻ってきたとき、彼らを迎えたのは家ではなく、廃墟だった。彼らには帰るべき家がない。仕方なく現実を受け入れ、地方政府が用意した家に移るしかなかった。

二年ほど前、ある都市の住人が立ち退き補償の問題で地方政府と折り合いがつかず、強制移住を迫られた。一家がまだ眠っていた明け方に、ヘルメットをかぶった連中がやってきた。壁に梯子をかけて、ハンマーや鉄の棒で窓を割り、二階から侵入したのだ。家族五人は夢から覚めると、数十人の相手に取り囲まれていた。体の大きい男が二人一組で、まだ意識のはっきりしない家族を一人ずつ、温かい寝床から引きずり出した。家族全員が犯罪者であるかのように、男たちはズボンをはくことを許さず、布団を体に巻きつけるよう命じた。荷物は何も持つな、靴下もはいてはいけないという。階段を下り、彼らは家を出た。少しでも抵抗すれば、拳骨が飛んでくる。彼らは車に押し込まれた。一軒の空き家に着くと、彼らは布団を巻いたまま、コンクリートの冷たい床にすわった。二十数人の警官が、彼らを見張っている。昼の十二時ごろ、一人の役人が入ってきて言った。

「おまえたちの家は強制措置により取り壊された」

その役人の説明によれば、彼らの家財道具は公証役場で審査を受けたあと、新しい家に運び入れてあるという。一家の人たちはもう取り返しがつかないことを知り、仕方なく政府から与えられた家に移った。彼らはその後この事件を思い出すと、まるで映画の中の出来事のような気がした。あまりにも突然で、まったく真実とは思えない。彼らは悔しそうに言った。

「戦争だって、投降のための時間があるだろうに」

我々の経済の奇跡、あるいは我々が誇りに思っている経済効果は一定程度、地方政府の絶対的権威、行政命令のおかげなのだ。それは、すべてを変える力を持っている。単純で粗暴だけれども、経済発展の成果はすぐに表れる。だから、私は西洋の知識人に伝えたい。政治が不透明だからこそ、中国経済の飛躍的発展があるのだ。

暴力的な強制立ち退きは、今日の中国に氾濫している。そのため、民衆の集団的な抵抗運動が続々と発生した。二〇〇九年十一月、中国西南部のある都市で、数十名の身元不明の人たちが、鉄パイプ、鉄梃(かなてこ)、粘着テープを持って、取り壊しが決まっている九軒の家屋に押し入った。そして熟睡していた十三名の住人が、車で連れ去られた。彼らは粘着テープで口をふさがれ、声を立てることもできない。乱闘の中で、四名が負傷した。その後、二台の掘削機が轟音を響かせ、二十六部屋の家屋をまたたく間に取り壊した。夜が明けたあと、さらに激しい衝突が始まった。立ち退きを強制された住人と彼らの親戚や友人、合わせて三十数人が興奮しながら、赤い布と四十本以上の液化ガスの缶を並べて、道路を占拠した。彼らは政府の説明を求めたのだ。彼らの行為は他の市民の仕事や生活の秩序を乱すという理由で、警察が乗り出し、首謀者四名を騒乱および交通妨害の罪で拘束留置した。

やはり二〇〇九年の十一月、ある女性の世帯主は市場価格より明らかに補償額の低い立ち退き契約に署名することを拒んだ。家屋は地方政府によって、強制的に取り壊された。ブルドーザーが門を押し開け、家屋の外壁を打ち壊す。壁が割れ、家が傾いたとき、この女性世帯主はグラス半分のウイスキーを飲み干して度胸をつけ、夫に支えられて四階のベランダに立つと、下のブルドーザーと作業員に向かって火炎瓶を投げた。下の作業員は彼女に向かって石を投げた。数時間の抵抗ののち、四階建ての家屋はついに解体されてしまった。その後、彼女と夫は公務執行妨害の罪を宣告され、夫は八か月の刑を科された。

成都の唐福珍（タン・フーチエン）という女性は、二〇〇九年十一月十三日、強制立ち退きに抗議したとき、火をつけた火炎瓶を作業員に投げつけ、三時間あまり頑張った。その後、彼女は極端な行動に出た。自分の体にガソリンをかけ、ライターで火をつけ、焼身自殺を図ったのだ。この事件は中国のメディアを震撼させた。現地の政府は唐福珍の焼身自殺を暴力的な抵抗だと見なしたが、社会世論は唐福珍の側についた。人々は『都市家屋立ち退き管理条例』の問題点を論じ、北京大学法学院の五人の教授が一般市民の立場から、全国人民代表大会常務委員会あてに、『都市家屋立ち退き管理条例』に対する意見書を提出した。意見書はこう指摘している。立ち退き条例は憲法および物権法の規定に抵触する。立法機関は立ち退き条例について審査を行うべきだ。

ここ数年、強制立ち退きによる社会矛盾がますます広がり、衝突もますます激しくなっている。唐福珍の焼身自殺は、中国社会に長く存在していた不満に火をつけた。強大な世論に直面して、国務院は『都市家屋立ち退き管理条例』を見直すことを明確に表明した。ところが、暴力的な立ち退きが終息すると多くの人が思ったとき、現実はその無邪気さを嘲笑(あざわら)ったのだ。全国の世論が焼身自殺した唐福珍(タン・フーチエン)を擁護し、国務院が『都市家屋立ち退き管理条例』の不合理な条項を見直すと表明したあとも、立ち退きをめぐる暴力事件は減るどころか、さらに激化している。

二〇〇九年十二月十六日の昼、ある女性が買い物に出かけて帰ってみると、自分の家がブルドーザーで押し倒されていた。家具や電気製品はどこへ運ばれたのかわからない。この女性は、泣こうとしても涙が出なかった。家族は仕事に出ていて、自宅が更地になってしまったことをまだ知らない。彼女は言った。

「この寒空の下、どこで夜を過ごせばいいのかしら？」

さらに不思議な事件がある。ある地区では四十数名の公務員が、強制立ち退きを拒否した親戚の尻拭いを命じられた。区長は立ち退き推進会議の席上、部下たちに宣告した。立ち退きを進めている村に親戚がいる公務員は、正月までに「説得工作」を通じて移住計画を完成させない場合、雇用契約を解除する。さらに、村の有線放送は文化大革命時代の状況を再現した。毎日朝の八時から夕方の六時まで、何度も立ち退き推進を呼びかけたのである。政府は放送を通じて、村民に警告した。

「政府は強い決意を持っている。誰であろうと、この村の建設計画を妨害阻止することはできない」

こうした怒濤のような歴史と現実を目にすると、私は毛沢東の言葉を思い出す。毛沢東が革命という単語を解説した言葉としてよく知られ、文革時代は誰もが暗唱できた。「革命は客を招いてごちそうすることでもなければ、文章を作ったり、絵を描いたり、刺繡をしたりすることでもない。そんなに上品で、そんなに優雅で落ち着いた、そんなに穏やかで謙虚なものではない。革命は暴動だ……」

一九七三年の初夏、間もなく向陽（シアンヤン）小学校を卒業する少年たちは授業を抜け出し、完成したばかりのコンクリートの橋を渡り、河の対岸の海塩（ハイイエン）中学を偵察しに行った。コンクリートが早く乾きすぎて亀裂が生じることを防ぐため、橋の上には蓆（むしろ）が敷いてある。数人の労働者がゴムホースで蓆に水を撒いていた。水は蓆にしみ込んで、均等にコンクリートを濡らすのだ。私は同級生たちと、湿った蓆を踏みながら新しい橋を渡った。我々は好奇心いっぱいで、もうすぐ進学する中学校へ向かった。我々がどうしても知りたかったのは、「革命とは何か？」だった。

当時の我々はすでに六年あまり、文革の日々を過ごし、多くの革命の事例を直接見聞きしていた。しかし、まだ自身が革命に参加する段階には至っていない。いつも毛沢東の言葉「造反有理」を口にしていたが、ただ言うだけで、行動に移したことはなかった。だから、我々より一、二歳年上で、一、二年早く中学に入った少年たちは、いかにも得意そうだった。彼らは軽蔑した口ぶりで言った。

「おまえたちに何がわかる？　革命とは何かを知るのは、中学に入ってからだ」

私は恥ずかしかった。それまでずっと、自分が革命の中に身を置いていると思っていたから。私は街の暴れん坊で、赤旗と壁新聞に囲まれて育った。何度もデモや武闘を見たし、大人たちのあとについて批判集会の見物にも出かけた。

そのころ、私がいちばん羨ましく思ったのは、十歳ほど年上の人たちだった。彼らは一九六六年十月に始まった紅衛兵の全国「経験交流」に間に合った。当時は学校が革命のため授業停止となり、紅衛兵は文化大革命の経験を持ち寄って相互交流を図るという名目で、あちこちへ遠出した。全国各地に紅衛兵接待所ができて、経験交流の紅衛兵をもてなしてくれた。紅衛兵の食事と宿泊の面倒を見るし、交通費も支給する。さらに、必要な物資と輸送用の車両の手配もした。我々の町の紅衛兵は、ポケットに小銭しかなくても、公印を押した経験交流の紹介状さえ持っていれば、全国どこへでも行くことができた。汽車に乗るときも、旅館に泊まるときも、食事をするときも、費用はかからない。のちに自身の紅衛兵時代の経験交流を語るとき、彼らはみな顔を輝かせた。

これも夏の夜の美しい思い出である。彼らのうちの一人は私の同級生の兄で、農村に移住し、つらい生活を送っていた。二か月に一回、五、六時間歩いて、住んでいる村から我々の町に帰ってくる。実家で数日を過ごしたあと、また五、六時間歩いて、電灯がなく石油ランプがあるだけの農家に戻って行った。彼が夏に帰ってくると、我々子供たちの夏休みも始まるのだ。

夕涼みのとき、彼は籐椅子にすわって足を組み、扇を揺らす。我々十数人の子供たちは地べたにすわり、崇拝の表情を浮かべていた。彼は美しい思い出に浸りながら、経験交流のことを語った。彼らは赤旗を高く掲げ、紅衛兵の腕章をつけ、隊列を組んで颯爽と我々の町を出て行ったのだった。

彼らは一千キロの道のりを歩き、毛沢東の故郷・湖南省の韶山(シャオシャン)を詣でるつもりだった。そのあと、また一千キロの道のりを歩き、毛沢東の最初の革命根拠地・江西省の井岡山(チンカンシャン)を目指す。しかし、彼らは一日で歩き疲れ、手を振ってトラックを止め、百キロ先の上海へ出た。上海で十日ほど遊んでからは、汽車で北京へ行った。北京でも遊んだあと、二手に分かれ、一団は汽車で青島へ、一団は南下して武漢へ……こうして彼らの部隊は分割をくり返し、同級生の兄は最終的に一人だけの部隊となった。彼は広州へ行き、東北の瀋陽から来た紅衛兵たちと合流し、瓊州(チヨンチヨウ)海峡を渡って海南島へ向かった……半年後、この経験交流の部隊の散り散りになった紅衛兵たちは、一人また一人と別々の場所から我々の町に帰ってきた。お互いに別れたあとの行動を尋ね合ったところ、湖南省の韶山と江西省の井岡山に行った者はいなかった。彼らが行ったのはみな大都市や有名な景勝地で、革命という名目を利用して、各自の一生で最長の物見遊山の旅を楽しんだのだ。

私の同級生の兄は、いつも話の最後に、感慨を込めてこう付け加えた。「祖国の美しい山河が、いまも目に焼き付いているよ」

我々の町の元紅衛兵たちは、そのころみな農村に送られ、苦難の日々を過ごしていた。文化大革命初期の混乱が収まったあと、毛沢東は厳しい現実に直面した。一九六六年以来、文革の動乱で、中学高校と大学は三年間、学生募集を行わなかった。そのため、全国の中学と高校の卒業生、千六百万人あまりが、進学と就職の待機状態にあったのである。これら毛沢東の紅衛兵たちは、大規模な武闘と家宅捜索が得意で、ケンカや強奪が生活の一部になっていた。社会が相対的に安定したとは言え、中国経済は崩壊の危機にあり、都市部にさらに多くの就職の機会を作り出すことはできない。千六百万人の紅衛兵と知識青年は一日じゅうすることがなく、社会の不安定要素となった。

毛沢東はこのような当時の難しい社会問題を解決すべく、さっと手を振って言った。

「知識青年は農村へ行き、貧農と下層中農の再教育を受けよ」

その後、中国の無数の家庭で無数の悲劇が演じられることになった。子供たちは簡単な布団包みを背負い、両親の涙に見送られ、故郷を離れて辺境や農村に赴いた。中国でいちばん貧しい土地に根を下ろし、飢えと寒さに苦しめられる、波乱の人生が始まったのだ。我々の町の知識青年たちの中には、はるか遠くの黒龍江へ行く者もいれば、地元の農村に定住する者もいた。前途を悲観し絶望した元紅衛兵たちにとって、文革初期の経験交流は人生最高の思い出だった。両親の家に戻って数日滞在するたび、彼らは我々のような小さい紅衛兵に当時の黄金の日々のことを語った。華やかな話の中でも、私が鮮明に記憶しているのは、駅に関する描写である。

経験交流の時代、中国の大地を走る汽車はすべて紅衛兵を満載していた。座席の下に横たわっている者もいれば、網棚で寝ている者もいる。多くの人は何時間も立ちっぱなしだった。列車のトイレにも人があふれ、誰も用を足すことはできない。だから汽車が駅に入ると、紅衛兵たちはすぐにドアや窓から抜け出してくる。まるで、練り歯磨きを絞り出すかのようだった。男たちは飛び降りると、臆することなくズボンを下ろし、ホームの上でところかまわず排泄する。女たちは不届き者が盗み見するのを防ぐため、集まって丸い人垣を作り、その中に順番にしゃがんで用を足した。それから、男女とも再びドアや窓から列車にもぐり込む。発車したあと、ホームは臭気芬々(しゅうきふんぷん)、男女の紅衛兵が残した排泄物だらけだった。

私の同級生の兄は、自分の文革初期の経験交流を熱心に語ったので、革命の象徴のように見えた。しかし、彼は竹笛を手にするようになってから、二度と自分の輝かしい経験を語らなかった。彼は突然、寡黙な男になった。私の記憶に残っているのは、彼のこんな姿だ。右手に古いズックの旅行カバンを提げ、左手で笛を持ち、ボロボロで泥だらけの運動靴をはいて歩いてくる。これが農村から両親の家に帰ってくるときの恰好だった。数日滞在して農村に戻るときも、恰好は同じである。ただ、運動靴の泥はなかった。母親がきれいに洗ってくれたのだ。彼は家にいる間、いつも窓枠に腰掛け、竹笛を鳴らしていた。断続的に聞こえる曲はみな当時の革命歌だったが、彼が笛で吹くと旋律に勢いが感じられない。退廃的なメロディーに聞こえてしまう。竹笛を吹かないときは、ただ窓枠にすわって、ぼんやりしていた。我々が窓の前まで行って話しかけても、彼は目をこちらに向けるだけで、何ら反応を示さなかった。もともと口達者だった人が、農村で暮らして数年で、まったく別人に変わり、口をきかなくなってしまった。笛の音が話の代わりなのかもしれない。彼の言いたいことはすべて、その音色の中にあるのだろう。約二年間、私は自分の住む横町を歩いているとき、竹笛の音を耳にすれば、彼が帰ってきたとわかった。それは我々の横町で唯一の笛の音で、彼の生命の信号でもあった。たまに彼は飴売りの行商が鳴らす笛の音をまねした。横町の食いしん坊の子供たちは、大汗をかきながら走ってくる。だまされた子供たちの顔を見て、彼はうれしそうに大笑いした。しかし、すぐにまた沈黙の世界に戻ってしまった。

この私の少年時代の革命の象徴は、我々が小学校を卒業する年に死んだ。死ぬ前に彼は家に帰ってきて、そのときに限って十数日も滞在した。田舎に戻るのを嫌がったのだ。何度か、私が窓の前を通りかかったとき、父親が彼を大声で叱っているのが聞こえた。彼が田舎に戻ろうとしないので、「ムダ飯食いの怠け者」と罵っていたのだ。彼は小さな声で、とても疲れていて、畑に出て農作業をする力が出ないと訴えた。父親の罵り声は、ますます大きくなった。「まるでブルジョアみたいな怠け者だ」となじった。父親は、もっともらしいことを言った。

「怠け者はみな、力が出ないと言うんだ」

母親は、毎日家で口論が絶えないのも、息子がずっと滞在を続けるのもよくないと思った。いつまでも町にいて田舎に戻らなければ、思想上の問題があると見なされる。母親は言葉巧みに田舎に帰ることを勧め、息子も同意した。出がけに母親は茹でタマゴを二つ作り、息子のポケットに入れてやった。当時としては、高価な食べ物である。出発するときの彼は、痩せて顔色が悪かった。相変わらず右手に古びた旅行カバン、左手に竹笛を持ち、ボロボロの運動靴をはいていた。うつむいて歩いて行く姿には、力が感じられなかった。彼は泣いていた。歩きながら、竹笛を持っている左手を上げ、袖口で涙を拭った。

この世に存在する彼を見たのは、それが最後だった。数日後、彼は田舎で気を失い、農民たちが担ぐ戸板に乗せられて、県の病院に運び込まれた。診察の結果は黄疸を伴う肝炎の末期で、その後彼は上海に向かう救急車の中で息を引き取った。医者である私の父によれば、県の病院に運ばれたとき、彼の肝臓はすでにとても小さくて、しかも石のように硬かった。彼が死ぬと、私が少年時代に聞いた唯一の笛の音も消滅した。

革命とは何か？　過去の記憶の中から引き出される答えはさまざまだ。革命は人生を不確定要素に満ちたものにする。人の運命は一朝一夕で、まったく変わってしまう。ある人はとんとん拍子に出世し、ある人は奈落の底へ落ちて行く。人と人の社会的絆も革命の中で、強まったり断ち切られたりする。今日は革命の戦友でも、明日は階級の敵となるかもしれない。

二つの情景がいま、ありありと目の前に浮かぶ。一つは人間の美しさを物語り、一つは人間の醜さを物語っている。

美しい情景は、ある同級生の父親にまつわるものだ。それは小学一年生のころ、この普段親しみやすい父親が打倒された。彼は共産党の政治体制における小官吏にすぎないのに、「資本主義の道を歩む一派」という罪名を免れなかった。子供だった私は、この父親が大好きだった。いつも通りで出会うと、私に微笑みかけてくれたから。彼は私が息子の同級生だということを知っていた。幼年時代の記憶の中で、彼は私に微笑みかけてくれる唯一の大人だった。ほかの同級生の父親は、あんなに親しみのこもった微笑みを見せてくれなかった。彼が打倒されてから、私はこの身にあまるほど貴重な微笑みを失った。彼は私に出会っても、すぐに目をそらした。打倒されて数か月の間、彼は精神も肉体も、さんざん痛めつけられた。造反派がどのように苦しみを与えたかは知らないが、彼に出会うと、いつも顔が腫れ上がっていた。彼の息子、私の同級生はかつて、まぶしいような笑顔の持ち主だったが、父親が打倒されてから、目に恐怖の色を浮かべるようになった。我々が休み時間に運動場で遊ぶとき、彼はいつも一人で隅のほうに立っていた。ある日の朝、始業のベルがまだ鳴る前、我々がカバンを背負ったまま運動場を走り回っていると、彼がやってきた。そして、一人で運動場の隅に立ち、いつまでも泣き続けた。私は遠くから、彼がしきりに体を震わせ、両手で顔を覆っているのを見た。その後、我々は知った。彼の父親は夜明け前に、井戸に飛び込んで自殺したのだ。いま振り返ってみると、拷問に耐えかねた父親は早くから自殺を考えていたのだと思う。しかし、その気持ちをひた隠し、妻子に悟られないようにした。苦しみながら生死の間をさまよい、最後に死を選択したのだった。彼は夜中の二時過ぎにそっと起床し、暗闇の中、熟睡している妻子に無言で別れを告げた。それから静かにドアを押し開け、別世界への旅に出た。彼の息子がのちに語ったところによると、その日の明け方、夢の中で父親がしばらく枕元に立っていたという。父親が井戸に身を投げる前の日の夕方、私は通りで本人に出会った。彼は額から血を流し、足を引きずりながら、息子と一緒に歩いてきた。夕日の余光の中、彼は右手で息子の細い肩を抱き、楽しそうに談笑していた。何年もたって、私が北京の自宅で『兄弟』を創作していたときにも、この父と子が黄昏の中を歩いてくる心温まる情景はずっと頭から離れなかった。『兄弟』に登場する宋凡平(ソン・ファンピン)は、この忘れられない情景から生まれた人物だと思う。

醜いほうの情景は、小学二年生のときの教師にちなんでいる。休み時間、我々子供たちは運動場で飛び回り、教師たちは二、三人ずつ集まって、世間話をしながら我々を観察していた。当時、我々の小学校は各学年とも、甲、乙、丙の三クラスしかなかった。私がよく目にしたのは二人の女性教師で、親しそうに話をしながら、ゲラゲラと笑い声を上げていた。私は運動場で遊ぶとき、いつも振り返って彼女たちを見た。二人はとても親密で、何でも話し合える姉妹のようだった。ある日の朝、私はカバンを背負って、かなり早めに学校へ行った。運動場には誰もいない。教室に入ると、意外にも一人の女性教師が私よりも先に来ていて、教卓の前にすわって宿題の添削をしていた。私が入ってきたのを見て、彼女はそっと手招きして、そばに呼び寄せた。それから、内心の興奮を抑えきれない様子で私に告げた。いつも彼女と親しく話をしていた女性教師が地主の家庭の出身であることが判明した。学校の調査員が実家まで行って調べてきたのだ。いま、あの女性教師はすでに拘束され、審査を受けている。私は最初、疑わしそうに教師の興奮した表情を見ていたが、やがて恐怖にとらわれた。彼女たち二人は親友だと思っていたからだ。その後、私は教師たちが親密そうに話をしているのを見ると、背筋に冷たいものを感じた。人と人が一見親密そうにしている光景は、街角の血まみれの武闘よりも恐ろしかった。

革命とは何か？　私が幼いころ、生きた見本がいた。私の兄である。兄は生まれつきの革命家で、「造反有理」は彼の血液型のようなものだった。彼がまだ小学二年生のとき、全校を揺るがす革命事件が起きた。クラス担任の先生が教壇の上で、授業中にいたずらをした彼を批判した。その女性教師の言葉がきつすぎたのだろう。兄は激怒して立ち上がり、自分の椅子を教壇まで運んで行って、女性教師の横に置いた。女性教師が不思議そうな顔で、兄の行動の意図を測りかねていたとき、兄はすでに椅子の上に立ち、女性教師のこめかみに狙いをつけ、思いきり拳骨を振り下ろした。まだ九歳の少年が、女性教師を殴って気絶させたのだ。意識が戻ったとき、女性教師は病院のベッドに横たわっていた。

中学に入ると、兄の革命性はますます激化した。印象に強く残っているのは、兄の国語の教師だ。この女性教師はどうにも我慢できず、ついにわが家を訪れ、兄の悪行の数々を一気に並べ立てた。悔しさのせいか、女性教師は涙を流していた。告発は絶えることなく続いたが、私がいまでも覚えている事件がある。面白い話なので、記憶に残ったのだろう。ある冬の日、兄は国語の授業中、運動靴を脱いで窓辺で日に干していた。ナイロンの靴下をはいている両足はとても臭い。しかも最前列にすわっている兄は、片足を机に乗せ、教卓のほうに向けていた。国語の教師は授業をしながら、至近距離で足の臭いを嗅いで、兄に靴をはくように命じた。兄はこれを拒否し、運動靴はまだ日に当てなければならないと言った。話をしている最中、兄の足の指はナイロンの靴下の中で動き回り、ことさら臭気を撒き散らすことに努めた。国語の教師はカンカンになって窓辺へ行き、日に干してあった運動靴を外に投げ捨ててしまった。兄は「目には目、歯には歯」とばかりに、机に上がったあと教卓に飛び移り、国語の教師の講義ノートをつかんだ。そして教卓から飛び下りると、窓辺へ行って講義ノートを投げ捨てた。その後、同級生の歓声の中、兄は窓を乗り越えて靴を拾いに行った。再び窓から入ってくると、また元どおりに靴を窓辺に干し、自分は座席に戻って、臭い足を机に乗せ続けた。それから指揮者のように両手を揺り動かして同級生たちの歓声を操り、国語の教師がすごすごと教室を出て行くのを得意満面で見送った。国語の教師は、兄のように窓から出入りすることができない。彼女は校舎を迂回して、講義ノートを取りに行った。彼女がノートを拾って立ち上がったとき、教室の窓には生徒たちが鈴なりになっていた。彼らは他人の災難を喜ぶように、彼女をはやし立て、嘲笑した。

女性教師が帰ったあと、父は烈火のごとく怒り、椅子を持ち上げて兄に投げつけた。兄は敏捷に身をかわした。母が慌てて父を止めたが、父は兄を怒鳴りつけた。

「おまえは学校で悪さばかりしやがって！」

兄は堂々と言い放った。「おれは学校で革命を起こした……」

父は母を押しのけると、拳骨を振り回して兄を殴ろうとした。兄は一目散に逃げ出し、比較的安全なところまで行ってから、言葉を続けた。

「おれは革命を実行しているんだ」

これによって、私の革命に対するあこがれは強まった。文化大革命が進行中とは言え、我々は小学校の教師を大変恐れ、いつも反省文を書かされていた。授業中にムダ話やいたずらをしたときも、同級生とケンカをしたときも反省文を書いた。私が小学校で書いた反省文は、作文よりも多かった。しかも、反省文は教室の壁に貼り出される。面子（メンツ）を失ったことを自覚させるためである。私は兄の言動を見るにつけ、また他の私より一、二歳年上の少年たちの言動を見るにつけ、中学に入ったらもう反省文は書かなくていいと思うようになった。中学では、生徒が教師を恐れるのではなく、教師が生徒を恐れる。あらゆる悪事や乱行が、革命的行為となるのだ。

そこで、一九七三年の初夏、我々数人の仲間は新しいコンクリートの橋を渡り、河の対岸の海塩(ハイイエン)中学を見学に行った。バスケットコートを通り過ぎたときには、バスケットをしている生徒の姿があり、運動場を通り過ぎたときには、中央の草地に寝転がって談笑している生徒の姿があった。二棟の校舎の前を通ったときには、ほとんどの教室の窓に生徒がすわっていた。誰かが我々の名前を呼んだ。それは同じ横町に住んでいる少年で、我々より一つ年上、中学一年生だった。彼はある教室の窓にすわり、我々に手招きしている。近づいて行き、いまは休み時間かと尋ねると、彼は首を振り、授業中だという。そして手を伸ばし、我々を一人ずつ引き上げて教室に入れた。我々が窓や机にすわると、彼は近くにいた同級生を紹介してくれた。

我々は大いに見聞を広めた。教室は雑然として、机にすわっている生徒もいれば、歩き回っている生徒もいる。二人の生徒は机を隔てて罵り合い、いまにも手を出しそうな様子だった。教師が教壇にいて、黒板に物理の問題を書いていた。書きながら解説をしているが、誰も聞いていない。まるで自分のために書き、自分のために解説しているかのようだ。

この情景を見て、我々は目を丸くした。我々は教壇の教師を指さして、中学一年の知り合いに慎重に尋ねた。

「誰のために授業してるの?」

「自分のために授業してるのさ」その中学一年生は言った。

我々はへらへら笑いながら、質問を続けた。

「先生が怖くないの？」

「怖い？」中学一年生は大笑いした。「ここは中学だぞ。おまえたちの小学校とは違うんだ」

そう言いながら、彼は机の中から短いチョークを見つけ出し、教壇の教師に向かって投げた。教師はチョークが飛んできたのを見て身をかわしたが、その後はまた何事もなかったように、物理の問題の解説を続けた。

我々はついに、革命とは何かを知った。

草の根

およそ五年前、中国のある大都市の最も繁華な中心街に高級マンションが出現した。この四十数階建てのマンションには六つのエグゼクティブ・ルームがあった。いずれも専有面積は二千平米、内装が豪華で、あらゆる資材、キッチンやバスルームの設備は世界のトップ・ブランドを使用している。この六部屋は、あっという間に完売した。

一億元以上もする部屋を最初に買ったのは、人々の注目を浴びる不動産屋、金融投資家、IT産業のニュー・リッチなどではなく、中国経済の潮流の中では目立たない「血頭(シュエトウ)」、すなわち売血の元締めだった。この裕福な「血頭」は太っ腹で、即金で部屋を買い取った。私はここから、草の根の話を語り始めることにしよう。

一九九五年に発表した『血を売る男』で、私は「李血頭(リーシュエトウ)」を登場させた。私が病院で過ごした幼年時代の経験から生まれた人物である。この小説を書いたとき、中国語の「草の根」という言葉は単に「草の根っこ」という意味しかなかった。数年後、我々はまったく新しい語義を英語から輸入し、広義の「草の根」は非主流、非正統の弱小階級の代名詞となる。その後、この言葉は中国社会で急速な流行を見せた。私の記憶によれば、病院で農民からの血液購入を取り仕切っていた人は、医者と同じような白衣を着ていた。しかし、その白衣はとても汚れていて、特に尻と腕の部分は真っ黒だった。いつも口にタバコをくわえている。血を売りにきた農民は尊敬を込めて、彼を「血頭（シユエトウ）」と呼んだ。書面語の解釈に従えば、血液の指導者の意味である。

血頭は自分の血液の世界において、言わずと知れた権威を確立していた。病院での地位は普通の看護師以下だが、日々の蓄積によって、いつの間にか草の根の王としての地位を打ち立てた。貧困のために、あるいはもっと重要な理由のために血を売りにくる農民の目からすれば、彼はときに救世主と見えただろう。

あの時代、すべての病院は血液の在庫を十分に持っていた。血頭はこの点をうまく利用して、遠くから血を売りにくる農民に不安を抱かせた。自分の体内に流れる血は、果たして売れるだろうか？　だから当然、血頭は農民たちの心からの尊敬を集めた。続いて、彼は素朴な農民に贈り物の意義を悟らせた。大多数はまったく字を知らない農民だが、人と人の間に交流が必要だということはわきまえている。贈り物は明らかに交流の重要な拠りどころで、それは第二の言語、自己損失を前提とした言語である。だからこそ、贈り物は好意と讃美と尊敬を表す言葉となるのだ。かくして、彼は農民にわからせた。家を出るときには青菜を二束、またはトマトやタマゴをいくつか持って行き、讃美と尊敬の言葉を献上しなければならない。もし手ぶらで行けば、言語を失ったに等しい。

彼は苦心を重ねながら、自分の王国を数十年にわたって維持した。その後、時代が変わり、あらゆる病院の血液の在庫が不足し始めた。血液の買い手が売り手の機嫌を取るようになり、病院の血頭たちの権威は失墜した。だが、彼は心配いらなかった。すでに引退していたからだ。むしろ彼は、この機会をとらえて、本当の意味での「血頭」になった。それまでのような病院の血頭ではない。

この血頭は十数年前に世を去ったが、その前に一つの壮挙を成し遂げた。これは私の父が教えてくれたことだ。私の父は一九九五年の末に『血を売る男』を読み終わると、電話をかけてきて、この血頭が退職後いかにして富を築いたかを語った。中国の市場経済が勃興したとき、この血頭は当時の血液の価格が各地で異なることに気づいた。そこで、短期間のうちに千名近い売血者を組織し、浙江から江蘇まで、三百キロほどの旅に出た。十いくつかの県を回り、彼が知る限り価格のいちばん高いところで血液を売ったのだ。彼に引率されて行った者はより多くの収入を得た。彼自身の財布もパンパンのゴムまりのように膨らんだ。

それは混乱に満ちた長い旅だったと思う。彼はどんな手段を使って、いつも自由気ままでいる烏合の衆、互いに見ず知らずの草の根たちをまとめたのだろう？　彼はいくつかの規則を決め、誰に教わることもなく、軍隊の編制をまねたはずだ。雑多な人々の中から十数人を選んで、限定的な権力を与え、各自の才能を発揮させた。威嚇したり丸め込んだり、甘い言葉と厳しい叱責を併用した。彼らは血頭のために、千名近い人々を管理した。血頭（シユエトウ）は、この十数人を管理するだけでよかった。

集団行動は戦争中の軍隊の移動に似ていた。進行中の宗教的な儀式のようでもある。彼らは路上に、黒々とした長い列を作った。ときとして男たちは殴り合い、女たちは陰口をきき、男女は忍び逢い、突然の病気で倒れる者もいた。当然、美しい助け合いもあり、愛情も芽生えた……この世界に、売血の草の根たち以上に多種多様な集団はないだろう。

思うに、私の幼年時代の記憶にある血頭がもし世を去っていなければ、蓄えた富で豪邸を手に入れることは可能だった。もちろん、先に述べた大都市の血頭と同列に論じることはできない。一億元を超える豪華マンションに暮らす血頭はもっと大きな権威があり、十万人以上の売血者を従えているという。これが今日の中国の現実だ。売血者は組織に一定の費用を支払わなければならないが、それでも単独で血を売るよりも多くの収入が得られる。

売血者を組織している血液の元締めは名前を知られることもなく、贅沢な生活を送っている。いったいどれほどの財産を所有しているのか、誰も知らない。血液の在庫が足りないとき、大病院はこぞって、この元締めの機嫌を取ろうとする。食事をおごろうと思っても、なかなかつかまらない。元締めにしてみれば、商売は商売で、彼の管理する血液は買い取り価格の高い病院に流れていく。

売血という一見卑俗な職業にも、『フォーブス』が喜びそうな財テクの話があるのだ。

これこそ、まさに草の根の成功談と言えるだろう。もう一つ、草の根の話題がある。三年前に新聞で読んだ。それは廃品回収をする人で、新聞では「乞食のボス」とか「ゴミの王様」とか称していた。彼は都市のある地域のゴミの王様にすぎないが、数千万元の財産を所有しているという。中国の都市部には地域ごとに廃品回収をする人たちがいて、低価格で居住民が捨てようとしているものを買い入れ分類したあと、少し上乗せした金額でより大きな回収業者に売る。ゴミの王様というのはすなわち、このより大きな回収業者だった。彼は小さい回収業者から廃品を買い入れ、高い値段で生産業者に売った。生産業者はこれによって、原材料費を圧縮できる。数千万元の財産を持つゴミの王様は記者の取材に対して、謙虚に語った。この商売を思いついたきっかけについては、こう答えている。

「私は他人がやりたがらないことをやっただけです」

この素朴な言葉が、ここ三十年の中国経済の奇跡を物語っている。つまり、中国人はあらゆる機会に乗じて、何も恐れない草の根精神で、経済の発展を促進してきたのだ。その結果、我々の経済生活の中に多くの王様が現れた。紙ナプキンの王様、靴下の王様、ライターの王様など。浙江にはボタンの王様がいる。彼が扱うボタンの種類は数えきれない。利潤は少ないが、世界じゅう、服のあるところには必ずボタンがある。紙ナプキン、靴下、ボタン、ライターなどは一見、みな卑俗な商品だ。しかし、ひとたび巨大な市場を持てば、卑俗な商品の業界も財テクの帝国となり得る。

乗用車のディーラーが、こんな話を教えてくれた。彼は浙江の義烏(イーウー)にBMWの販売店を持っている。ある日、農民風の老人が十数人の息子や孫を引き連れてやってきた。彼らはマイクロバスから降り、続々と店に入った。息子と孫は大金持ちの祖父のために、この車を選んでいる。老人は二百万元のBMW760Liに目をつけ、販売員に尋ねた。この車はどうして、こんなに高いんだ？　販売員は、この車の先進的な設備と性能について詳しく説明した。だが彼は聞きながら首を振り、意味がわからないと言う。最後に販売員は牛革の座席を紹介し、運転席を指さして言った。この座席には二頭の牛の最も質のよい革を使っています。老人はかつて牛を飼い、中国経済の発展の波に乗って豊かになった農民だった。それで、すぐにこの車が高いわけを理解し、息子や孫たちに言った。

「座席一つに二頭の牛の革を使ってるんだから、これは高級車に間違いない」

老人はこのBMW760Liを購入した。また、息子と息子の嫁たち、孫と孫の嫁たちにも、一台ずつBMWを買ってやった。世代に応じて、BMWの7シリーズから5シリーズ、3シリーズまでを割り当てた。支払いのとき、息子と孫たちはマイクロバスから大きな段ボールをいくつか運んできた。中身は現金だ。紙幣だけが本物の金なのだ。小切手やクレジット・カードを信用していない。彼にとっては、紙幣だけが本物の金なのだ。

この年老いた農民は自分の生活経験と素朴で直接的な思考によって、BMW760Liが高いわけを理解した。中国の草の根たちは商売を始めた当初、経済学の知識が何もなく、経営管理の経験もまったくなかったのに、あっという間に大金を稼いだ。それは彼らが自分なりの独特の思考法を持っていたからである。年老いた農民がＢＭＷ７６０Ｌｉの高いわけを理解したように、田舎者にしか見えない草の根たちの思考は、すばやく事物の要所をつかむことができる。

私が語ったような話は、一九七八年以降の中国の経済発展の中で枚挙にいとまがない。最近三十年の中国の奇跡は実のところ、無数の個人の奇跡が蓄積されて国家の奇跡となったと言ってよいだろう。私がここで述べたのは、草の根の階層が作り出した奇跡である。

中国の草の根は、やろうと思ったことをすぐ実行に移す。彼らは経済発展の波の中で、手段を選ばなかった。違法なこと、犯罪に関わることでも、思いきって試みた。一方、改革開放以降、中国の法制度は少しずつ整ってきているが、一部の法律や規定には多くの抜け穴があり、草の根たちに付け入る隙を与えている。だから、草の根たちはどんな奇跡を起こすこともできる。向こう見ずの度胸があって、彼らは何かを失うことを恐れない。一文なしの状態から始めたからだ。中国の諺で言えば、裸足の人は靴をはいている人を恐れない。マルクスの言葉を借りて言えば、プロレタリアが失うものは鉄鎖のみで、得るものは世界のすべてだ！

最近の中国の長者番付を見ると、ほとんどが草の根出身である。この番付は人生の暴騰を物語っている。無一文の貧乏人が、瞬時にして億万長者になる。名誉と利益を手にしたあと、その栄華と富貴は尽きることがない。同時に、この番付は人生の暴落も物語っている。地位と名誉を失ったあと、栄華と富貴はまたたく間に消え去ってしまう。フーゲワーフの長者番付の統計によると、最近十年で四十九名の草の根出身の長者が逮捕されたり、逃亡したりしている。彼らの罪状はさまざまだ。「資金流用罪」「共謀窃盗罪」「集団贈賄罪」「金融証券偽造罪」「公金の不正使用罪」「農地の違法占拠罪」「契約書詐欺罪」「誓約書詐欺罪」……世間では毎年発表される長者番付を茶化して、「屠畜番付」と呼ぶ。中国の諺に曰く、人は名前が売れることを恐れ、豚は肥えることを恐れる。人は有名になると災いを招き、豚は肥えるとつぶされるという意味だ。世間で長者番付が「屠畜番付」と呼ばれていることについて、ルクセンブルク生まれのイギリス人で、中国では長者番付の製作者として有名なフーゲワーフは、こう述べている。

「つぶされる豚は、長者番付に名前が出る出ないにかかわらず、決まっている」

二〇〇八年十一月、中国長者番付の第一位だった黄光裕（ホアン・クアンユィ）は、いくつもの重大事件に関わった容疑で公安に拘束された。この広東の田舎出身の草の根は、一九八七年に国美（グオメイ）電器を設立し、十数年後には中国最大の家電小売り企業に成長させた。二〇〇八年、黄光裕は四百三十億元の個人資産により、フーゲワーフの長者番付で三度目の首位になっている。二〇一〇年五月、裁判所は黄光裕の違法経営罪、インサイダー取引罪、集団贈賄罪を認定し、有期徒刑十四年の判決を言い渡した。黄光裕は判決を不服として上訴したが、棄却された。

数年前、初めてフーゲワーフの長者番付の首位になった黄光裕に、ある記者が質問した。

「今回の番付首位は、お金で買ったのですか？」

そのとき、黄光裕（ホアン・クアンユイ）はこう答えた。「フーゲワーフにはうんざりですよ。金をやるはずがないでしょう？　この番付は逮捕状と同じで、災難が待っているんですから」

今日の中国で、「この富豪番付もしくは「屠畜番付」は氷山の一角にすぎない。これ以外にも、至るところでこの経済権力の戦いがあり、多くの草の根が人生の暴騰と暴落を演じている。中国のネットユーザーの言い方をするなら、多くの豚が成長前につぶされた。しかも、この現代の悲喜劇において自分がどのようなクライマックスを迎えるのか、我々は誰も知らない。

文革のころを振り返ってみよう。政治権力の戦いの狭間で、草の根たちの人生はやはり暴騰と暴落をくり返していた。

一九七三年八月、中国共産党第十回全国代表大会で、意外な光景が見られた。主席台の中央には毛沢東が悠然とすわり、毛沢東の右側には周恩来総理が悠然とすわっていたが、毛沢東の左側にはなんと、まだ三十八歳の若者がすわっていたのだ。毛沢東が大会の開幕を宣言し、周恩来が政治報告を読み終えたあと、その若者は落ち着いた様子で『中国共産党の規約改正に関する報告』を始めた。

この王洪文という若者は、文革開始のとき、上海の綿紡績工場に勤務する警備課の責任者にすぎなかった。一九六六年十一月、彼は数人の労働者と一緒に、有名な造反派の組織「上海市労働者革命造反総司令部」を設立した。その後はとんとん拍子に出世し、わずか七年足らずで、コソ泥を捕まえる警備課の責任者から中国共産党中央委員会の副主席にまで昇進した。毛沢東と周恩来に次ぐ、当時の政権のナンバー3である。

しかし、よいことは長続きしない。三年後、毛沢東が逝去して文革が終わると、彼は江青、張春橋、姚文元とともに、「四人組」として逮捕される。一九八〇年十二月の公開裁判で、この名声を馳せた革命造反派は、「反革命集団を組織指導した罪」などにより、無期懲役の判決を受けた。

中国の激しい政治運動において、革命と反革命は紙一重の違いしかない。世間の言い方では、焼餅(シャオビン)（お焼き）を引っくり返すようなものだ。あの時代、人々はかまどの土手に貼りつけられた焼餅にすぎず、運命の手で気ままに引っくり返された。昨日の革命家が、今日は反革命分子になってしまう。今日の反革命分子が、明日は革命家になるのだった。

王洪文はその後、しだいに忘れられた。彼は監獄で心理的な苦しみを味わい、束の間の輝かしい歳月を思い出して、ため息をついたかもしれない。一九九二年八月、王洪文は肝臓疾患で世を去った。享年、五十七歳。彼の人生の終わりは寂しかった。遺体が茶毘(だび)に付されたとき、見送ったのは妻と弟だけだった。

文化大革命の時代に、どれほど多くの造反派が激動の人生を歩んだことか。挙げればきりがない。それらの物語を並べたら、どこまでも続く道路のように先が見えなくなるだろう。また、森に繁茂する樹木のように区別ができないだろう。

思い出すのは、文化大革命の初期に悲惨な死を遂げた劉少奇のことである。造反派による持続的な、人格と肉体に対する蹂躙（じゅうりん）のために、この元国家主席は一九六九年十一月、冤罪を着せられたまま死去した。そのとき、七十一歳の老人の白髪は一尺以上の長さがあった。服は着ておらず、遺体には白い布が一枚掛けられただけだった。遺灰の保管記録書の職業欄は、無職と記入された。

文革の十年の間に、私は子供から青年に成長した。そして、我々の町に死神が訪れるのを二回目撃している。一回目は文革初期だった。それまで恐れられていた共産党の役人が、相次いで「走資派」として打倒された。一部の役人は苦痛に耐えられず、深く絶望して、いろいろな手段で自殺した。二回目は文革が終わったあとだ。十年間、ずっと羽振りのよかった造反派は「四人組」の手先と見なされた。政治的な焼餅（シャオビン）が引っくり返って、造反派が打倒の対象となったのである。一部の造反派は最後の日が来たことを悟り、文革初期の「走資派」のように、やはりいろいろな手段で自殺した。

我々の県内に草の根出身の無名の男がいて、文革中に造反派のリーダーとなり、短いけれども意気盛んな人生の旅を始めた。私は子供のころ、批判集会でいつも彼を見た。拡声器から聞こえてくる彼のよく通る声はとても重々しく、二、三人の声が合わさっているかのようだった。彼は批判文を読み上げながら、うなだれて立っている走資派たちを監視していた。一人でも体を動かす者がいれば、読み上げるのをやめ、近づいて行って膝のうしろに蹴りを入れる。走資派は膝をついた。毛沢東が老幹部、軍代表、造反派の「三結合」の方式で革命委員会を成立させると、彼は造反派の代表として革命委員会に加わり、副主任にまで昇進した。名実ともに申し分のない出世である。彼が我々の町を歩いていると、人々は親しみと敬意を示そうとして話しかけた。彼のほうは儀礼的にうなずくだけで、硬い表情を崩さない。ただし、我々子供たちが「主任」と呼びかけたときには、友好的に手を振って見せた。

文革終結後、「四人組」の手先を一掃する運動の中で、彼は隔離審査を受けた。当時、私は高校を卒業したばかりで暇だったから、友だちと一緒に好奇心に駆られて、彼に対する尋問をのぞき見に行った。我々は、彼がデパートの倉庫裏の小屋に監禁されていることを知っていた。倉庫の裏の塀によじ登り、塀にすわって両足をブラブラさせながら、開いている窓から中をのぞき込む。彼は小さな腰掛けにすわっていた。机を挟んで、反対側に二人の男がいる。男たちは机を叩き、厳しい声で彼を叱責した。その情景はまるで、文革初期に造反派が走資派を尋問したのと同じだった。かつて威風堂々としていた造反派のリーダーは、明らかに弱々しく、自分が文革中に「四人組」の手先として犯した罪の数々を素直に告白していた。記憶によると、彼は泣いた。自分の罪を語っていた彼は話題をそらし、母親が数日前に亡くなったと述べた。死に目に会うことができなかったのだ。彼の子供のような泣き声が突然、あたりに響き渡った。彼は言った。

「母さんは洗面器に血を吐いた。洗面器は血でいっぱいになった」

尋問役の男は机を叩いて言った。「嘘をつくな！　そんなにたくさん血が出るはずはない」

ある日の午前、見張り役がトイレに行った隙に、彼は逃げ出した。そして防波堤に沿って五キロあまり走ったところで、果てしない海を見つめて呆然と立ち尽くした。岸を打つ波の音も、耳に入らなかっただろう。その後、彼はうなだれたまま近くの店へ行き、カウンターの前に立った。ポケットから有り金をすべて探り出し、タバコ二箱とマッチ一箱を買うと、うなだれたまま海岸に引き返した。

付近の畑で働いていた農民は、彼がタバコを吸いながら海岸を歩き回っているのを見た。休むことなく、一本また一本とタバコを吸い続けた。二箱をすべて吸い終わると、畑で作業をしている農民をぼんやり見つめ、また向き直った。そして彼は泳げないにもかかわらず、防波堤から波の荒い海に飛び込んだ。追っ手が聞き込みを続けながら、ここへたどり着いたとき、すでに彼の姿はなかった。防波堤に残っていたのは、タバコの吸い殻の山だけだ。数日後、彼の遺体は隣県の海岸に打ち上げられた。その体は見分けがつかないほどに水膨れしていたという。靴と靴下は波にさらわれていたが、服とズボンはまだ残っていた。

文化大革命は、社会のどん底で暮らしていた草の根たちを向こう見ずな行動に駆り立てた。毛沢東の「造反有理」という革命によって、彼らは出世できる機会を得たのである。一介の平民が、あっという間に高位についた。当時の人々は「ヘリコプターに乗る」という言い方で、人生の暴騰を迎えた造反派を評価した。しかし文革終結後、彼らは自由落下現象のように高位から滑り落ちる。そして草の根どころではなく、四人の仲間入りをすることになった。人々は「上るのも速かったが、落ちるのはもっと速い」という言い方で、人生の暴落を迎えた造反派を嘲笑した。

もちろん、文化大革命はより多くの小規模な暴騰と暴落の人生を生み出した。私が暮らしていた町でも、そのような物語がいくつかある。そのうちの一つをここで語ることにしよう。

一九六七年の「一月革命」が中国全土を席捲し、権力の象徴である政府の公印が次々に強奪されてからのことだ。公印を奪えなかった造反派や紅衛兵組織は、意気消沈することなく、公印を自分で作るという革命運動を開始した。これによって、草の根を自任する権力機構が全国に広まった。その壮観はまるで、唐代の詩人・岑参が舞い飛ぶ雪を詠んだ詩句のようだった。「忽として一夜、春風来たりて、千樹万樹、梨花開くが如し」

私が語ろうとしている人物は、このような背景の下に蜂起し、「毛沢東思想無敵宣伝隊」を組織し、自ら隊長となった。当時、四十数歳。普段は小心者で、無口だった。偉そうに道の真ん中を歩くタイプではない。街に出たときはいつも下を向いて、塀に貼りつくように歩いていた。幼年時代の記憶によれば、彼はいつも子供たちにバカにされていたと思う。

私と同じ路地に住む年上の少年たちは、自分の能力を顕示するため、彼を挑発した。

彼が向こうから歩いてくると、わざと体を激しくぶつける。彼の反応は、ただ立ち止まり、眉をひそめて相手の少年を見るだけ、何も言わずに立ち去った。それで私は年上の少年たちを尊敬し、大人をやっつけるのだから、彼らは本当にすごいと思っていた。その後、我々のような就学前の子供も、彼をバカにして、小石を投げるようになった。石がぶつかると、彼は振り返って、こちらを見る。やはり眉をひそめるだけで、何も言わずに立ち去った。我々は大喜びして、自分が強くなったつもりでいた。

こんな真面目な人でも、革命の嵐が吹き荒れ、周囲の人たちが次々に造反派組織に加入するのを見ると、気持ちを抑えられず、自分も文化大革命の運動に身を投じたいと思った。彼が普段だらしないので、造反派組織は革命性に欠けると判断し、参加を拒んだ。焦った彼はやむを得ず、自分一人で造反派組織を設立した。「毛沢東思想無敵宣伝隊」という公印も作り、威風堂々とズボンのベルトにぶら下げた。

彼の輝かしい人生の旅が始まった。我々の町で、記憶によると、彼は街に現れるときにいつも、上着をズボンの中に入れていた。そんなことをするのは彼だけだ。こうすれば、ベルトに付けた公印がひときわ目立つ。彼は胸の前に呼び子を下げ、手に『毛主席語録』、すなわち赤い宝の本を持ち、堂々と街を歩きながら、通行人に視線を走らせた。ときどき、だしぬけに呼び子を吹き鳴らす。通行人が立ち止まって目を向けると、彼は赤い宝の本を掲げて、大声で命令した。

「二十三ページを開くんだ。毛主席語録の一節を唱えよう……」

当時は多くの人が常に赤い宝の本を携帯していた。彼が叫ぶのを聞いて、人々はポケットから本を取り出した。彼の指揮のもと、街頭で真剣な『毛主席語録』の朗誦が始まった。二十三ページを読み終わると、さらに彼の指示で四十八ページ、五十六ページ、七十九ページを読んだ。やがて、彼は恭しく赤い宝の本を閉じ、おごそかに宣言した。

「今日の学習はこれで終わり。みんな帰宅後、毛沢東思想の学習を続けるように」

街角の通行人は重荷を下ろしたように、大声で応じた。「わかりました」

赤い宝の本を携帯していない者も何人かいて、照れくさそうな表情を浮かべていた。隊長は彼らを批判しようとせず、おだやかに言った。

「明日は忘れずに持ってきなさい」

我々の町にこの赤い宝の本の警察が現れてから、人々は必ず外出時にそれを携帯するようになった。呼び子の音が響くと、毛沢東語録の朗誦が街頭で始まるのだ。

我々子供たちはもう、彼をバカにするのをやめた。我々は過ちを認め、彼をこの町最大の造反派だと見なした。彼が呼び子を鳴らせば、街を歩いている造反派も群集も命令に従うのだから。我々は当時、彼が虎の威を借る狐であることに気づかなかった。あの時代、誰かが赤い宝の本を出せば、みんな真面目に学習を始めた。

我々は彼のことが好きになった。ほかの造反派は我々を相手にしてくれない。この独身の造反派だけが、子供を仲間にしてくれた。彼が街に現れると、我々は周りを取り囲む。服装も彼のまねをして、上着をズボンの中に入れた。唯一の欠点は、ベルトに公印が吊るされていないことだ。さいわい、彼はとても気前がよくて、腰に下げた「毛沢東思想無敵宣伝隊」の公印を触らせてくれた。どんなに長く触っていても、笑顔で接してくれる。しかし、我々が図に乗って、この公印をベルトに吊るさせてくれないかと尋ねると、彼はきっぱりと拒絶し、こう警告した。

「そいつは権力を奪おうとする行為だぞ」

この独身の造反派は我々の町で、とても人付き合いがよかった。当時は学校の授業も工場の操業も停止していた。人々は革命を叫んで仕事に出ない。この機会を利用して田舎へ帰り、親戚や友人を訪問する人もいた。造反派の紹介状があれば、交通費も宿泊費もいらない。そういう人たちは彼を訪ね、紹介状を書いてもらった。彼は来るものを拒まず、親身になってくれる。その後、彼が身につける革命の道具が一つ増えた。毎日、肩に色あせた軍用カバンを掛け、カバンの中にはガリ版刷りの紹介状の束を入れていた。紹介状のいちばん上には「最高指示」の四文字が印刷されている。その下にあるのは、毛沢東の語録だ。「我々は五湖四海（津々浦々）からやってきて、共通の目標のために集まった……革命の隊列にあるものはみな互いに気を配り、いたわり合い、助け合わなければならない」このあとが、ようやく紹介状の本文となる。

誰かに紹介状の発行を頼まれると、彼はとても喜んで、地べたにすわってカバンの中から未記入の紹介状を取り出す。紹介状を膝の上に乗せ、どこへ行きたいのかと尋ねながら、真剣に各項目を記入した。紹介状は必ず二枚、発行する。一枚は無料で汽車に乗るためのもの、一枚は無料で旅館に泊まるためのものだった。そのあと、ポケットから朱肉を探り出す。ズボンのベルトを緩めて「毛沢東思想無敵宣伝隊」の公印を取りはずすと、朱肉をつけて慎重に押印した。

やがて彼はちょっとした不注意から、輝かしい人生を棒に振った。ある日、便所に行ったとき、急いでいたためにあわてて慌ててズボンを脱ぎ、「毛沢東思想無敵宣伝隊」の公印を便槽に落としてしまったのだ。ちょうど紅衛兵が一人、便所にいたため、彼はすぐに反革命分子と見なされた。彼の公印は我々の町で有名で、「毛沢東思想」の五文字が刻まれていることをみんな知っていた。その紅衛兵は彼を罵倒した。

「おまえは『毛沢東思想』を便所に落としたな……」

またたく間に人生のピークが過ぎ去った。紅衛兵はそのとき罵声を浴びせただけで、二度とこの件を持ち出さなかった。しかし、彼はその後ずっと自分を責め続けた。上着をズボンの中に入れることも、肩に紹介状を入れたカバンを掛けることもなくなった。呼び子だけは、胸の前に下がっていた。彼が力なく呼び子を吹くと、通行人たちは赤い宝の本を恭しく捧げ持ち、彼の指揮のもとで毛沢東の語録を暗唱しようとした。そのとき、彼は激しく泣きながら自分の頰を打ち、おれは反革命分子だと言った。恨みを込めて、自分の罪状を告白し始めた。

「おれの罪は万死に値する！　『毛沢東思想』を便所に落としたんだから」

赤い宝の本を捧げ持っていた通行人たちは、ポカンとしていた。しばらくして、ようやく何が起こったのか理解した。そして当然、彼の過ちを厳しく非難した。これが当時の流行で、どんな場合でもまず自分の革命的な立場を表明する。だが、本当に彼を反革命分子と思っている人はいない。みんな心の中で、彼は真面目な人だと思っていたから、批判の対象にしなかった。

ところが、彼はいつも街角で呼び子を吹き鳴らし、自分で自分を批判した。通行人はうんざりして、ついに誰かが我慢できなくなり、彼を罵った。

「おまえは反革命分子だぞ。どうして無闇に呼び子を吹き鳴らすんだ？」

彼は驚いて顔面蒼白となり、低姿勢で謝った。「もうしません。二度と呼び子は鳴らしません」

その後、彼が呼び子を下げて現れることはなくなった。彼は扮装を改め、頭に紙の高帽子をかぶり手に箒を持って、毎日びくびくしながら町の通りを清掃した。

文革の終結と時間の経過につれて、彼は本来の自分を取り戻した。目立たない人生の中でじっと息をひそめていたから、街に出ても彼に気づく人はいなかった。その後、彼は完全に忘れ去られた。数年前に帰省したとき、私は子供のころの仲間に尋ねてみたが、誰も彼のことを覚えていなかった。私が幼年時代の印象深い出来事を語っても、仲間たちは初めて聞く話であるかのような表情を見せた。私はくり返し、彼が当初いかに威風堂々と呼び子を鳴らし、人々を率いて毛沢東語録を朗誦したかを強調した。すると一人の友だちが、ついに思い出して、彼の消息を探ってくれることになった。二日後、友だちが報告に来た。あの文革期に腰に公印をぶら下げ、胸の前に呼び子を掛けていた男は、十年ほど前に世を去ったという。友だちは語りながら、しきりに笑い、秘密めかして言った。いまはきっとあの世で呼び子を吹いて、幽霊たちに毛沢東の語録を暗唱させているだろうよ。

私が怪訝(けげん)な顔をしているのを見て、友だちは言った。あいつはずっと呼び子を大事にしていた。臨終のとき、呼び子を骨壺に入れてくれという遺言を残したそうだ。中国には従来から「死後の世界も生前と同じ」という観念がある。死者は生前の生活用品やその社会的地位を示す物品を棺桶、あるいは骨壺に入れて副葬品とし、あの世で使えるようにするのだ。

私にはわかる。あの呼び子は彼にとって、人生の価値のすべてだった。文化大革命が起こらなければ、彼の人生には呼び子もなければ、波乱もなかっただろう。彼の人生の浮き沈みは、王洪文とは比べものにならない。しかし、同じように山もあれば谷もあった。彼がいまわのきわに文革の時代、呼び子を鳴らし人々を率いて毛沢東語録を暗唱した輝かしい情景を思い出したとしたら、自分の人生はムダではなかったと思ったはずだ。

共産党の中国六十年の歴史を概観すると、毛沢東の文化大革命と鄧小平の改革開放が、中国の草の根に絶大な機会を与えたと思う。文化大革命は政治権力の再配分、改革開放は経済権力の再配分と言えるだろう。

山寨（シャンチャイ）

いまの中国は、いろいろな角度から語ることができる。ここでは、「山寨（シャンチャイ）」（模倣品（コピー））を取り上げることにしよう。この言葉が、民間で言うところの国家の神話だからだ。「山寨」は元来、柵などを築いて作った山奥の防御用建造物の意味だった。その後、貧困者の居住地、隠者や山賊が立てこもった砦（とりで）を指すようになった。政府の管轄をはずれたものという意味も含まれている。

近年、あらゆる機能を備えている廉価なコピー版の携帯電話が出回ってから、「山寨」は「模倣」という言葉に新たな意味を付け加え、どんどん範囲を広げつつある。偽造、権利侵害、不正規、冗談、悪ふざけなどの概念も、許可を受けることなく「模倣」の仲間入りをして、「山寨」の住民となった。「山寨」は今日の中国において、最もアナーキズムの精神に満ちた言葉だと言える。

コピー版の携帯電話は当初、「Nokia」「Samsung」「Sony-Ericsson」などのブランド品の機能とデザインを模倣し、勝手に自分のブランドを「Nokir」「Samsing」「Suny-

Ericssun」と名付けた。正規の製品をまねているので、研究開発の費用がかからず、値段は五分の一もしくはそれ以下だ。しかも機能は多く、デザインは新しいから、あっという間に中、低レベルの消費者の市場を独占してしまった。

コピー版の規模が急速に拡大するのに伴って、携帯電話のブランドも多彩になった。最近売り出されたものはハーバード大学の名前を借用し、製造元は自称「ハーバード通信」、オバマ大統領をイメージキャラクターに使っている。コマーシャルに笑顔のオバマが登場するのだ。オバマの笑顔は世界じゅうに広まり、いまや世界でいちばん有名な笑顔、いちばん権威のある笑顔である。それがいま、中国の携帯電話の広告にまで引っぱり出されたのだ。宣伝広告のオバマは、微笑みながら言う。「オバマの黒苺（ヘイメイ）（BlackBerry、カナダのリサーチ・イン・モーション社のスマートフォン）、私の BlockBerry 旋風（「旋風」は Storm 実在する機種名） 9500」

オバマは歴史あるアメリカンドリームの今日的象徴だが、こんな奇妙な出来事が起こっているとは夢にも思わないだろう。アメリカ人は自国の大統領が中国のコピー版携帯電話のイメージキャラクターに使われているのを見たら、開いた口がふさがらないはずだ。だが、我々中国人は気にしない。オバマをコピーして何が悪い？　今日の中国では、在任中の党および国家の指導者、そして引退後まだ存命中の党および国家の指導者を除けば、誰をコピーしてもいい。冗談や悪ふざけの材料にしても、勝手に模倣しパロディーにしてもかまわないのだ。

かつては偉大な領袖、偉大な指導者、偉大な司令官、偉大な舵取りと呼ばれた毛沢東さえもが、死後四十三年にしてオバマと同様、コピー版の広告の主役となった。昨年の十月一日、建国六十周年の際に、浙江省のカラオケ店の正門脇に巨大な赤いポスターが登場した。このコピー版のポスターには、軍服を着て軍帽をかぶった毛沢東が描かれている。マイクを手にして、革命歌を熱唱していた。まったく生前の指導者の面影はなく、夜な夜なカラオケクラブに入り浸っている地方官吏のようだ。ポスターの右下には、『今日はあなたの誕生日』『わが祖国』『私の愛する中国』『中国人』『祖国を謳歌する』など十数曲の革命歌の名前が並んでいた。

このカラオケ店の店員は得意げに語った。「ポスターは十月一日に貼り出しました。こういう形で建国の日を祝っているのです」

二〇〇八年、毛沢東の故郷・湖南省では、観光業の発展のため、全国から毛沢東のそっくりさんを募集した。コピー版の毛沢東を餌にして魚を釣るように、より多くの観光客を湖南省に集めようというわけだ。現地の文化担当の役人は語っている。「これはわが省の文化体制改革の新たな試みです。わが省の観光産業を力強く発展させます」

百三十名の毛沢東のそっくりさんが、はるばる全国各地からやってきた。コピー版の領袖を選ぶ一連の審査を経て、十三名が最後の決勝に進んだ。

十三名のコピー版の毛沢東は、記者会見の壇上に並んだ。彼らのあごにはそれぞれ、コピー版のほくろがあった。何人かは正規版の毛沢東の生前の様子をまねて、タバコを持ち、足を組んでいる。正規版の毛沢東は正規版の湘潭(シアンタン)方言を話したので、コピー版の毛沢東たちは記者会見の席上、みんなコピー版の湘潭（シアンタン）方言を話した。彼らが着ているのは人民服もしくは軍服で、一人が長征（一九三四～三五年、国民党軍に追われた共産党軍の北方への大移動）時代の八角帽をかぶっている以外は、みなオールバックの髪型だった。十三名は年齢がまちまちで、異なる時代の毛沢東を再現していると主張した。井岡山（チンカンシャン）時代の毛沢東、長征時代の毛沢東、建国の儀式（一九四九年）のときの毛沢東……。

一人は自分の容貌に自信を持っていて、あえて化粧をしなかった。一人は化粧をしたが、自分がいちばん「原型」に近いと公言した。さらに一人はマイクを握り、流行歌手のように大声で記者たちに呼びかけた。

「同志たちよ――」

もう一人の毛沢東は壇上で、建国の儀式の演説を模倣した。

「私は今年、百十五歳になるが、諸君の顔を見て若返ったよ！」

この毛沢東の湘潭方言で現場の雰囲気は高まり、記者たちが歓呼の声を上げた。

「毛主席！」

コピー版は引き続き、毛沢東の声をまねした。

「人民万歳――」

記者たちが一斉に応じた。「毛主席万歳！」

ここ数年、毛沢東は絶えずコピーされてきた。最も奇妙なのは中国西南部に現れた女の毛沢東だ。メディアは「空から舞い降りた」という表現を使った。これはかつて、正規版の毛沢東にしか使われない表現だった。五十一歳の女性が毛沢東に扮して街を歩き、集まった観衆に手を振った。その動作は天安門の楼上からパレードする群衆に手を振った毛沢東とまるで同じである。街の群集は次々に女の毛沢東のもとに駆け寄り、先を争って握手を求めた。通りは人で埋め尽くされ、わずか数百メートルの距離を進むのに、三十分以上の時間を要した。

人々はこれまで見てきた男のコピー版の毛沢東よりも、この女の毛沢東のほうが本物によく似ていると思った。当然、彼女が支払った代価は男たちをはるかに上回る。彼女は流れる汗を拭いながら、毛沢東の言動をまねて、外見も精神も本物に近づけようと努力した。毛沢東のメイクをするのに、いつも四時間以上かかる。毎回、二千元の費用を支払った。身長が足りないので、彼女はヒールの高いシークレットブーツをはいた。正規版の毛沢東の身長は百八十三センチだが、その女性の身長は百七十センチもない。古いニュース映画の毛沢東の歩く様子をじっくり観察し、必死で練習した。そのおかげで、シークレットブーツをはいた女の毛沢東が道を歩くと、平底の布靴をはいた本物の毛沢東が歩いているように見えた。

コピー版の携帯電話が流行したあと、中国ではコピー版のデジタルカメラ、コピー版のMP3プレーヤー、コピー版のゲーム機など、海賊版と模倣製品がどっと登場した。コピー版は急速に、即席めん、飲料、牛乳、薬品、洗剤、運動靴にまで拡大し、「山（シャン）

寨（チャイ）」という言葉は中国人の生活の各方面に深く入り込んでいる。コピー版のスター、コピー版のテレビ番組、コピー版の広告、コピー版の流行歌、コピー版の春節聯歓晩会（チュンチエリエンホアンワンホイ）（毎年、旧正月に放送される中国中央テレビのバラエティーショー）、コピー版の神舟七号（シエンチヨウ）（二〇〇八年に打ち上げられた中国の有人宇宙船）、コピー版の「鳥の巣」こと国家スタジアムなどがインターネットを介して続々と現れ、神通力を発揮して絶大な人気を得た。

物まねショーに出てくるコピー版のスターは、毛沢東のそっくりさんの騒動と大差ない。違いを挙げるなら、コピー版の毛沢東が外見を似せるのに対して、コピー版のスターは雰囲気が似ている点を強調している。容貌は別人でも、スターの表情や声をまねることができれば、人々の注目を引く。一部のコピー版のスターは名声が高まるにつれて、雰囲気が正規版のスターに似ているだけでは満足せず、外見も正規版のスターに似せようとする。金銭を惜しげもなく費やし、美容整形手術の苦痛にも耐え、自分と正規版のスターがまるで双子のようになることを目指す。自分がコピー版から正規版へ昇級すると同時に、元の正規版をコピー版に降格させようと、野心を燃やしているのだ。

コピー版の流行歌とコピー版のテレビ番組は、さらに多彩である。模倣どころか、悪ふざけと言ってもいい。勝手に流行歌の歌詞を変え、厳粛なものを滑稽に、優美なものを粗野にしている。歌い方も、故意に調子をはずす。一方、インターネットの動画サイトで見られるコピー版のテレビ番組は、ほとんどが公共放送の番組を茶化したものだ。CCTVの毎晩七時の『新聞聯播（シンウエンリエンボー）』（ニュース番組）は、教条的で堅苦しいがゆえに、ネットのコピー版では恰好の悪ふざけの標的になっている。コピー版の『新聞聯播（シンウエンリエンボー）』には、二人の見知らぬメインキャスターが登場した。二人は毒入り粉ミルク事件に触れ、『新聞聯播』の厳粛で重々しい口調でこう告げた。いつものメインキャスターは「三鹿（サンルー）」有限公司の粉ミルクを飲んで中毒症状を起こし、現在入院中です。今日は私たちが二人の代役として、ニュースをお伝えします。

公共放送を茶化したニュース番組のほかにも、ネット上には多くのコピー版のニュースがあふれ、敏感な社会問題を鋭くついている。公共のメディアが言葉を濁していると き、コピー版のニュースは直言してはばからない。真実を報道し、その後は嘲笑と痛罵に満ちた論評が加えられる。

冷ややかな嘲笑と辛辣な痛罵はコピー版のニュースの鮮明な特徴である。毒入り粉ミルク事件が発覚してから、石家荘の三鹿グループが生産した乳幼児向け粉ミルクのメラミン含有量が基準値をはるかに超えていただけでなく、ほかの多くの企業の粉ミルクも多かれ少なかれ基準値を上回っていたことが判明した。中国の乳製品業界は、三鹿の粉ミルクを契機として、重大な痛手を負った。誰も国産の粉ミルクに手を出そうとしなくなり、多くの人が牛乳を飲むのをやめた。コピー版のニュースはこの事件を論評したとき、とばっちりで巨大な損失を出した乳製品企業になりすまして、三鹿グループをからかった。

「おれたちは粉ミルクに少しメラミンを混ぜただけだ。おまえたちはメラミンにほんの少し粉ミルクを混ぜたんだろう。とんでもない恥知らずだ」

二〇〇八年八月、北京オリンピックの開幕式が成功したのち、中国の公共メディアは一斉に讃辞を捧げた。この輝かしい開幕式は前代未聞、空前絶後だと誇らしげに述べたのだ。コピー版のニュースも同様のことを伝えたが、その口調には嘲笑と諷刺が感じられる。彼らはこう論評した。

「こんなに輝かしい開幕式は過去にないし、今後もあり得ない。なぜか？　こんなに人口の多い国には、こんなに多くの金はないから。こんなに金のある国は、こんなに人口が多くないから。そして、こんなに金があり人口も多い国には、こんなに多くの権力がないからだ」

ＣＣＴＶが毎年放送している春節聯歓晩会（チュンチエリエンホアンワンホイ）は、芸能人たちが一夜にして有名になるチャンスだ。普通の女性歌手の稼ぎはひと晩せいぜい千元だが、春節聯歓晩会に出演したとなればギャラは跳ね上がり、一曲歌っただけで数万元の収入が得られるようになる。だから、春節聯歓晩会の舞台に立てるかどうかは、多くの芸能人にとって生死の分かれ目なのだった。これらの芸能人は神通力を発揮して、スポンサーを見つけ、幹部の推薦を得ようとする。そこで金銭と色欲、権力と色欲の交易が盛んに行われた。春節聯歓晩会は年々肥大化して、演出家たちは頭を痛めている。さまざまな利益のバランスを取るために演目はどんどん増えたが、歌手の独唱は減り、合唱のユニットが多くなった。数年前に、こんな笑い話が流布したことがある。ＣＣＴＶのある幹部が、春節聯歓晩会のスリム化を決めた。芸術的レベルを保証するためには、一部の人を犠牲にしなければならないと考えたのだ。この幹部は引き出しに入っていた推薦状を机の上に並べ、一枚ずつ確認した。推薦状には重要人物の署名がある。これも犠牲にできないし、あれも犠牲にできない。最後に残った三枚の推薦状は、すべて自分が演出家あてに書いたものだった。彼は自分が書いた推薦状を手にして、引き続き考えた。「自分自身を犠牲にできるだろうか？」そして、三枚の推薦状をまた引き出しに戻した。

こうした背景の下で、コピー版の春節聯歓晩会（チュンチエリエンホアンワンホイ）とCCTVの正規版の春節聯歓晩会が同時に大晦日に放送された。二〇〇九年、ネット上の動画サイトに現れたコピー版の春節聯歓晩会は十数種類あった。サイトの開設者は春節が近づくと、それぞれコピー版の広告を出した。宣伝カーが街を走り、広場で記者会見を行い、宣伝文句が書かれた屑カゴを持った人たちが繁華街を練り歩いた。宣伝文句はさまざまで、毛沢東の筆跡でこう書いているものもあった。

「人民の春節晩会は人民の手で、人民のために」

CCTVの春節聯歓晩会に食傷気味の一部の視聴者、とりわけ若い視聴者は大晦日の夜、テレビを切ってパソコンを立ち上げ、飲み食いしながらネット上で、草の根たちが制作した「山寨（シャンチャイ）」版の春節聯歓晩会を見た。

ここから我々は、今日の中国における「山寨」現象の積極的な意義を見て取ることができる。つまり、「山寨」現象は草の根文化のエリート文化に対する挑戦、民間の政府に対する挑戦、弱者の強者に対する挑戦なのだ。

一九八九年の天安門事件から、すでに二十年が過ぎた。今日から振り返ると、天安門事件が中国社会に与えた最大の影響は、政治体制改革の停滞である。公平に見て、一九八〇年から一九八九年までの間、中国の政治体制改革は経済体制改革に比べて歩みが遅いとは言え、進行中だったことは間違いない。一九八九年の天安門事件以降は、政治体制改革が停滞する一方、経済体制改革は飛躍的な発展を始めた。これは思いもよらないことだった。我々は矛盾だらけの現実の中に身を置くことになる。片方は保守的で、片方は過激。片方は政治権力の集中で、片方は経済利益の開放。片方は教条主義で、片方は無政府主義。片方は規範どおりで、片方はやりたい放題……。これまでの二十年、我々の発展は一面的で、全面的ではなかった。このような偏った発展は、社会のありうべき健康を損なってきたと言える。

思うに、「山寨（シャンチャイ）」現象の猛烈な流行を社会学的に意味づけるなら、中国社会の偏った発展の当然の帰結と言えるだろう。社会矛盾が普遍化、先鋭化したために、世界観や価値観に混乱が生じて、「山寨」現象を招いた。「山寨」現象は、蓄積された多種多様な社会的感情が爆発して広まった、反権威、反主流、反独占の社会革命なのだ。それは茶番劇のようでもある。パフォーマンス芸術にたとえるなら、「山寨」現象の勢いの激しさ、規模の大きさからして、国家全体がコピー版のパフォーマンス芸術を演じていると言っていい。

北京オリンピックの直前、聖火が中国国内にもたらされたあと、どの都市を回るか、誰が聖火ランナーとなるかは政府が慎重に決定した。莫大な費用がかかるのだが、選ばれた都市は光栄に思い、選ばれた聖火ランナーも大いに誇りを感じた。河南省輝(ホイ)県の小さな山村も栄誉に浴したが、彼らが挙行したのはコピー版の聖火リレーだった。村民は自家製の素朴な松明をリレーした。村民全員に参加資格があり、政府の関係部署の許可を受ける必要などない。彼らの得意げな表情と祖国に対する愛情は、正規版の聖火ランナーにまったく劣らなかった。河南省輝県のコピー版聖火リレーの動画はネット上で公開され、ネットユーザーたちの盛んな喝采を浴びた。

西洋諸国は絶えず中国の環境問題を批判しているので、中国政府はわざわざ北京オリンピックを緑のオリンピックと定義した。しかし、中国国内の正規版聖火リレーは、緑のオリンピックを感じさせるものではなかった。正規版の聖火ランナーは、パトカーの先導で人垣の間をゆっくりと走った。正規版の聖火リレーが通過したあと、その都市の道路には多くのゴミが残された。

河南省輝県の小さな山村で行われたコピー版の聖火リレーは逆に、本当の緑のオリンピックを感じさせた。自動車の排気ガスも、群集の吐き出す二酸化炭素もない。村民たちは素朴な松明を持ち、うららかな日よりに、花咲く春景色の中を走った。

中国における「山寨(シャンチャイ)」現象はすでに、あらゆる領域に及んでいる。長年にわたってタブーとなっていた政治の分野も、「山寨」の侵入を許してしまった。全国人民代表大会と全国政治協商会議の開催中、四川省宜賓（イービン）の人がコピー版の人民代表を自称し、ネット上に保険、農民の老後、個人所得税などに関する独自の議案を提出した。このコピー版の人民代表は、自分の提案がインターネットを通じて広く知られることを望んだのだった。

彼の選出の経緯は、ブラックユーモアに満ちている。彼は政治に参加して意見を表明するために、家族会議を開いた。彼は家庭から選出されたコピー版の人民代表なのだ。しかも、満票で当選したという。これは政府の入念な調査を経て選ばれた人民代表や政治協商会議委員に対する、ささやかな諷刺である。たかが一家庭の選挙結果とは言え、このコピー版の人民代表は、正規版の人民代表よりも民主的な選ばれ方をしている。家族はそれぞれ本心から賛成票を投じた。決して政府の意向を受けた賛成票ではない。

さらに大胆な事例もある。「山寨（シャンチャイ）」の方式を利用して、中国で最も厳粛であるはずの政治体制をみだらな風俗産業に取り入れたのだ。

二〇〇八年、私はネット上で驚くべき情報を目にした。中国南方のある都市に、風俗産業が大繁盛している地区があるという。そこで売春行為をしている風俗嬢はみな美しく、客に至れり尽くせりのサービスを提供していた。客たちは異口同音に、ここのサービスは「国内ではトップ、世界的にも一流だ」と称讃した。理由はどこにあるのだろう？　それは管理が行き届いているためらしい。支配人は性と政治を合体させた管理体制を敷いている。中国共産党の党支部と中国共産主義青年団の団支部で行われている管理体制を援用し、新たに風俗嬢たちの間に党支部と団支部を作った。彼の理論は、党員や団員が率先して模範を示す精神を売春行為において発揮させようというものだった。

中国で共産党や共産主義青年団に入るためには、慎重な調査と厳格な手続きが必要となる。この支配人は党員でも団員でもないが、コピー版の党委員会書記を自任し、その指揮のもとにコピー版の党支部とコピー版の団支部を作った。性的サービスの経験のある女性たちをコピー版の党員に、経験のない新人たちをコピー版の団員に編成したのだ。コピー版の団員は経験を積み、客の好評を得れば、コピー版の党員に昇格できる。支配人はこのように党組織や団組織の政治体制を利用し、風俗嬢たちの労働意欲を掻き立てた。また、彼女たちが相互に管理と監督を行うようにさせた。さらには定期的にコピー版の党員、団員の組織生活会議を開き、相互批判と自己批判を通じて、先進的経験に学び、長所を伸ばし短所を克服し、サービスの質の向上を図った。

正規版の風俗産業の支配人であると同時にコピー版の共産党支部書記でもある彼は、共産党の「先進的労働者」の制度も取り入れた。毎月、接待した客の数を基準にして「先進的労働者」を選定したのだ。コピー版の表彰のための掲示板を作り、毎月接客数最多の風俗嬢の写真を貼り出した。

中国社会の正規版「先進的労働者」の掲示板に貼り出される顔写真は、いずれも健康的な微笑みを浮かべている。一方、風俗業の掲示板に貼り出されたコピー版「先進的労働者」の写真は、まったく雰囲気が異なる。風俗嬢たちはファッション雑誌のセクシーな女優のように、あだっぽいポーズを取っていた。今日の中国社会の有様は、まさに奇々怪々である。美しいものと醜いもの、先進的なものと落伍したもの、厳粛なものといい加減なものが、しばしば同じ事物の中に共存している。「山寨」現象もまさにその一つで、社会の進歩を示すと同時に、社会の後退を示す。人体が健康を損なったときに炎症を起こすのと同様、「山寨」現象は今日の中国社会の炎症なのだ。炎症は病原菌を撃退する一方、腫れ、できもの、ただれ、壊死をもたらす。

　中国社会の偏った発展の必然的結果として、「山寨」現象は両刃の剣になっている。積極的な意義の反面、中国社会に多くの消極的な影響を与えた。今日の中国における道徳心の欠如、是非の顚倒は、「山寨」現象の中で顕著に見られる。このような社会の実態があるから、「山寨」という言葉は中国人の心に深く入り込んだ。また、剽窃、海賊版、模倣、パクリ、誹謗など、本来は違法と見なされる低俗な行為に存在の口実を与え、世論と社会心理の理解が得られる方向に導いた。同時に、「山寨」は今日の中国で使用率が最も高い言葉の一つになっている。これらのことは、中国の古くからの言い伝えが正しいことを証明した。どんな土壌にどんな作物が実るか、どんな蔓にどんな瓜が成るかは、最初から決まっているのだ。

二〇〇五年、私は自宅の前の歩道橋の上で、海賊版の『兄弟』を見つけた。私の本は他の海賊版と一緒に、地べたに並んでいた。露店の本屋は私が立っているのを見ると、

『兄弟』を一冊差し出して、熱心にこの本を勧めた。私は『兄弟』をパラパラとめくり、簡単にそれは海賊版だと断定した。そこで、本屋にこう言った。

「海賊版だ」

「海賊版じゃない」本屋は真面目に訂正した。「山寨(シャンチャイ)版さ」

似たような状況は、以前にも体験したことがある。今日の中国では、一部の領域ではまだ自由がない一方、別の領域では信じられないほど自由になっている。二十年前、私は記者のインタビューを受けるとき、勝手なことを言えたが、新聞に発表される段階で厳しい審査があり、大幅な削除が行われた。十年前、私はインタビューの発言に慎重になった。話した内容が、そのまま新聞に載るからだ。「クソったれ」というような下品な言葉まで、記事に出てしまう。そして現在、私は身に覚えのないインタビュー記事を読んで、唖然とすることがある。記者が私の談話をでっち上げているのだ。あるとき、私は談話を捏造(ねつぞう)した記者に出会ったので、真顔で詰問した。

「あんたのインタビューは受けていないぞ」

その記者も真顔で答えた。「あれは山寨版のインタビューですよ」

私は開いた口がふさがらなかった。これがいまの現実である。どんな不合法、どんな不合理に直面しても、「山寨」という言葉を付け加えれば、世論や社会心理においては合法的、合理的になってしまう。

二〇〇八年十月、私はヨーロッパの四か国を旅した。ほとんど毎晩枕が変わり、月末に北京に帰ってきたときには疲労困憊(こんぱい)だった。おまけに時差の影響で、しばらく頭がぼーっとして、自分がまだヨーロッパにいるような気がした。私はパソコンを開き、インターネットのコピー版ニュースで、楊振寧(ヤン・チェンニン)教授の妻・翁帆(ウオン・ファン)が妊娠したことを知った。

二〇〇四年、八十二歳のノーベル物理学賞受賞者・楊振寧教授が二十八歳の翁帆と結婚してから、コピー版ニュースは二人の話題で持ちきりだった。しかも、楊振寧はインタビューに応じて、翁帆の妊娠という情報を捏造した。コピー版ニュースは多くのバカげた発言をしたらしい。たとえば、彼は微笑を浮かべ、翁帆が身ごもったのは自分の子供だと証明されたと語った。これは、いかにもコピー版らしいやり方である。

しかし、このコピー版のニュースは役に立った。私の頭は瞬時にすっきりして、自分が確かに中国にいることを実感できたのだ。

「山寨(シャンチャイ)」現象を社会的弱者の強者に対する革命行為と仮定するなら、そのような革命は四十四年前にも大々的にくり広げられた。私が言うのは文化大革命のことである。一九六六年に始まった文化大革命で、毛沢東は「造反有理」というスローガンを唱え、社会的弱者たちの革命本能を煽った。彼らは熱狂的に造反し、当時の強者たち、すなわち実権派を次々に打倒した。伝統ある中国共産党の党委員会や政府の指導部も、あっという間に瓦解してしまう。そしてコピー版の指導部が雨後のタケノコのように登場した。

一群の人々を引きつけることができれば、誰もが一夜のうちに造反司令部を作り、自ら総司令官に就任できた。コピー版の指導部が多くなりすぎると、権力にありつけないという状況が生まれた。そこで、各造反司令部は暴力闘争をくり広げることになった。上海の造反派の闘争では、銃や弾薬が使われた。武漢の造反派はもっとすごい。大砲を持ち出して、相手の陣地を砲撃した。コピー版のリーダーたちは権力を得るために戦った。彼らの武力衝突は、匪賊同士の混戦に似ていた。その後、勝者は敗者の生き残りを吸収して、自分の勢力を拡大した。

各地の党委員会と政府の伝統的な権力体制が文化大革命によって消滅したのち、新しい権力体制を代表する革命委員会が続々と成立した。造反派同士の混戦の中から勝ち残ったコピー版の司令官たちは、すばやく転身して正規版の革命委員会主任となった。

なぜ私は、今日の中国を語るとき、いつも文化大革命にさかのぼるのだろう？　それは二つの時代が密接につながっているからだ。社会形態はまったく違うが、精神の中身は驚くほど似ている。たとえば、国民総動員で文化大革命を行った我々は、またも国民総動員で経済発展を進めているではないか。

ここで強調したいのは、民間経済の急激な発展が文革初期に突如登場した無数の造反司令部に類似しているということだ。一九八〇年代の中国人は、革命の熱狂を金儲けの熱狂に置き替え、またたく間に無数の民間会社を登場させた。民間経済はコピー版が正規版に挑戦するように、国有経済の独占的地位に対して大規模な挑戦と攻撃を試みた。

数えきれないほどの民間会社は一方ですぐ消滅するが、また一方ですぐ登場する。革命と同じで、先人の屍を乗り越え、勢いよく前進を続けた。唐の白居易の詩句を引用するなら、「野火焼けども尽きず、春風吹いてまた生ず」である。中国経済の奇跡は、このようにして引き起こされた。民間経済は発生と消滅をくり返し、死んでもまた生き返るところに強い生命力が示されている。同時に、保守的で硬直した国有経済は市場の残酷な競争への適応を迫られた。

中国の草の根たちは、この輝かしい三十年間に、これまで聞いたこともないような事績を残している。彼らはさまざまなルートを使って、それぞれの才能を発揮した。西洋の諺で言えば、「すべての道はローマに通じる」というわけだ。中国の諺で言えば、「八人の仙人が海を渡る」で、それぞれが腕を振るうという意味になる。だから、彼らの成功の道も失敗の道も独特で、大変珍しい。その後、彼らは独特の社会形態を作り出した。「山寨」という言葉が換骨奪胎されて新しい意味を持つと、兵営の集合ラッパが熟睡していた兵士を目覚めさせるように、中国社会の二十年来の発展とともに存在してきた各種の事物を呼び覚ました。その素晴らしい光景は、誰かが広場で「山寨」という名前の人を大声で呼んだかのようだった。広場の人たちは全員が駆け寄ってくる。彼らはみな「山寨」と改名していたからだ。

奇跡が絶えず生まれると、必然的に欲望も絶えず膨らんでくる。中国の権力の象徴である天安門とアメリカの権力の象徴であるホワイトハウスは当然、「山寨」建築のあこがれの的となった。

コピー版の天安門とコピー版のホワイトハウスが中国各地に出現した。違うのは、コピー版の天安門のほとんどが村の役人たちのものだという点である。一部の豊かになった村では役場を小型の天安門の形に作った。中国の官僚制度の最底辺に位置する村の役人たちは、その建物の中に身を置くと、自分が国家の指導者になったような錯覚に陥ることができる。一方、コピー版のホワイトハウスは、金持ちのオフィス兼住居となっている。昼間はコピー版の大統領が楕円形のオフィスにすわり、電話で自分の企業の職員に指示を与える。夜は美しい女性秘書を伴って、コピー版のリンカーンの寝室で休むのだ。

三十年にわたる中国経済の奇跡の中で、多くの貧しかった草の根の人々が富豪となった。彼らは西洋の貴族の生活にあこがれ、広大な別荘に住み、豪華なセダンに乗っている。名酒を飲み、ブランドの服を着て、ひどい発音の片言の英語を話す。コピー版の貴族が時運に乗じて登場し、誰もが貴族という状態になると、貴族の名を冠したさまざまな事物が中国社会に次々と出現した。貴族学校、貴族幼稚園、貴族商店、貴族レストラン、貴族住宅、貴族娯楽、貴族雑誌……。

実在するコピー版貴族の生活について、こんな話がある。裕福になった一人の草の根が豪華な別荘を建てた。泳ぐことができないにもかかわらず、プールを作った。金持ちの別荘にはプールが欠かせないと考えたからだ。しかし、使わないのは惜しいので、プールで食用の魚を飼った。さらに、おかしなことがある。五つ星ホテルの最高級の部屋はみなプレジデントルームと呼ばれていることを思い出し、自分の寝室のドアに「プレジデントルーム」というプレートを貼ったのだ。この田舎の成金は、こうして得意満面でコピー版貴族の生活を楽しんだ。

最後に、私の「山寨（シャンチャイ）」の話をしよう。

私の最初の職業は歯医者で、一九七八年三月にこの仕事に就いた。かつての中国で、歯医者は床屋や靴の修理屋と同じく、客を求めて各地を渡り歩く職業だった。繁華街の一角で傘を開き、机の上にペンチや金槌などの器具を抜いた歯と一緒に並べ、客の到来を待つ。こうした歯医者は一人で商売をする。助手は必要ない。靴の修理屋のように天秤棒で荷を担いで、どこへでも行く。

私は彼らの後継者だった。職場は国立病院だが、先輩たちはみな傘を開いて商売をしていた人たちで、医学学校の卒業生は一人もいない。その病院は歯を抜くのが専門で、二十人ほどの医者がいた。患者の多くは田舎から出てきた農民だった。彼らはそこを「病院」と呼ばず、「歯の店」と称していた。実際、彼らの言い方は正しい。小さな町の病院は確かに店のようで、私は見習いとして入り、歯を抜いたり、治療したり、入れ歯を作ったりする技術を学んだ。年上の医者を師匠と呼び、正式な病院の教授とか主任とかいう呼称は使わなかった。現在の歯医者はインテリの職業だが、当時の私は自分を店員のように思っていた。

私の師匠の沈(シエン)先生は、上海で定年を迎えたベテランの歯医者だった。我々の町の病院に移って小遣い稼ぎをしていたのだ。これを当時の言い方では、「余熱を発する」という。沈先生は六十過ぎ、背が低くて太っている。金縁のメガネをかけ、髪は薄いが手入れが行き届いていた。

初めて出会ったとき、沈先生は患者の歯を抜いていた。年のせいか、腕に力を入れたとき、顔に苦痛の表情が浮かんだ。まるで自分の歯を抜いているようだった。その日、私を連れて行った院長は、沈先生に言った。新人が入ったから、歯の抜き方を教えてやってくれ。沈先生は冷静な顔でうなずき、私を傍らに立たせた。ヨードチンキを綿に含ませて患者の上あごや下あごに塗り、麻酔薬を注射する要領を見せたのだ。注射が終わると、沈先生は椅子にすわってタバコを吸った。そしてタバコを吸い終えたあと、さりげなく患者に尋ねた。

「舌が膨らんだかい？」

患者が膨らんだと答えれば、麻酔が効いた証拠だ。沈先生はゆっくりと身を起こし、手を伸ばしてトレーからペンチをつかみ、歯を抜きにかかった。私に二人の患者の歯を抜くところを見せたあと、沈先生は椅子に身を沈めて言った。

「次の患者は、きみがやりなさい」

私は肝をつぶした。まだ、歯を抜く工程の全体を理解していないのに、実戦に挑むなんで。さいわい、ヨードチンキを塗り麻酔薬を注射するところまでは覚えていた。私は不器用に患者の口を開かせ、不器用に二つの作業を終えた。患者はまるでワニを見るような恐怖のまなざしを私に向けている。私は緊張で両手が震えた。

麻酔が効くのを待つ間、私は手持ちぶさたで、何をすればいいのかわからなかった。このとき、沈（シエン）先生が私にタバコを差し出し、にこやかな顔で話しかけてくれた。彼は私に、両親はどんな仕事をしているのか、兄弟は何人いるのかと尋ねた。タバコを吸い終わるころには、雑談も尽きた。ありがたいことに、私は沈先生の言葉を覚えていた。彼の口調をまねて、私は患者に尋ねた。舌が膨らんだかい？　患者が膨らんだと答えると、私はぞっとして、大変なことになったと思った。しかし、どうしてもこの悪い歯を抜かなければならない。しかも、自信たっぷりの様子を見せ、患者に疑念を抱かせないようにする必要があった。

初めて歯を抜いたときのことは一生忘れられない。私は患者に大きく口を開かせ、抜こうとする歯に狙いを定めた。しかし振り返ってトレーのペンチを見ると、大きさや形がみな違っている。私は呆然とした。どれを使えばいいのだろう？　しばらく戸惑ったあと、私はすごすごと引き返し、小声で沈先生に尋ねた。どのペンチを使えばいいですか？　沈先生は立ち上がって患者に近づき、大きく開いた口の中をのぞき込むと、私に尋ねた。どの歯だ？　そのころ、私は歯の名前を知らなかったので、指で指し示した。沈先生は歯を見てからトレーのペンチを指し示すと、椅子に戻って新聞を読み始めた。

当時、私は自分が孤軍奮闘しているという意識が強かった。患者の大きく開いた目をまともに見ることもできない。患者より私のほうがビクビクしているのだから。私はペンチを患者の口の中に突っ込み、狙いを定めた歯をつかんだ。さいわい、私が初めて出会った歯はすでにグラグラしていて、ペンチを握って数回揺らすと簡単に抜けた。

本当の難しさは三人目の患者のときに思い知った。私は歯の根っこを残してしまったのだ。悠然と椅子にすわっていた沈(シエン)先生は仕方なく、新聞を置いて立ち上がり、自ら患者の下あごに残った歯の根っこの処理に当たった。根っこを抜く作業はとても厄介で、沈先生は大汗をかいた。その後、私が歯の根っこを処理できるようになると、ようやく沈先生の悠々自適の生活が始まった。

当時、我々の診療室には患者用の椅子が二つあった。通常、一度に二人の患者を呼び入れてすわらせたあと、独占企業がトラストを形成するように、一律にヨードチンキを塗り、麻酔の注射を打つ。そのあと、私はタバコを一本吸い、患者に尋ねるのだった。

「舌が膨らんだかい?」

通常、二人の患者は同時に、膨らんだと答える。そこで、私はまたトラストを実行して次々に歯を抜き、同時に次の二人を呼び入れた。

私と沈先生の協力関係は完璧だった。私は患者を呼び入れ、責任を持って歯の処置を行う。沈先生は椅子にすわり、責任を持ってカルテと処方箋を書いた。面倒な患者にぶつかったときだけ、沈先生が自ら出馬した。私の歯を抜く技術が向上するにつれて、沈先生の出馬の機会は少なくなった。

数年後、私は作家に転身した。西洋の記者はいつも、私の歯医者という経歴に好奇心を示す。彼らにとって、高卒の私が何も医学の教育を受けずに患者の歯を抜くようになったことは驚きなのだ。私はしばらく考えてから、彼らに言った。

「私はかつて、裸足(はだし)の医者だったのです」

「裸足の医者」は毛沢東時代の発明で、農民の中から選ばれた少し教養のある人が、簡単な医学の指導を受けたあと、薬箱を背負って医療活動を行ったものを指す。なぜ、「裸足の医者」と言うのか？　それは、これら農民の医者の医療行為があくまでも副業で、本業は裸足で田んぼに入り、農作業をすることだったからだ。身近にいる農民の傷病に対して、彼らはすぐに簡単な手当てができる。少し重い傷病であれば、裸足の医者は患者をすぐ病院に搬送した。

「裸足の医者」という答えが正確でないことはわかっている。医学知識は「裸足の医者」と大差ないが、曲がりなりにも私は専門の歯医者だった。問題は長い間、自分の最初の職業にふさわしい言葉が見つからなかったことだ。最近になって、「山寨(シャンチャイ)」という言葉が中国で流行し始めたあと、ついに私は西洋の記者に正確な返答ができた。

「私はかつて、山寨版の歯医者だったのです」

忽悠（フーヨウ）

「忽悠（フーヨウ）」とは何か？　本来の意味は、絶えず揺れ動くこと、たとえば漁船が波の上で、木の葉が風の中で揺れるのを指す。その後、中国の東北地方で流行する俗語となった。俗語としての「忽悠」は、同じ発音の「胡誘（フーヨウ）」から来ている。勝手に誘導するという意味だ。流行病のウイルスが突然変異を起こすように、忽悠という言葉も、目がくらむほど多様な意味を派生させた。大言壮語すること、大衆の歓心を買うことも忽悠と言う。巧みに罠を張ること、人をペテンにかけることも忽悠と言う。前者はホラを吹く、けしかける、そそのかすの意味を含み、後者はデタラメを言う、デマを飛ばす、だますの意味を持つ。さらには、からかう、バカにするの意味、でっち上げる、機に乗じるの意味もある。

今日の中国で、「忽悠」はすでに中国語の成り上がり者で、民間での地位は「山寨（シャンチャイ）」といい勝負だ。この二つの言葉の出世は目覚ましい。しかし、両者の経歴には違いがある。「山寨」現象は、集団主義の方式によって、雨後のタケノコのように広まった。一方、「忽悠（フーヨウ）」の流行は個人の英雄主義から始まっている。その英雄とは、中国で最も影響力のあるお笑いスター、東北出身の趙本山（チャオ・ベンシャン）である。趙本山は有名なコント『売拐（マイクワイ）』（松葉杖の押し売り）の中で、忽悠という言葉を誘導という意味で大々的に使用した。彼はこう述べている。「おれは、まっすぐのものを誘導して斜めにする。しょげているやつを誘導しておどけさせる。目立つやつを誘導して黙らせる。仲のいい若夫婦を誘導して別れさせる。今日は松葉杖の販売だ。丈夫な足を誘導して不自由にしてやろう！」つまり、『売拐』の物語は、忽悠の連続なのだ。心理的な罠を次々に仕掛けることによって、相手をだまし、けしかけ、そそのかし、徹底的にデタラメを言って、健常者を本当に足が不自由な気にさせ、高価で質の悪い松葉杖を買わせてしまう。

この抱腹絶倒のコントが数年前、ＣＣＴＶの最高視聴率番組「春節聯歓晩会（チユンチエリエンホアンワンホイ）」で放送されて以来、忽悠という言葉は全中国に広まった。投じられた一石が波紋を呼ぶように、以前から中国社会に存在した、ホラを吹く、けしかける、そそのかす、デタラメを言う、デマを飛ばす、からかう、バカにするなどの現象が、忽悠という言葉の海の中で勢いを取り戻した。同時に、社会における不真面目、悪ふざけ、冗談の気風も、忽悠とともに横行するようになった。本来は悪い意味の言葉が、忽悠の門下に入ることで、中立的な地位を獲得した。

趙本山のおかげで、中国の老若男女は口を開けばすぐに忽悠を始めるようになった。忽悠はもはや唾液のようなもので、誰の口の中にも存在し、誰の口からも噴射される。

政治、歴史、経済、社会、文化、記憶、感情、欲望など、すべてが忽悠（フーヨウ）によって活性化した。忽悠はあらゆる言葉に通じる万能の鍵で、関連する語句の扉を次々に開けることができる。

当然、「忽悠」はいつも消極的な意味合いで使われるわけではない。積極性を発揮するときもある。過去を振り返るとき、「忽悠」という言葉によって以前の否定的ニュアンスを修正することが可能だ。私の母がよい例である。

一九五〇年代の後期、毛沢東は住血吸虫病を根絶するため、各都市の医者や看護師を組織して医療隊を編成した。当時は防疫大隊と呼ばれ、医者や薬が欠乏している貧しい農村に赴き、無料で農民たちの住血吸虫病を治療したのだ。

私の父は当時、風光明媚な杭州に住み、浙江省の防疫センターで働いていた。父は生涯を通じて、六年しか教育を受けていない。三年は私塾で、三年は正規の大学教育だった。その中間の教育課程は、共産党の部隊で衛生兵となったときに独学で学んでいる。戦闘中に辞書を一冊入手し、従軍しながら単語を覚えたという。父の所属部隊は中国南方の福建省まで行き、その後また杭州に戻った。父は復員して病院勤務に変わり、看護士となる。その病院で知り合った看護婦が私の母だった。母は父に数学、物理、化学を教え、父は努力を重ねて浙江医科大学に合格、三年間の専門教育を受けた。卒業後、省の防疫センターで働く気はなかった。父の最大の望みは外科医になることだ。しかし、自分で仕事を選ぶ権利はない。防疫センターへ行けと言われれば、それに従うしかなかった。

こういう状況のもとで、父は防疫大隊に加わり、外科医への第一歩を踏み出した。強い願望があったので、杭州を離れるのも惜しくはない。防疫大隊の隊長として嘉興(チアシン)地区へ行ってからは、防疫大隊を抜けて嘉興病院に入りたいと思った。ところが、嘉興地区の指導部は、父に衛生学校の教務長をやらせようと考えていた。父はこれを拒否し、より小さな町・海塩(ハイイエン)県に移った。海塩では県立病院を開設したばかりで、外科医がいなかった。父はついに、宿願をかなえたのである。

父は海塩の病院で才能を発揮し、多くの住血吸虫病の患者に脾臓切除手術を施した。これは大手術で、大都市の大病院では腹部外科の主任が執刀する。みんな大汗をかき、手術は毎回七、八時間に及んだ。私の父は海塩の病院で連日、四、五人の患者の脾臓を切除した。そのうちに慣れてコツをつかみ、一回の手術時間は三、四時間になった。

当時、母は私と兄と一緒に、引き続き杭州に住んでいた。母は環境の整った浙江病院で働き、杭州を愛し、美しい西湖が好きで、杭州を離れたくなかったのだ。

父は毎日、脾臓をいくつか切除したあと、手術室の外の事務室にすわり、処方箋の紙を使って母あての手紙を書いた。手紙の中で、父は海塩を天国のように美しく描写した。私はそれらの手紙を読んだことはないが、海塩を離れ北京で暮らすようになって父から手紙をもらい、父に文才があることを知った。おそらく、この文才によって、父は杭州を描くのと同じ筆致で、当時の取るに足りない小さな町・海塩を描写したのだろう。父が何度も美辞麗句を並べたため、母はそれを真に受けて、海塩（ハイイエン）がミニチュア版の杭州だと信じてしまった。母は杭州の生活を捨て、兄と私を連れて海塩に移る決心をした。これは母にとって、勇敢な選択だった。中国社会には厳格な戸籍制度があり、かつては一生同じ場所で働き、生活するしかなかった。その場所を離れられるのは、死んだあとだけだ。まるで打ちつけられた釘のようなもので、錆びてボロボロになるまで移動することは許されない。母は杭州の戸籍を放棄し、私と兄の杭州の戸籍も放棄した。これは当時、永久に杭州と縁を切ることを意味する。母は二人の息子を連れて、海塩行きの長距離バスに乗った。二度と引き返すことのできない道を歩き出したのである。

そのとき、私は三歳だった。母は私と兄の手を引き、海塩の長距離バスターミナルを出たとき、言い表しようのないショックを受けただろう。母が目にした本当の海塩は、父が手紙の中で描写した海塩とは似ても似つかなかった。のちに母はよく次のひと言で、初めて海塩に着いたときの感想を表現した。

「自転車一台、走っていなかったわ」

母はときどき私たちに、杭州で暮らしていたころの生活の一コマを語った。懐旧の情を帯びた口調で、当時住んでいた家と周囲の景色について述べると、顔に幸せそうな表情が浮かんだ。そのとき、私は際限のない空想に浸った。杭州での短くも美しい生活はもう記憶に残っていなかったが、母の話によってイメージが再現され、それが私の幼年時代と少年時代の最も美しい想像となった。

母は思い出を語るたび、我慢できずに父を指さして言った。

「あなたが私たちをだまして、海塩（ハイイエン）に呼び寄せたのよ」

いま、母は昔話をするとき、もう「だまされた」という言い方をしなくなった。もっと正確な言葉を見つけたのだ。母はこう言う。

「あなたが私たちを忽悠（フーヨウ）して、海塩に呼び寄せたのよ」

「忽悠」という言葉はこのように、急速に中国人の心に浸透した。「山寨（シャンチャイ）」が模倣や海賊版に新しい意味を持たせたように、「忽悠」はペテンやデマに合理的な隠れ蓑（みの）を与えた。

二〇〇八年、北京オリンピック開幕の十日前に、ある地方新聞が驚くべきニュースを伝えた。記事は冒頭でこう述べている。「北京の八月は世界一暑い。世界一流のスポーツ選手が北京に集まるだけでなく、世界じゅうの富豪が北京オリンピックを見ることをトレンドと考え、早々にチケットを予約した。その中にはアメリカの大富豪、世界長者番付第一位のビル・ゲイツもいる。だが、このすでに数百億ドルの家産を慈善事業に投じたパソコンソフトの巨人は今回、北京のホテルには泊まらない。彼は水立方（シュイリーファン）から百八十メートルの空中四合院（高層マンションの屋上部分にある伝統建築を模した住居）を選んだ。四合院の窓を開けて外を眺めると、青く光る水立方と勇壮な鳥の巣が余すところなく目に入る……」

世界長者番付第一位のビル・ゲイツがオリンピックを見るために、一億元を支払って

「空中四合院」を借りたというのだ。記事はさらに忽悠（フーヨウ）して、こう述べる。「四合院はメゾネットタイプで、面積はおよそ七百平米あまり。しかし、ビル・ゲイツほどの大金持ちでも買い取ることはできない。その四合院は賃貸専用で、ビル・ゲイツも一年間借りただけ。それでも費用は一億元に達した。『私どもは短期の賃貸はお受けしておりません。少なくとも一年単位で、費用は一億元となります』セールス担当の女性、易（イー）さんは記者にそう語った」

記事はこの新築物件のセールス担当者へのインタビューという形式を取っている。担当の女性はうれしそうにビル・ゲイツの気前のよさを紹介したあと、さらに長々とこの物件がいかに立派で高級であるかを語った。記事によれば、「建物全体が首をもたげて飛翔する『白い巨龍』を象徴している。堂々として気品があり、まさに龍そのものだ」という。記事にはさらに、神秘的な描写が付け加えられた。一説によると、「高官の指示」により、この建物は「本来ありきたりな物件だったものを象徴的意義のある最高級の物件に格上げした」らしい。

記事はなおも忽悠を続ける。「情報によれば、現在すでに多くの富豪が申し込みをしているそうだ。『ビル・ゲイツさんはすでに支払いを済ませていらっしゃいます。お名前は申し上げられませんが、その他の方々の入居も始まりました』慎み深い易さんが漏らしたところでは、四合院の予約はまだ全部埋まっていない。『四合院には空きがございます。賃貸をご希望でしたら、いまからでも遅くありません』記者が、ビル・ゲイツの隣の四合院を借りられないかと尋ねると、易さんは次のように答えた。『可能性はあります。でも、賃貸をご希望でしたら、まずは勤務先の会社概要をＦＡＸしてください。関係部署の審査のあと、四合院の見学が許されます。ビル・ゲイツさんの隣の四合院に入れるかどうかは、その手続きを踏んでからのご相談です』」

　このニュースはすぐに、中国の主流のメディアと非主流のメディアに転載された。少なくとも一億人が、この北京の新築マンションのことを知ったに違いない。その後、ニュースはアメリカに伝わり、ビル＆メリンダ・ゲイツ財団が正式に中国のメディアに手紙を送り、このニュースは事実無根だと声明した。数日後、マイクロソフト中国の張亜勤総裁が記者会見でほのめかしたところによると、このニュースは不動産業者がオリンピックとビル・ゲイツを利用して企てた売名行為だった。

　いくつかのメディアの追及を受けた不動産業者は、このニュースは自分たちが流したものではなく、メディアが勝手に作り出したものだと主張した。一方、最初にこのニュースを掲載した新聞社は、セールス担当への取材に基づくニュースだと言い張った。不動産業者と地方新聞が責任をなすりつけ合っていたとき、このデマがどこから出たのかを気にする人はもういなかった。メディアはなお、この全国に広まった「忽悠」事件を報道し続けたが、関心の的は計算に移っていた。ビル・ゲイツが一億元を支払って、この屋上の四合院を借りたとすれば、一平米当たりの賃貸料は十五万元ということになる。これは荒唐無稽な数字だ。この家を買い取るとしても、一平米当たり五万元が相場だろう。計算の結果が出ると、各メディアは感嘆しきりで、この一件を「二〇〇八年の最高級忽悠（フーヨウ）」に推挙した。

今日の中国のメディアには同様の偽ニュースが氾濫している。偽ニュースの法律的責任を追及する人がほとんどいないからだ。このような偽ニュースを発信するのは詐欺行為に当たる。しかし中国では、誰もが単なる忽悠にすぎないと考えている。忽悠はこの場合、詐欺という意味、売名という意味を含む。さらには多少の娯楽的要素もあるから、結局のところ、真面目に応対する必要はない。

私はこの事件で、忽悠が梃子（てこ）の作用を果たしたことに気づいた。北京オリンピックとビル・ゲイツを梃子にして、誰も知らない不動産が忽悠の結果、一夜のうちに全国的に有名な物件となった。

梃子は経済学者にとって、単なる貨幣政策、収益と損失のリスクのコントロールにすぎない。梃子は資本主義の市場において、少ない投資で大金を稼ぐ交易のことだ。中国人の言い方をするなら、「四両で千斤をはねのける」（太極拳の用語、「小さな力で大きな力に打ち勝つ」の意）である。古代ギリシアのアルキメデスはこう言った。「私に支点を与えよ。さすれば地球を動かして見せよう！」

したたかな中国人は、梃子を日常生活の忽悠に利用した。忽悠は今日の中国の至るところに存在するから、このような梃子の作用も当然、存在しない場所はない。

たとえば、中国の出版業界や作家は、しばしばアメリカのハリウッドを梃子にして読者を忽悠(フーヨウ)する。数年前に出版されたばかりの中国語の小説は、まだ英語版の本も出ていないのに、中国のメディアが忽悠を展開した。アメリカのハリウッドが三億ドルを投資して、この小説を映画化することが決まったというのだ。ハリウッド映画が三億ドルもの投資をすることがあるだろうか？　私が不審に思っている間に、忽悠の梃子は、八億ドルまで値を吊り上げた。数年前、二冊の小説が確かに忽悠の梃子の作用によって、ベストセラーになった。この二冊はいずれも、ハリウッドが八億ドルを投資して映画化するという触れ込みだった。三億ドルが投資されると称した他の三冊は、それほど売れなかった。忽悠の梃子の効果が薄かったのだろう。「四両で千斤をはねのける」まで行かず、せいぜい「四両で四百斤をはねのける」だったと思われる。忽悠であるからには、大げさなほうがいいのだ。中国には、「ホラを吹くのに税金はかからない」という諺がある。税金を納める必要がないのに、なぜ最大限のホラを吹かないのか？

一九五八年の大躍進の時代に流行した言葉が、忽悠の本質を表現している。それは、こんな言葉だった。

「人が大胆になれば、それだけ生産量も上がる」

忽悠の梃子とは何か？　それは中国の俗諺で説明できると思う。

「大胆なやつは腹が膨れて死に、臆病なやつは飢え死にする」

もう一つ、CCTVを梃子に、自分を忽悠して富豪になった男の話をしよう。それは民間企業家の出世物語である。二十年ほど前のことだろう。当時の中国はまだインターネット時代ではなかったが、広告はすでに氾濫していた。テレビや新聞の広告は花盛りで、いろいろな方面、階層に及び、多機能と多極化の傾向が見られた。輸入の広告もあれば国産の広告もあった。上品なもの、低俗なもの、暴力的なもの、セクシーなものなど、何でもありだった。都会の夜のネオン灯や高速道路の両脇の看板には、正規の企業広告が見られた。同時に、非合法の地下企業は小さな紙片の広告を電柱や歩道橋の階段に貼った。広告が天地を覆っている感じで、その景観は文革時代の壁新聞も遠く及ばない。

当時、コマーシャル料金がいちばん高い時間帯は、CCTVの毎晩七時の『新聞聯播（シンウエンリエンボー）』の前の五秒間だった。CCTVは競売方式で、この五秒間を売り出したが、初めての試みだから手探り状態で、競売に参加した企業に対して何の調査もしなかった。たとえ乞食でも背広を着て来れば、入場して億万長者のような笑顔を浮かべ、手を上げて値をつけることができた。ある企業が最高価格で入札すれば、すぐに全国の大小のメディアから「入札の王者」として扱われる。「入札の王者」という宣伝効果は、『新聞聯播』の前の五秒間をはるかに上回った。

ここで述べる民間企業家は数十万元ほどしか資産がなかった。こぢんまりと商売を続けても、疲れて死ぬだけだ。せいぜい、百万長者にしかなれない。彼はふと閃いて、CCTVの五秒間の「入札の王者」が千載一週のチャンスだと思った。ほかの草の根の企業家と同様の大胆さを発揮し、ある製品を頭に思い浮かべただけで、単身北京へ乗り込んだ。

彼は低姿勢でCCTVの競売会場に入り、億万の資産を持つ民間企業家と横柄な国有企業家の間に身を置き、謙虚に最後列にすわった。競売が始まると、彼はうなだれて目を細め、居眠りしているかのようだった。入札に加わっている企業がまだいるのを耳で確かめながら、彼は右手を上げ続け、より高い値段をつけた。金額がどんどん上昇し、ほかの企業はしだいに撤退したが、彼は平然と右手を上げることをやめなかった。そして最後に、八千万元という高値でCCTVの「入札の王者」の権利を手に入れた。

この資産が数十万元しかない小金持ちは、八千万元の「入札の王者」の権利を携えて、故郷の小都市に戻った。彼は慌てず騒がず、市の党委員会書記と市長のもとを訪ね、謙虚な微笑を浮かべてこう述べた。

「私はCCTVの『入札の王者』の称号を八千万元で持ち帰りました。しかし、資産は数十万元しかありません。どうしましょう？　ご支援いただけるなら、この町から全国的に有名な企業家が生まれます。ご支援いただけないなら、この町から全国最大のペテン師が生まれます」

彼は帰りぎわに、ひと言付け加えた。「すべては、あなた方しだいですよ」

当時、中国の地方官僚はひたすらGDPの成長を追求していた。自分の管轄する地区から全国的に有名な企業家が出れば、昇進のための功績となる。全国最大のペテン師が出れば、将来に直接的な影響が及ぶ。そこで、市党委員会書記と市長は緊急会議を召集し、真剣な討論を重ねた結果、地元の商業銀行を通じて「入札の王者」の権利を得た資産家に二億元を貸与することを決定した。これは中国独特の資金貸与である。当時、中国の商業銀行の地方支店は、しばしば地方政府の言いなりだった。

こうして、小資産家は忽悠(フーヨウ)の梃子を二回利用した。まずはCCTVの広告の「入札の王者」という梃子、そして中国政府の官僚の虚栄心という梃子である。「四両で千斤をはねのける」の方式で、二億元を手に入れたのだ。その後、彼は忽悠を続け、全国的に有名な企業家となった。

「忽悠」の話の種は尽きない。引き続き、大衆がいかに政府を忽悠したかという話を二つ、それから政府がいかに大衆を忽悠したかという話を二つ紹介しよう。

「忽悠」が梃子の作用を果たすことはすでに述べた。中国社会の一般大衆は、高級官僚になろうという野心もないし、一夜にして大金持ちになることを夢見てもいない。彼らは足るを知り、幸せに暮らしている。だから、彼らが政府を忽悠するとき、梃子の作用はまさに「四両で千斤をはねのける」で、小さな成功を収めさえすれば心から喜ぶ。しかも、彼らは忽悠の梃子を自前で探す。輝かしい地位についている親戚や友人はいないし、社会に広く顔がきくこともないからだ。彼らの生活には家庭と婚姻しかないので、しばしば自分の家庭と婚姻を忽悠の梃子とする。以下に述べる大衆が政府を忽悠した二つの話は、いずれも自分の婚姻を忽悠の梃子に利用している。

およそ三年前、ある都市の教育局が地元の教員の質を向上させ、大学入試を受ける高卒生に競争力をつけるため、一つの措置を講じた。全市の高校教師に資質試験を義務付けたのだ。合格者は引き続き教育に従事できるが、不合格者は淘汰(とうた)されてしまう。これと同時に、教育局は人道的立場から、一部の教師が配偶者と死別もしくは離婚して、一人で子供を育てている状況に配慮した。教育の仕事と子育てに忙しく、生活が苦しいことを認め、「配偶者と死別もしくは離婚し子供を育てている教員は試験を免除する」という例外規定を設けたのだ。

私の息子が中学に入ってから、私は中国の教育体制における試験の残酷さを知った。私の息子はほとんど毎日、試験に追われている。朝の朗読練習、集中講座、小テスト、月例テスト、さらに中間テスト、期末テストなど。中国の中学高校では、テストの種類がとても多い。進学校に入った生徒は、即座に試験問題を解く機械として養成される。ところが、毎日生徒に受験のノウハウを教えていた教員たちは、突然自分たちも試験を受けることになったのだ。誰もがうろたえ、試験場に入る前から、両足の力が抜けていた。

その後、この規模の小さい都市の教師たちは、大規模な忽悠(フーヨウ)の行動に出た。「配偶者と死別もしくは離婚し子供を育てている教員は試験を免除する」という規定のおかげで、教師たちは自分の結婚を梃子にして、教育局の教員資質試験を忽悠することができた。彼らは次々に離婚手続きを済ませ、偽の離婚で教員資質試験を免れた。そして試験が終わると、婚姻復活の手続きを取ったのである。地元の市民は、教師たちがドラマチックな離婚と再婚によって政府を忽悠(フーヨウ)するのを見て、心からの讃辞を送り、口々に言った。

「これこそ、大衆の知恵だな」

街角でも学校でも、教師たちは顔を合わせるとまず相手に、離婚したかと尋ねた。そこで、この町ではそれが流行の挨拶言葉となった。

「離婚したかい?」

最終的に教員資質試験を受けた者は、三割にも満たなかった。しかも、大部分は未婚の教師、あるいは既婚でも子供のいない教師だった。もちろん、試験に合格する自信のあった教師も少しはいる。試験が終わったあと、大規模な婚姻復活の行動が始まった。教師たちが顔を合わせたときの挨拶も変化した。

「再婚したかい?」

もう一つの大衆が婚姻を梃子に政府を忽悠した話は、農村で起こった。それは中国の都市化が進む中で、よく見かける事例である。

中国には長期にわたって厳格な戸籍制度があった。都市戸籍と農村戸籍である。一九八〇年代から中国の都市は急速に拡張し、都市周辺の広大な農地が政府に徴用された。農民の戸籍も、農業から非農業となる。中国ではこれを「農転非(ノンチユワンフエイ)」と呼んだ。農民たちは土地を失うと同時に、代々住んできた家も失った。農民の元の家を取り壊した代償として、政府は農民たちを都市の新築マンションに住まわせた。

都市に移る農民にどれだけの居住面積を保障するか、これには大変複雑な計算が必要だった。農民がもともと住んでいた家の面積や、家族の人数が関係する。最も重要なのは婚姻の問題だ。そこで、結婚と離婚、再婚と再離婚が多くの農民が政府を忽悠（フーヨウ）する梃子となった。

数年前、中国西南地方の農民たちは土地を徴用されたのち、「農転非（ノンチユワンフエイ）」による移住に当たって、より多くの利益とより多くの賠償を得るために、九十五パーセントの家庭が故意に偽の離婚をして、別の相手と偽の再婚をした。短期間のうちに大規模な偽の離婚と偽の再婚が続いたので、窓口はてんてこ舞いだった。担当者が数か月の間に受理した離婚と結婚の書類は、数年分を合わせたよりも多かった。

この大衆運動のような婚姻の「忽悠」では、奇想天外なことが次々に起こった。歩くこともままならない老婦人が突然「忽悠」の愛情運に恵まれ、数か月の間に三人の別々の若い男に背負われて窓口を訪れ、結婚証明書を三回受け取った。老婦人自身も、どういうことなのか完全にわかっていない。それでも三回の結婚を経験した。しかも、三人の若い夫はみな美男子だった。

ある男は偽の離婚のあと、前妻と復縁することを望まなかった。理由をつけて言い逃れをして、婚姻復活の手続きに行こうとしない。引き延ばし戦術を取ったが、前妻の意志は固く、復縁を迫られた。そこで、彼は仕方なく本心を吐露した。

「おれはもともと離婚したかったんだ。今回、うまいチャンスをつかんで、おまえを誘導して離婚できたというわけさ」

ある老人も「忽悠（フーヨウ）」で恋愛運に恵まれ、若い女性と偽の結婚をした。その後、どうしても離婚に同意しなかった。若い花嫁が泣いて頼んでも、経済的な補償を約束しても、老人は受け入れない。親戚や友人が次々に説得にやってきて、老人に言った。

「もともと偽の結婚だったのに、どうして真に受けてしまったんだ？」

老人は誠意を込めて答えた。「ひと目惚れしたんだよ！」

大衆が政府を忽悠すれば、政府も大衆を忽悠する。これまでの三十数年で、中国は計画経済から市場経済への脱皮を果たした。その顕著な例が一部の地方政府による競売行為である。道路、橋、広場、住宅地、高層ビルの命名権を競売にかけるのだ。最高額を提示した企業は名前を付けることができる。二〇〇六年、ある都市は市街区の名前を競売にかけることを決定し、市政府が正式に公示を出したが、思いがけず大衆の非難を浴びた。人々は言った。「地名が売買されたら、道も覚えられなくなる」さらに、皮肉を言う人もいた。「うちは『婦炎潔（フーイエンチエ）』街になるかもしれない。友だちに手紙を出すときには、『脳白金（ナオバイチン）』路とでも書くんだろうか？」「婦炎潔」は消毒薬で、女性器の洗浄に使われる。「脳白金」は保健薬で、不眠症に効くという。最も荒唐無稽な大衆の提案は、いっそのこと都市の名前を売りに出そうというものだ。いちばんいいのはアメリカのコカ・コーラ社に売ることで、以後その都市は「コカ・コーラ市」となる。政府の役人は、こう説明する。「地名の有償使用は政府の構想と提案という段階で、いまのところ実施には至っていません。市民のみなさんが抱いている不安は、まったく不要なものです。たとえ将来、正式に実施する場合でも、関連法規を遵守し、安易に企業に命名権を譲るようなことはしません」

この地名の競売という事件は社会世論の抵抗を受けて、結局実現しなかった。だが、この件を地方官僚はいかにももっともらしく語る。いまや市場経済の時代だと称し、市場原理に応じて手を打ち、市場化を推進するべきだと言う。ここ数年、「市場化の推進」は地方政府の官僚の口癖となっている。ときには、地方政府が大衆を忽悠(フーヨウ)するための梃子にもなる。

以下に述べる二つの常軌を逸したエピソードは、いずれも地方政府が「市場化の推進」を梃子に大衆を忽悠したものだ。

一つ目の事件は西南部のある都市で起こった。都市管理局は露天商をより的確に管理し、政府の収入を増やそうと考えたらしい。彼らは告示を発表して、露天商に歩道での営業権を売り出した。歩道は通行人が往来するためのものだ。露天商に売れば、商品が歩道を占拠してしまう。歩行者は車道を歩けと言うのか？　猛スピードで飛ばす車の間を猛スピードで駆け抜けろと言うのか？　この報道を読んで、私は目を丸くした。ある政府の役人にこのことを話したが、取り合ってもらえなかった。彼は私の疑問を過剰反応だと見なし、何もおかしなことはないと言うのだ。

「地方政府の都市管理局は、みんな歩道を売りに出しているよ」

二つ目の事件は華中のある都市で起こった。市政府の関係部署が、縁起のいい地番を購入できるようにした。中国人は数字の「6」と「8」を重んじる。「6」はすべてが順調であること、「8」は商売繁盛と幸福を象徴すると信じているのだ。そこで、人々は「6」「66」「666」「6666」や「8」「88」「888」「8888」などの地番を買い取った。この結果、一部の市街区の地番は混乱をきたした。数字が正しい順序で並ばない。番地がデタラメな街路を想像してほしい。左側は奇数番号、右側は偶数番号として、左側の3番と7番の間が5番ではなく、8888という大きな番号になっている。同様に、右側の792番と796番の間がやはり794番ではなく、6という小さな番号なのだ。こんな街路を歩くことになったら、どうしていいかわからないだろう。

歩道の競売と縁起のいい番地の販売は議論を呼び、二つの都市の大衆から非難を浴びた。しかし、地方の役人は臆面もなく忽悠(フーヨウ)して言った。

「これは市場化の推進です」

我々はまるで不条理文学を読んでいるかのようだ。「コカ・コーラ」という名前の都市には歩道がない。歩道は露天商に占拠されている。人々はカンフー映画のヒーローのように、猛スピードで走る車の間を機敏にすり抜けて行く。街路、橋、広場、住宅地の名前は奇々怪々だ。「黒妹(ヘイメイ)歯磨き粉街」「第六感コンドーム橋」「三鹿(サンルー)粉ミルク広場」「ABランジェリー団地」など。この都市の地名は、中国の各業種のさまざまなブランドの寄せ集めである。食品、衣料、日用品、住居、乗物、性具、育児用品……何でも揃っている。街路の番地は混乱していて、順序がデタラメだ。こんな街路に足を踏み入れたら、まるで迷宮の中にいるようで、永遠に訪問先にたどり着けない。このとき、不条理文学は神秘主義の息吹を撒き散らす。カフカやボルヘスなら、このような都市に暮らすことを好むだろう。私も今後、そんな小説を書くかもしれない。書名は「忽悠(フーヨウ)の町」だ。

「忽悠」に関する話は枚挙にいとまがない。なぜなら、忽悠はすでに我々の生活の隅々にまで浸透しているからだ。外国の元首が中国を訪問すると、人々は「中国に忽悠しにきた」と言う。中国の指導者が外国を訪問すると、人々は「外国に忽悠しに行った」と言う。商人が取引の話を始めても、学者が講演を始めても、忽悠していると言う。他人との交際も忽悠と呼ばれ、「あいつを忽悠して友だちになった」などと言う。異性との恋愛も忽悠と呼ばれ、「彼女を忽悠して口説いた」などと言う。「忽悠」の生みの親である趙本山(チャオ・ベンシャン)も忽悠される始末だ。二年前、こんなショートメールが中国の一億台の携帯電話に送られた。「近くにテレビはありますか？　至急、ＣＣＴＶを見てください。趙本山が爆死しました。警察が東北地方を封鎖しています。十九人が死亡、十一人が行方不明、一人が忽悠されました」

「忽悠」された一人というのは、ショートメールを読んでいる本人である。

私が友人と出張したときのことだ。友人は就寝前に、睡眠薬を二錠くれと言った。だが、それを飲むわけではないという。枕元に置いておけば、精神が安定するらしい。彼は笑いながら補足した。

「自分を忽悠(フーヨウ)して、眠らせるのさ」

「忽悠」は文学作品にも新しい評価を与えた。唐代の詩人・李白の有名な詩句「白髪三千丈」は、かつて中国文学史において、豊かな想像力の見本とされていた。ところが、その後は滝の形容として使われるようになり、いまの人々の評価はこうだ。

「李白はまったく忽悠がうまい」

どうやら忽悠は、いまやトレンドの源となった。近年、中国の都市部の小中学生の間では、忽悠証を買うことが流行している。大きさは運転免許証と同じくらい。街角や歩道橋の上で、露天商が大声で呼び売りしている。

「忽悠証！　一枚十元！　一枚あれば、向かうところ敵なし。誰でも忽悠できる」

忽悠証には、こう印字されている。「××同志が独特の忽悠の技術と経験、防ぎようのない高度な忽悠の手法を保持していることを証明する」発行機関の名前は「全国忽悠委員会事務局」となっている。その他の中国の証明書と同じく、それらしい円形の公印も押してあった。小中学生は購入後、顔を合わせるとポケットから忽悠証を取り出して見せる。ハリウッド映画のＦＢＩの身分証のようで、小中学生はとてもカッコいい、刺激的だと思っている。

「忽悠」という言葉の急激な流行は、「山寨(シャンチャイ)」と同様、現代中国社会の倫理道徳の欠如と価値観の混乱を示している。また、最近三十年の中国社会の偏った発展がもたらした後遺症の一つでもある。しかも、「忽悠（フーヨウ）」現象が社会生活に与える影響は「山寨（シャンチャイ）」現象より幅広い。「忽悠」がのさばっているとき、我々は不真面目な社会で暮らしている。あるいは、原則の通じない社会で暮らしていると言ってもいい。

私が心配するのは、「忽悠」がわが物顔で人々の生活方式となったとき、個人はおろか国家さえも、「忽悠」の被害者になるということだ。忽悠した人は、最終的に自分を忽悠してしまう。中国の俗諺で言えば、「石を運ぼうとして自分の足に落とす」のである。

誰にでも、こんな経験があるだろう。他人を忽悠したつもりが、逆に自分を忽悠してしまった。私自身も例外ではない。自分の「忽悠」の歴史を振り返ると、そういう経験が多いことに気づく。ここで一例を挙げよう。

記憶に残っている最初の「忽悠」の対象は父だった。父が私に仕事をさせようとして、私にその気がなかったとき、あるいは私が何か間違いを犯し、父が私を処罰しようとしたとき、私はよく仮病という梃子を使った。これを昔は「だます」と言ったが、いまは「忽悠」と言う。

両親をだます、あるいは忽悠することは子供の天性だと思う。その当時、私はもう小学生で、父とのうるわしい関係を意識し、父を身内だと感じていた。私が極悪非道の限りを尽くしたとしても、父は私を死地に追いやるようなことはしないだろう。最初の仮病は愚かな考えから始まった。いまでは、どんな理由で仮病を使ったのかも覚えていない。覚えているのは、父の懲罰を逃れようとしたことだけだ。私は発熱を装い、ふらふらと激怒している父に近づき、父を忽悠(フーヨウ)した。私の病気に関する説明を聞いたあと、父の最初の反応——無意識の反応は、手を伸ばして私の額に触れることだった。そのとき、私は致命的な過ちに気づいた。私は父が医者だという事実を忘れていた。もうダメだ。目の前の懲罰を逃れられないだけでなく、新しい懲罰が待っている。

さいわい、私の「忽悠」は関門をすり抜けた。父はわずかな変調も見逃さない手で熱がないことを確かめたが、私が「忽悠」を試みているとは思わなかった。むしろ、私が一日じゅうブラブラしていることに不満を募らせ、カンカンになって叱責した。一日じゅう家でじっとしていてはいけない。外に出て走ったらどうだ。日光を浴びるだけでもいい。それから、明確に言い渡した。どこも悪いところはないぞ。おまえの病気は、運動不足が原因だ。その後、父は私を外出させた。好きなことをして、二時間後に帰ればよかった。

父の怒りは、私の体に対する心配のために方向が変わり、私の最初の過ちと父が進めていた懲罰のことは忘れられてしまった。突然、私は無罪放免という最終判決を得た。すぐに家を出て、遠く安全なところまで行って足を止めた。汗だくになって、さっきのことを考え、私は一つの結論を出した。どんなに危険な状況でも、熱が出たふりをするのだけはやめよう。

そこで、私は仮病の場所を体の奥に変更した。その一、二年、何度も腹痛を装い、確実な成果を得た。私は子供のころ、食べ物の好き嫌いが多く、便秘がちだった。これが私の腹痛の口実として大いに役立った。何か間違いを犯し、父の表情が険しくなると、私のおなかが痛み出す。

最初は痛さを装っているという自覚があったが、その後は条件反射となり、父が腹を立てるとすぐに、私は腹痛を起こした。自分でも、痛みが本当か嘘か、区別がつかない。だが、それはもう重要ではなかった。重要なのは父の反応だ。当時の父の怒りは、いつも私の好き嫌いに方向転換した。父は警告した。いつまでも偏食を続ければ、便秘どころでは済まなくなる。体と大脳の成長に深刻な影響が出るだろう。今度も私の体に対する心配のために、父は私に下すべき懲罰のことを忘れてしまった。父の怒りは激しさを増していたが、性質が変化していたので、苦もなく耐えることができた。

私の仮病の技術も激しさを増した。その後は父の懲罰を逃れるためではなく、掃除や床磨きなどの家事をサボるために仮病を使った。ある日、私はへまをやった。腹痛を訴えると、父は私の右の下腹に手を当て、ここかと尋ねた。私はしきりにうなずいた。さらに、最初に胸が痛んだかと聞かれ、私はまたうなずいた。その後の父の質問はすべて虫垂炎の症状に即したものだったが、私はすべてにうなずいた。実際は本当に痛いのかどうか、まったくわからない。父が強く手で押せば、痛いような気がした。父に名前を呼ばれれば、返事をするのと同じことだ。

その夜、父は私を背負って家を出た。私は父の背中で、ぼんやりと考えていた。これから何が起こるのだろう？　父が私を病院の手術室に担ぎ込んだとき、私はようやく事の深刻さに気づき、途方に暮れた。父の揺るぎない態度を見ていると、自分が虫垂炎になったような気もする。しかし、父に手で押されると多少の痛みがあったとは言え、最初は確かに仮病だった。私はあれこれ考えたが、これからの事態にどう対処すればいいかわからなかった。父は私を手術台に乗せた。私は弱々しい声で言った。

「もう痛くなくなった」

父は私を手術台に押しつけ、二人の看護師がベルトで私の手足を固定した。このとき、私は必死で抵抗し、大声を上げた。

「もう痛くないよ！」

私は準備が進んでいる手術をやめてほしかった。だが、彼らは取り合ってくれない。私は叫び続けた。

「家に帰りたい！　帰してくれよ！」

私の母は手術室担当の婦長だった。母は私の顔に布をかぶせた。口の部分に穴があいている。私はこの穴から必死で声を発し、手術を拒否する決意を伝えた。手足を固定されているので、体をくねらせて反抗を示すしかない。母の声が聞こえた。母は叫んではいけないと警告した。叫び続けたら、窒息死するよ。私は驚いた。なぜ窒息死するのだろう？　私が叫ぶのをやめて、この複雑な問題を考えていたとき、粉末の苦い麻酔薬が口の中に入れられた。間もなく、私は意識を失った。

目が覚めると、私はもう家のベッドに寝ていた。兄が私の掛け布団に頭を突っ込んだあと、すぐに飛び退いて言った。

「こいつ、屁をこいたぞ。臭くてたまらねえ」

その後、ベッドの前に立っている両親が目に入った。両親は兄の声を聞いて、笑い出した。こうして、私は虫垂を切除されてしまった。まだ麻酔が醒めないうちに、私は屁を放った。これは手術の成功を意味する。私はすぐに元気を取り戻した。

数年後、私は父に尋ねた。おなかを開いたとき、私の虫垂は切る必要があったのかどうか？　父はきっぱりと答えた。

「切る必要があった」

私の虫垂は本当に炎症を起こしていたのだろうか？　父は曖昧な返事をした。

「少し腫れていたみたいだ」

私は思った。「少し腫れていたみたいだ」とは、どういう意味だろう？　父は「少し腫れている」程度だったら薬を飲む必要すらないことを認めたが、それでも手術が最善の策だったと言い張った。なぜなら当時の外科医にとって、「少し腫れている」虫垂は切除すべきだし、まったく健康な虫垂も残すべきではなかったのだから。

かつて、私は父の言うことを信じた。しかし、いまは考えが違う。あれは自業自得だった。私は父を「忽悠（フーヨウ）」しようとして、逆に自分を「忽悠」し、手術されてしまったのだ。

あとがき

一九七八年、私は最初の仕事に就き、中国南方の小さな町で歯医者となった。病院で最年少だったので、歯を抜くほかに、余分な仕事を引き受けなければならない。毎年夏になると、麦わら帽子をかぶり薬箱を背負って、町の工場や幼稚園を巡回し、労働者や子供たちに予防注射を打った。

説明が必要だろう。毛沢東時代の中国は貧しかったが、公衆衛生と防疫の体制はしっかりしていて、無料でワクチンの接種や予防注射を行った。私が従事したのは、その種の仕事だった。当時は使い捨ての注射針や注射器がなく、物資が不足していたから、注射針や注射器はくり返し使用された。消毒も簡単なものだった。使用済みの注射針や注射器は洗浄後、ガーゼに包んでアルマイトの弁当箱に入れる。これをさらに大鍋に入れ、水を張り、コンロにかけた。マントーを蒸すように、二時間煮沸するのだ。

注射針はくり返し使用されるため、先端に引っ掛かりができる。予防注射をして針を抜くとき、肉片が付いてきた。私が初めてこの仕事をした日のことだ。工場へ行くと、労働者たちが腕をまくって行列していた。彼らは次々と腕を伸ばして注射を受け、次々と注射針に血まみれの肉片をえぐり取られた。労働者は痛みをこらえることができる。歯を食いしばって耐え、せいぜいうめき声を上げる程度だ。私は彼らの苦痛を意に介さなかった。すべての注射針には、昔から引っ掛かりがある。労働者は毎年、予防注射を受けるのだから、慣れて当然だろう。しかし翌日、幼稚園に行き、三歳から六歳の子供たちに注射を打ったとき、状況は一変した。子供たちはみな大泣きしている。皮膚が弱いので、えぐり取られた肉片は労働者よりも大きく、出血も多かった。私は当時の情景をはっきり覚えている。子供たちが全員、大声を上げて泣いていた。しかも、まだ注射をしていない子供の声のほうが、注射をした子供の声よりも大きい。私は思った。子供たちが目で見た痛さは、自分が体験した痛さを上回るのだろう。痛みに対する恐怖は、痛みそのものより強烈なのだ。

私は仰天し、なすすべがなかった。その日、病院に戻ったあと、私は洗浄と消毒も忘れ、すぐに砥石を見つけ出してきて、注射針の先端を磨いた。長年にわたって使い古された注射針は、磨いてもまた二、三回で引っ掛かりができてしまう。そこで私は注射針の先端を磨くことを日課とし、注射針は見る見るうちに短くなった。その年の夏、私は毎日、日が暮れてから帰宅した。長時間、水に濡れた砥石で針を磨いたため、私の指はふやけて白くなった。

その後、このことを思い出すたびに私は胸が痛む。子供たちが大泣きしたので、私はようやく労働者の痛みに気づいた。なぜ、子供たちの泣き声を聞くまで、彼らの痛みを感じ取れなかったのだろう？　労働者や子供に注射をする前に、引っ掛かりのある針を自分の腕に刺していたなら、自分の血まみれの肉片をえぐり取っていたなら、子供たちの泣き声や労働者のうめき声より先に、痛みとは何かを知っていたはずだ。

この思いは骨身にしみた。そして、これまでの私の創作に、影のように寄り添ってきた。他人の痛みが自分の痛みとなったとき、私は人生とは何か、創作とは何かをはっきり悟ったのだ。この世に痛みほど容易に人間相互の意思疎通を可能にするものはないと思う。なぜなら、痛みを伝える経路は人間の心の奥底に通じているのだから。私はこの本で、中国の痛みを書くと同時に、自分の痛みも書いた。中国の痛みは、私個人の痛みでもあるからだ。

解説

本書は、『活きる』や『兄弟』の作者として日本でも知られている現代中国の作家・余華(ユイ・ホア)のエッセイ集である。十個のキーワードを通して、半世紀にわたる中国の歩みとさまざまな社会問題、中国人の国民性や生活意識などについて述べている。「まえがき」にあるように、国外での講演をもとにしているから、内容は外国人にもわかりやすい。最近のニュースや作者自身のエピソードを独特のユーモアを交えて語る。文化大革命、天安門事件、都市開発に伴う強制立ち退きなど、敏感な問題についても大胆な発言をしている。それゆえ本書は、いまだに中国本土での出版が実現していない。翻訳は台湾版『十個詞彙裡的中国』(麥田出版、二〇一〇年一月)に拠った。

ほかの問題はともかく、冒頭の章「人民」に出てくる天安門事件だけは、いまも中国では触れてはならないタブーとされている。あえて危険をおかす出版社がないのを余華自身知っているので、国内での刊行の道を探るつもりはないらしい。当局から余華に何らかの圧力がかかった事実はない。また、インターネット上では中国国内の人たちもこの著作を読めるという。これが本書の「発禁」の実態である。一方、この本はすでにアメリカ、フランス、イタリア、タイで出版され、今後は日本に続いて韓国、イギリス、ドイツ、スペイン、スウェーデン、ロシア、ブルガリア、ポーランド、ブラジルなどで刊行が決まっているという。そのような形での流通を作者は当初から念頭に置いていたのかもしれない。

読みごたえという意味でも、冒頭の章は出色だろう。特別なニュアンスを持つ「人民」という言葉が文化大革命中にどのように使われたか、そして空虚で「心に届くことはなかった」この単語を余華（ユイ・ホア）が実感として理解した瞬間が感動的に語られる。以下の各章でも、ある言葉の使われ方の変遷、文革時代と改革開放時代の対比、実体験もしくは伝聞したエピソードの紹介というパターンは変わらない。

余華は近年海外を訪れる機会が多く、全体として客観的に中国の現状を分析している。同時に、自身が幼年時代を過ごした文革期の記憶を深く心に刻み、あらゆる思考の原点としているようだ。だから、改革開放や経済発展を単純な進歩史観で評価するようなことはしない。表面的な激変のかげで変わらないものを正確につかまえている。

本書に出てくる記述と照らし合わせながら、余華の経歴を振り返ってみよう。

一九六〇年、杭州の生まれ。両親は浙江省立杭州医院の医師と看護婦。三歳のとき、父親が外科医として赴任した小さな町・海塩（ハイイエン）に移り住む。二つ違いの兄とともに病院内を遊び場にして、人間の死を身近に感じながら育った。また、六歳のときに文革が始まり、大人たちの「武闘」を目の当たりにする。こうした幼年時の体験が余華の精神形成に強い影響を与えたことは疑いようがない。

七八年、海塩の衛生院（診療所）に就職し歯医者となる。間もなく創作を始めて作家への道を歩み始める経緯は、「創作」の章に詳しい。『北京文学』の編集者・周雁如からの電話で人生が変わるというエピソードは八三年のことだった。八四年から海塩県文化センター、八九年からは嘉興市文聯に転属となる。八八年から九〇年にかけて、魯迅文学院と北京師範大学が共催する創作研究生班に学ぶ。これは若手作家に文学創作を教える講習会で、同期に莫言らがいた。また、この間に北京で天安門事件に遭遇することになる。

九二年には魯迅文学院で知り合った作家・陳虹と結婚し、翌年子供が生まれる。本書に登場する妻子である。これを機に嘉興市文聯の職を辞し、以降は北京に定住して創作に専念するようになった。

余華は「不可解で理不尽な人生」を一貫したテーマとして小説を書いてきたが、作品の傾向は八〇年代と九〇年代で大きく変化する。

八〇年代の創作は中短篇小説が中心だった。出世作は短篇「十八歳の旅立ち」（八七年）で、世の中の不条理を初めて知った少年の姿を象徴的に描く。その後は中篇小説の佳作を数多く発表した。被害妄想の若者の不安な心理を描いた「四月三日の事件」（八七年）、横町の人間が次々に死の世界に引きずり込まれていく「世事は煙の如し」（八八年）には幻想的な雰囲気が漂う。文革初期に姿を消した男が狂人となって町に戻り自虐行為を演じる「一九八六年」（八七年）、幼児の死を発端に兄弟とその妻たちが復讐合戦をくり広げる「現実の一種」（八八年）などはかなり血生臭い。本書の「創作」の章で語られる「血と暴力の物語」の典型と言える。そのほか、殺人犯をつかまえた警官が精神的に追い詰められて犯人を殺してしまう「河辺の過ち」（八八年）、殺人事件の謎解きが新たな殺人事件を誘発する「アクシデント」（九〇年）のようなミステリー風の小説もあった。

長篇第一作の「雨に呼ぶ声」（九一年）は、この時期を締めくくる作品だろう。少年の記憶の断片をつなぎ合わせたような構成となっている。作者自身の幼児体験、性への目覚め、父祖の時代の伝奇的な挿話が盛り込まれていた。

ここまでの余華の作品は、小説の構成と文体の実験性に特徴があった。それはこの時期に活躍した同世代の作家に共通した特色で、余華は蘇童、格非らとともに「先鋒派」と呼ばれた。リアリズムを基調とする従来の中国文学に対する挑戦で、しばしば外国文学の影響が指摘される。余華自身がよく名前を挙げるのは、川端康成、ガルシア＝マルケス、そしてカフカである。

「活きる」は当初、中篇小説として発表され（九二年）、張芸謀監督による映画化（九四年）のために書き足されて長篇小説となった。余華の知名度を飛躍的に高めた代表作である。日本では映画公開が遅れたため、原作の翻訳も二〇〇二年にようやく出版された。アメリカ、ドイツ、フランス、イタリア、オランダ、韓国でも刊行されている。一庶民の「苛酷な運命」を描くが、叙述は淡々として読みやすい。家族に寄せる温かい視線は、作者自身が家庭を持ったことと関係していよう。主人公の福貴(フークイ)は国共内戦、土地改革、大躍進、文化大革命の時代を生き抜く。映画版は視覚効果を考慮して、主人公を影絵芝居の芸人に設定していたが、小説の福貴は根っからの農民なので、中国の農村の移り変わりがよくわかる。

「血を売る男」(九五年)は、「活きる」の姉妹篇と言うべき長篇小説。製糸工場の労働者・許三観(シュイ・サンクアン)は人生の節目ごとに血を売って金を稼ぎ、結婚し子供を育てていく。次々に降りかかってくる災厄に売血で対処するしかない許三観の姿は愚かしくも愛すべきであり、運命に翻弄されながらもしたたかだ。背景にはやはり、文革を中心とする中国現代史があるが、普遍的な家族の絆を描く小説としてもすぐれている。余華の円熟の境地を示す作品だった。

その後、余華は寡作になり、散文、随筆、評論を中心に活動する時期が続いた。

そして約十年ぶりに、満を持して発表された長篇が『兄弟』(上巻二〇〇五年、下巻二〇〇六年)だった。父親を亡くした李光頭(リー・クアントウ)と母親を亡くした宋鋼(ソン・カン)が、親同士の再婚によって義理の兄弟になったあと、それぞれの人生をどう歩んだかを描く。上巻はこの兄弟の少年時代、文革中の話である。地主出身という理由で父親は身柄を拘束され、母親は病気で入院し、兄弟は飢えに苦しみながらも助け合って生き延びる。下巻は改革開放後の中国。李光頭は廃品回収業で大儲けして企業家となった。一方、実直な宋鋼は幸福な家庭を築いたかに見えたが、時流に乗れず悲惨な末路をたどる。

この小説は、その「通俗的」な描写ゆえに評論家の間で賛否が分かれたが、一般読者の圧倒的な支持を受けて、中国では上下巻合わせて百万部を超えるベストセラーとなった。日本でもすぐに翻訳が刊行され、現在は文庫化されている。

階級闘争の嵐が吹き荒れた文革時代も、拝金主義が横行する現代も、狂乱の時代に変わりはない。この二つの時代に共通して見られる人間の醜悪な生態を諧謔を交えながら描く『兄弟』のスタイルは、本書にも通底しているかもしれない。

再び本書に話を戻そう。『待ち暮らし』で全米図書賞を得た華人作家のハ・ジンは、この随筆集を次のように評している。

「時にはユーモラスに、時には悲痛に、時には荒々しく、これら十篇の感動的で有益なエッセイは、現代中国の姿を万華鏡のように映し出している。正確な翻訳によって、それらはより情報量の多い、洞察力に富む、魅力的なものとなった。小説家の視点と話術の才能を兼ね備えた本書は、読者に〝中国の奇跡〟を再考させるであろう」

いまの日本では、「中国の奇跡」が「中国の脅威」に変質し、「中国に対する嫌悪感」を生んでいる。国交正常化四十周年にして、隣人を理解することの困難さは増すばかりだ。そんな中で本書は、我々日本人が中国の本質を知り、中国人と本音の付き合いをしていくうえで役立つヒントを与えてくれると思う。

私がこのエッセイを知ったのは、親しい中国人がネットで余華(ユイ・ホア)の面白い文章を読んだと教えてくれたのが最初だった。その後、間もなく台湾版の本書を入手。通読して、次年度の大学院の授業のテキストに使おうと決めたのが昨年の秋ごろだったと思う。同時期に河出書房新社から翻訳出版の打診、また余華本人からも「よろしく頼む」というメールをもらった。あっという間に、初期の中短篇から『活きる』までの翻訳の縁が復活したのである。

翻訳の過程では、原作者から提供されたオリジナル原稿、およびアラン・バー訳の英語版を参照した（YU HUA, *China in Ten Words*, Translated by Allan H.Barr, PANTHEON BOOKS, New York, 2011）。また、原作者の了解を得て、多少字句の修正を行った箇所がある。本文中に引用される統計資料の数値等に関しては、多少古くなっているものや異説のあるものも含まれるが、あえて補注を加えなかった。本書があくまでも文学作品の一種で、実用書ではないからだ。この点については、読者のご理解をいただきたい。

二〇一二年七月

飯塚　容

文庫版訳者あとがき

中国の作家のエッセイ集が単行本から文庫になるのは大変珍しい。本書はそれだけ反響を呼び、また時が過ぎてもなお読むに値する内容を備えているということだろう。

反響はまず、「中国を代表する作家の一人が著した出色の中国文化論」（『朝日新聞』二〇一二年十一月十一日）というような書評となって現れた。余華（ユイ・ホア）のエッセイは単に中国の醜態をあげつらう「嫌中本」とはまったく次元が違う。客観的な視点から冷静に、文化大革命、改革開放を経て今日に至る中国社会の変貌の諸相を分析している。その真摯な姿勢と、それでいてユーモラスな語り口に、読者は好感を抱いたのだと思う。

続いてＮＨＫが、「クローズアップ現代」（二〇一三年十一月二十日）および「ＢＳ１スペシャル」（二〇一四年三月二日）で、余華のインタビューを放送した。前者は「模索する中国　民衆の不満はどこへ」というタイトルで、出演部分も少なかったが、後者は標題がズバリ「ほんとうの中国の話をしよう　反骨の作家・余華」で、本書とのリンクが明白である。余華が直接、自分の口から、本書の重要なトピックである腐敗の横行、格差の拡大、毛沢東ブームなどについて語る映像は、十分なインパクトがあった。

本書はまた、余華という作家が誕生するまでのプロセスを語り、余華の文学観が自ずと明らかになる内容を含んでいる。したがって、これをきっかけに余華の小説に手を伸ばした読者もいたようだ。そうした気運に乗じて、『活きる』に続く佳作『血を売る男』や最新の長篇『死者たちの七日間』が刊行されたのは、喜ばしいことだった。

単行本の「解説」で、本書の外国語版の出版状況に触れたが、その後さらに語種が増え、すでに二十か国語に達しているという。では、肝心の中国本土はどうか。依然として正式な中国語版は台湾で出版されたもの（繁体字版）しかないが、それを国内に持ち込んだり、インターネットからダウンロードしたりして、広く読まれているらしい。ネット上には、中国の一般読者の感想文なども散見する。本書の数々のエピソードからもわかるように、中国の人たちはたくましく、ねばり強く、賢く情報を共有し、お互いに意思疎通を図っている。私たち日本人も、そうした彼らの生活と本音を他人事としてではなく、余華が語るように「自分の痛み」として、感じ取れるようになりたいものだ。

二〇一七年六月

飯塚　容

付録　余華著作リスト（飯塚容編）

＊中国本土で出版された単行本。
＊同名書の再刊は除く。
＊邦訳は単行本のみ注記した。

『十八歳出門遠行（十八歳の旅立ち）』（短篇集、作家出版社、一九八九年）

『偶然事件（アクシデント）』（中短篇集、花城出版社、一九九一年）　邦訳＝飯塚容訳「アクシデント」（藤井省三編『現代中国短編集』所収、平凡社ライブラリー、一九九八年）。

『河辺的錯誤（河辺の過ち）』（中短篇集、長江文芸出版社、一九九二年）

『在細雨中呼喊（雨に呼ぶ声）』（長篇、花城出版社、一九九三年）

『活着（活きる）』（長篇、長江文芸出版社、一九九三年）　邦訳＝飯塚容訳『活きる』（角川書店、二〇〇二年）

『余華作品集』（三巻、中国社会科学出版社、一九九四年）

『許三観売血記（血を売る男）』（長篇、江蘇文芸出版社、一九九六年）　邦訳＝飯塚容訳『血を売る男』（河出書房新社、二〇一三年）

『我能否相信自己（自分を信じられるだろうか）』（随筆集、人民日報出版社、一九九八年）

『世事如煙（世事は煙の如し）』（中短篇集、新世界出版社、一九九九年）　邦訳＝飯塚容訳『世事は煙の如し』（岩波書店、二〇一七年）

『我胆小如鼠（ネズミのような小心者）』（中短篇集、新世界出版社、一九九九年）

『現実一種（現実の一種）』（中篇集、新世界出版社、一九九九年）
『鮮血梅花』（中短篇集、新世界出版社、一九九九年）
『戦慄』（中篇集、新世界出版社、一九九九年）
『黄昏裡的男孩（黄昏の少年）』（短篇集、新世界出版社、一九九九年）
『内心之死』（随筆集、華芸出版社、二〇〇〇年）
『高潮』（随筆集、華芸出版社、二〇〇〇年）
『読与写（読むこと、書くこと）』（散文集、西苑出版社、二〇〇〇年）
『中国当代作家選集叢書・余華』（作品集、人民文学出版社、二〇〇〇年）
『当代中国小説名家珍蔵版・余華』（作品集、文化芸術出版社、二〇〇一年）
『霊魂飯（精神の糧）』（散文集、南海出版公司、二〇〇一年）們
『説話（話すこと）』（散文集、春風文芸出版社、二〇〇二年）
『我没有自己的名字（名前のない男）』（作品集、雲南人民出版社、二〇〇二年）
『温暖和百感交集的旅程（ぬくもりと万感が胸に迫る旅）』（随筆集、上海文芸出版社、二〇〇四年）
『音楽影響了我的写作（音楽に影響を受けた私の創作）』（随筆集、上海文芸出版社、二〇〇四年）
『没有一条道路是重複的（道はそれぞれ違うもの）』（随筆集、上海文芸出版社、二〇〇四年）
『兄弟・上部』（長篇、上海文芸出版社、二〇〇五年）　邦訳＝泉京鹿訳『兄弟』上（文藝春秋、二〇〇八年、文春文庫、二〇一〇年）
『兄弟・下部』（長篇、上海文芸出版社、二〇〇六年）　邦訳＝泉京鹿訳『兄弟』下（文藝春秋、二〇〇八年、文春文庫、二〇一〇年）
『第七天（死者たちの七日間）』（長篇、新星出版社、二〇一三年）　邦訳＝飯塚容訳『死者たちの七

日間』（河出書房新社、二〇一四年）

『我們生活在巨大的差距裡（我々は大きな格差の中で暮らしている）』（随筆集、北京十月文芸出版社、二〇一五年）

本書は、二〇一二年十月に小社より刊行された『ほんとうの中国の話をしよう』を文庫化したものです。

ほんとうの中国の話をしよう

二〇一七年 九 月一〇日　初版印刷
二〇一七年 九 月二〇日　初版発行

著　者　余華
訳　者　飯塚容
発行者　小野寺優
発行所　株式会社河出書房新社
〒一五一－〇〇五一
東京都渋谷区千駄ヶ谷二－三二－二
電話〇三－三四〇四－八六一一（編集）
〇三－三四〇四－一二〇一（営業）
http://www.kawade.co.jp/

ロゴ・表紙デザイン　粟津潔
本文フォーマット　佐々木暁
本文組版　KAWADE DTP WORKS
印刷・製本　中央精版印刷株式会社

Printed in Japan ISBN978-4-309-46450-3

黄金の少年、エメラルドの少女

イーユン・リー　篠森ゆりこ〔訳〕　46418-3

現代中国を舞台に、代理母問題を扱った衝撃の話題作「獄」、心を閉ざした四〇代の独身女性の追憶「優しさ」、愛と孤独を深く静かに描く表題作など、珠玉の九篇。O・ヘンリー賞受賞作二篇収録。

さすらう者たち

イーユン・リー　篠森ゆりこ〔訳〕　46432-9

文化大革命後の中国。一人の若い女性が政治犯として処刑された。物語はこの事件に否応なく巻き込まれた市井の人々の迷いや苦しみを丹念に紡ぎ、庶民の心を歪めてしまった中国の歴史の闇を描き出す。

死都ゴモラ　世界の裏側を支配する暗黒帝国

ロベルト・サヴィアーノ　大久保昭男〔訳〕　46363-6

凶悪な国際新興マフィアの戦慄的な実態を初めて暴き、強烈な文体で告発するノンフィクション小説！　イタリアで百万部超の大ベストセラー！　佐藤優氏推薦。映画「ゴモラ」の原作。

服従

ミシェル・ウエルベック　大塚桃〔訳〕　46440-4

二〇二二年フランス大統領選で同時多発テロ発生。極右国民戦線のマリーヌ・ルペンと、穏健イスラーム政党党首が決選投票に挑む。世界の激動を予言したベストセラー。

裁判狂時代　喜劇の法廷★傍聴記

阿曽山大噴火　40833-0

世にもおかしな仰天法廷劇の数々！　大川興業所属「日本一の裁判傍聴マニア」が信じられない珍妙奇天烈な爆笑法廷を大公開！　石原裕次郎の弟を自称する窃盗犯や極刑を望む痴漢など、報道のリアルな裏側。

裁判狂事件簿　驚異の法廷★傍聴記

阿曽山大噴火　41020-3

報道されたアノ事件は、その後どうなったのか？　法廷で繰り広げられるドラマを日本一の傍聴マニアが記録した驚異の事件簿。監禁王子、ニセ有栖川宮事件ほか全三十五篇。〈裁判狂〉シリーズ第二弾。

ミッキーマウスはなぜ消されたか　核兵器からタイタニックまで封印された10のエピソード

安藤健二　41109-5

小学校のプールに描かれたミッキーはなぜ消されたのか？　父島には核兵器が封じられている？　古今東西の密やかな噂を突き詰めて見えてくる奇妙な符号——書き下ろしを加えた文庫オリジナル版。

黒田清　記者魂は死なず

有須和也　41123-1

庶民の側に立った社会部記者として闘い抜き、ナベツネ体制と真っ向からぶつかった魂のジャーナリスト・黒田清。鋭くも温かい眼差しを厖大な取材と証言でたどる唯一の評伝。

「朝日」ともあろうものが。

烏賀陽弘道　40965-8

記者クラブの腐敗、社をあげて破る不偏不党の原則、記者たちを苦しめる特ダネゲームと夕刊の存在……。朝日新聞社の元記者が制度疲労を起こしたマスメディアの病巣を鋭く指摘した問題作。

福島第一原発収束作業日記

ハッピー　41346-4

原発事故は終わらない。東日本大震災が起きた二〇一一年三月一一日からほぼ毎日ツイッター上で綴られた、福島第一原発の事故収束作業にあたる現役現場作業員の貴重な「生」の手記。

タレント文化人200人斬り　上

佐高信　41380-8

こんな日本に誰がした！　何者もおそれることなく体制翼賛文化人、迎合文化人をなで斬りにするように痛快に批判する「たたかう評論家」佐高信の代表作。九〇年代の文化人を総叩き。

タレント文化人200人斬り　下

佐高信　41384-6

日本を腐敗させ、戦争へとおいやり、人々を使い捨てる国にしたのは誰だ？　何ものにも迎合することなく批判の刃を研ぎ澄ませる佐高信の人物批評決定版。二〇〇〇年以降の言論人を叩き切る。

死刑のある国ニッポン

森達也／藤井誠二　41416-4

「知らない」で済ませるのは、罪だ。真っ向対立する廃止派・森と存置派・藤井が、死刑制度の本質をめぐり、苦悶しながら交わした大激論！　文庫化にあたり、この国の在り方についての新たな対話を収録。

言論自滅列島

斎藤貴男／鈴木邦男／森達也　41071-5

右翼・左翼、監視社会、領土問題、天皇制……統制から自滅へと変容した言論界から抜け出した異端児が集い、この国を喝破する。文庫化のために再集結した追加鼎談を収録。この真っ当な暴論を浴びよ！

私戦

本田靖春　41173-6

一九六八年、暴力団員を射殺し、寸又峡温泉の旅館に人質をとり籠城した劇場型犯罪・金嬉老事件。差別に晒され続けた犯人と直に向き合い、事件の背景にある悲哀に寄り添った、戦後ノンフィクションの傑作。

毎日新聞社会部

山本祐司　41145-3

『運命の人』のモデルとなった沖縄密約事件＝「西山事件」をうんだ毎日新聞の運命とは。戦後、権力の闇に挑んできた毎日新聞の栄光と悲劇の歴史を事件記者たちの姿とともに描くノンフィクションの傑作。

宮武外骨伝

吉野孝雄　41135-4

あらためて、いま外骨！　明治から昭和を通じて活躍した過激な反権力のジャーナリスト、外骨。百二十以上の雑誌書籍を発行、罰金発禁二十九回に及ぶ怪物ぶり。最も信頼できる評伝を待望の新装新版で。

TOKYO 0円ハウス 0円生活

坂口恭平　41082-1

「東京では一円もかけずに暮らすことができる」——住まいは二十三区内、総工費０円、生活費０円。釘も電気も全てタダ⁉　隅田川のブルーシートハウスに住む「都市の達人」鈴木さんに学ぶ、理想の家と生活とは？

著訳者名の後の数字はISBNコードです。頭に「978-4-309」を付け、お近くの書店にてご注文下さい。